エクセリスが背中から抱きついてきた。
剥き出しの生乳が背中に密着してひしゃげる。
しっとりした豊潤な肌とむっちりした弾力が相変わらず気持ちいい。

「寝不足は敵よ」

「こっちはこういう言い方しかできね～んだよ！」
「それが王に対する言い方か！」

「わたしも寝るぞ～♪」
とヴァルキュリアもベッドに潜り込んできた。

（相一郎♪）
キュレレは相一郎のほっぺたに
自分のほっぺたをこすりつけた。

高１ですが異世界で城主はじめました19

鏡 裕之

HJ文庫
934

口絵・本文イラスト　ごばん

目次

高1ですが異世界で城主はじめました
関連地図

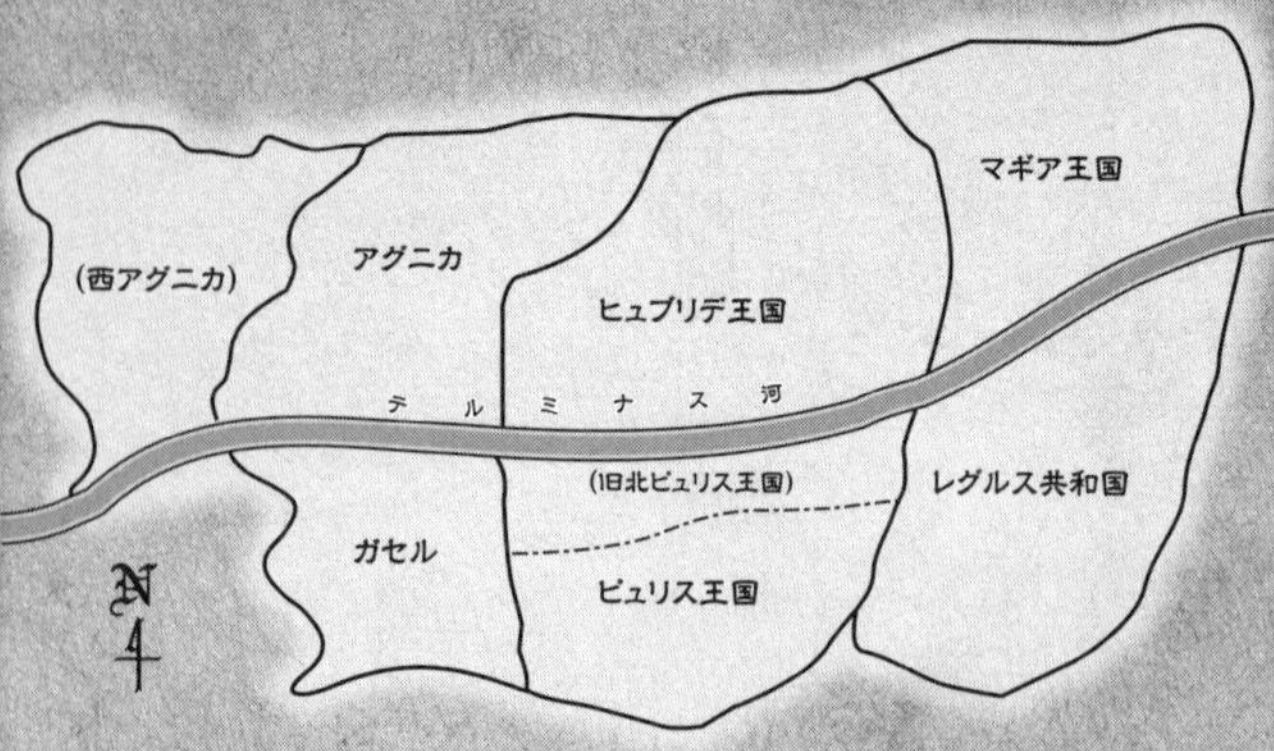

ヒュブリデ王国
ヒロトが辺境伯を務める国。長く続く平和の中、順調に経済的発展を遂げたが、そのツケが回り始めている。

ピュリス王国
イーシュ王が治める強国。8年前に北ピュリス王国を滅ぼし、併合した。

マギア王国
平和を好む名君ナサール王が統治する国。50年前にヒュブリデと交戦している。

レグルス共和国
エルフの治める国。住人はほぼ全員エルフで、学問が発達している。各国から人間の留学を受け入れている。

アグニカ王国
ヒュブリデの同盟国。

ガセル国
ピュリスの同盟国。

第一章　破壊の波紋

1

明るいアイボリーの漆喰の壁に、金の装飾が反復的に施されて落ち着いた品のある輝きを放っていた。天井もアイボリーの漆喰、床にはベージュの絨毯が敷かれているが、王の執務室に置かれた長テーブルは重厚な濃茶色だった。テーブルの周りには、明るい緑色の背もたれの椅子が八つほど並べられている。

すでにほぼすべての席は空席になっていた。一人だけ席に座っていたのは、長い睫毛に褐色の瞳の、黒いボブヘアの美女だった。黒髪はさらさらで、彫りの深い顔だちにエキゾチックさを添えている。褐色の美女は、桜を描いた白いチャイナドレスを着て、豊満な胸を包み込んでいた。すばらしい凹凸のボディである。

ヒュブリデ王国宮廷顧問官にして亡国北ピュリスの王族――ラケル姫だった。少しほっとした様子である。ヴァンパイア族が王族の屋敷を破壊するという前代未聞の事件を受けての枢密院会議だったが、何とかヒロトとヴァンパイア族への弾劾を回避することが——両者は責任を問われないということで会議を終了させることができた。自分も、ついつい熱くなって熱弁を揮ってしまった。ヒロトのことになると、どうしても熱くなってしまう。好きという気持ちから、肩を持ってしまう。でも、ヒロトをかばったのは好きだからだけではない。軍事強国ピュリスとの関係を考えると、ヒュブリデがヒロトを失うわけにはいかないのだ。外交使節の到着も、あと十日に迫っている。

今回、ヒロトは珍しく得意の弁舌をあまり使わなかった。あまり発言はせずに耐えようと決めている様子だった。きっと自分が当事者ゆえ、自らを弁護して大貴族との関係を悪化させまいとしていたのだろう。

いつものヒロトらしくないと思う。大貴族を敵に回してでも正々堂々と論陣を張るのがヒロトなのに、王の側近となったことで大貴族とのことを過剰に考えるようになったのだろうか。

ともあれ、危難は去った。しかし、第一の危難が去ったにすぎない。会議が終わった時、ヒロト弾劾の急先鋒、大貴族のフィナス財務長官は、納得できないという怒りの表情を浮かべていた。フィナスは王族ハイドラン公爵の一派だ。もちろん、国の重鎮ベルフェゴル侯爵とも通じている。ノブレシア州の大貴族ブルゴール伯爵の息子ポラールが強姦で裁かれた事件でヒロトが最高法院に呼び出しを食らって追い込まれた時、追い込んだ側にいた四人の一人が、フィナスだった。あとはルメール伯爵、ラスムス伯爵、そしてベルフェゴル侯爵――。

（きっと大貴族たちはヒロト様を追及するはず……。あのベルフェゴル侯爵も黙ってはいない。必ずヒロト様を……）

2

額で七三にグレーの髪を分けた細身の大貴族は、派手な黄緑色のチュニックに脚にぴったりの白い脚衣を穿いて、怒りながら王の執務室を出てきた。財務長官のフィナスである。

（王族の屋敷を破壊しておきながら何もお咎めなしなど、このようなことがあってよいはずがない！　決して許されぬことだ！　精霊がお許しになろうとも、我らは許しはせぬ！）

とフィナスは激しい怒りに身体をふるわせた。

（辺境伯には監督責任があるはず！　本人がもっと本気で閣下をお守りしておれば、閣下の屋敷が破壊されることはなかったのだ！　心の底では、閣下の屋敷が破壊されればよいと思っていたに違いない！　あの男も充分重い処罰を受けるべきだ！　何があっても、あの男には罰を喰らわせてくれる……！）

3

　大法官と書記長官は茶色のマントを羽織って二人いっしょに執務室を出た。二人並んで、赤いカーペットを敷いた廊下を歩く。上品な明るい白っぽい壁と青色の装飾が心地よい。会議が緊迫した雰囲気だっただけに、少しだけ気分が安らぐ。

だが――完全に事件が収まったわけではない。

「陛下のお考えはわかるが、黙っておらんでしょうな」

　と言い出したのは書記長官である。

「黙っておらんだろうな。それで、大法典のことを申し上げたのだが――」

　と大法官が答える。

　事件の発端は、クリエンティア州の大貴族マルゴス伯爵の娘ルビアだった。こともあろうに、国務卿兼辺境伯ヒロトのミイラ族の女官ミミアに対して、水を浴びせたり毛虫を掛けたりしたのである。それに気づいたヒロトの親友にして顧問官相田相一郎がルビアを平手打ち。ルビアは子供の頃からの知り合いだった王族ハイドラン公爵の許に駆け込み、公爵は相一郎を別邸に呼び出して土下座を強制したのだ。

事件は副大司教シルフェリスまで登場する大沙汰に発展した。マルゴス伯爵の娘ルビアの方は、副大司教に強制されてミミアに謝罪、落着となったが、ハイドラン公爵は、自分は宮殿での振る舞い方を正したのだと言い張って相一郎に詫びの言葉も掛けなかった。そのことにヴァンパイア族が激怒し、かつてピュリス兵一万を撃滅したちびの英雄キュレレが公爵邸直上を悪魔のようなスピードで飛行、屋敷を半壊させたのである。

自身も大貴族であるフィナス財務長官は、枢密院会議で猛烈にヒロトを叩いた。バッシングの嵐をぶつけ、ヴァンパイア族にもヒロトにも処罰を言い渡すべきだと弾劾を主張した。平たくいえば、ヒロトを枢密院顧問官から解任せよということである。だが、レオニダス王やエルフの大長老ユニヴェステル、副大司教シルフェリスの反対により弾劾は不発に終わったのだ。

ただ、法的なしこりは——火種は——残った。エルフが定め、ヒュブリデの法の基礎となったエルフ大法典によれば、王及び王族に対して殺害を企てた者も殺害を犯した者も、ともに死刑と決まっている。第一〇二条を適用するなら、ヴァンパイア族は死刑である。

だが、一〇五条では、外国の王族や貴族が王及び王族に対して暴力を振るった場合、王の判断が最終判断となると記されている。つまり、王が不問に付すと宣言すれば罪には問われないということだ。そしてこのたびの事件はそうなった。レオニダス王は、ヒロトもヴァンパイア族も処罰するつもりはないと宣言したのである。

「あれはいいご指摘でしたよ。フィナスはずいぶんと元気づいておりましたがな」

と書記長官が答える。

「襲撃されたのは公爵だ。ここを重く見るなら、一〇二条として取られてもおかしくはない」

と大法官が力説する。大法官としては、死刑を定めた一〇二条が適用されるべきだったと考えているようだ。

「ええ、王族のお屋敷ですからな……。それで何も処罰しないというのは、あまりに寛大すぎるというか、身内を贔屓しすぎるというか、いくら自分を王位に即けた者といっても……。ただ、陛下のお考えもわかるのです。今は誰を更迭するだのと騒いでいる場合ではないし、そもそも、ヴァンパイア族との関係を損なうのはまずい。陛下がああ判断されるのは仕方がない」

と書記長官が弁を揮う。

「しかし、大貴族はそうはいくまいて」

「騒ぐでしょうな」

大法官の指摘に書記長官は同意した。

「簡単には収まらぬだろう。荒れるぞ」

4

明るい青色の壁に、プリントしたように白色の模様がいくつも反復されて描かれている。天蓋つきのベッドの先には、大きなガラス窓――。その向こうには中庭が見える。

ヒュブリデ国王の寝室である。その寝室を、白いチュニックシャツの上から紅いボタンつきのプールポワンを着、タイツのように脚にぴったり張りついた脚衣を穿いた男がいらだたしげに歩きまわっていた。ヒュブリデ国王レオニダス一世である。レオニダスは、寝室に戻ってからずっとむかむかしていた。

〈フィナスの馬鹿者め！　何が国辱だ！　何がヒロトに責任を取らせろだ！　ヒロトが気に入らぬから、叔父の事件を機にヒロトを追放しようとしているだけだろうが！　大馬鹿者め！　おれは絶対にヒロトを追放しないぞ！　解任もするものか！　だいたいすべては叔父が馬鹿だから悪いのだ！　そもそも眼鏡を呼びつける馬鹿があるか！　一度あの眼鏡たちと飯を食った時、眼鏡のことを変なやつだと言ったら、あのちびは即座に「相一郎、変じゃない」と言い返したぞ！　あのちびは、眼鏡が悪く言われることをまったくよくは思っておらんのだ！　それを知っておれば、呼びつけたりはせぬ！　せっかくヒロトと相談して連合の代表に真珠を送りつけたのに、叔父上の馬鹿者め！　荒立てずによいことを荒立てて問題を増やしおって！　マルゴスの娘も大馬鹿者だ！　くそ、いっそ娘を馘にしてやるか……！）

　叫びそうなのを我慢していると、

「陛下」

と最も親しい男の声が聞こえた。寝室に入ってきたのは、ハイドラン公爵が即位確実と思われた中、大逆転で自分を玉座に即けた国務卿兼辺境伯ヒロトだった。

「すみません、自分のせいで……」

「おまえのせいではない！」

　とレオニダスは断言した。

「おれは絶対おまえを馘にせんぞ！　枢密院から追放するものか！　それよりも、フィナスのケツを叩いてこい！　あいつは絶対許さん！」

5

袂の長い白いロングドレスを着て、ほとんど見えないくらい細い目をした精霊教会の女性が、赤い絨毯の廊下を歩きながら激怒していた。副大司教シルフェリスである。

（フィナスはまったくなんなの⁉）

怒っているのは枢密院会議のことだった。大貴族の発言が許せなかったのである。

大貴族たちは事の本質をまったくわかっていないとシルフェリスは思った。皆、ヒロトの解任とヴァンパイア族への処罰に目がいって、肝心のものを見失っている。

違うのだ。

問題の本質は、第一にマルゴス伯爵の娘が精霊の呪いを宮殿で起こしかねない大失態を犯したこと。第二は、にもかかわらずその娘を王族がかばったことなのだ。精霊の日ならば、まずマルゴス伯爵に、そして次にハイドラン公爵に精霊の呪いが掛かっている。そして下手をすれば、宮殿の支配者、レオニダス王にも掛かっている。それこそ大惨事、あってはならないことだったのだ。議論すべきはマルゴス伯爵の娘の振る舞いであり、次にその娘をかばったハイドラン公爵の王族らしからぬ振る舞いなのだ。大げさなと言う者もいるかもしれないが、百年前に王に禍が及びかけたことがある。精霊の日に宮殿で貴族の一人が骸骨族を理不尽な理由で突き飛ばしたのだ。だが、王妃はそれを見ていながら咎めなかった。そして、精霊の呪いが起きた。王の左手が突然骨だけの姿に変わりはじめたのだ。すぐさま王妃と騎士に処罰を与え、骸骨族に詫びの金を持たせたことで王の左手は戻ったのだが、公爵でありながらそのことに思い至らぬとはどういうことか。

（なんと愚かな……）

とシルフェリスは首を横に振った。大長老ユニヴェステルは大貴族に対してさらに強い枷を嵌めねばならないという考えを持っているようだが、シルフェリス自身、うなずける。今日のことを思うと、正直、大貴族たちはたるんでいるように思う。そのうち、宮殿で精霊の呪いが起きるかもしれない。

6

わずかに耳の上に白髪を残すだけのほぼつるつる頭のエルフの老人が、自室へと宮殿の廊下を歩いていた。エルフの頂点に立つ大長老ユニヴェステルである。

（愚か者が）

とユニヴェステルは胸の中でつぶやいた。法の観点から指摘した大法官はともかく――彼はいい仕事をした――フィナスは正直、枢密院顧問官の資格なしだった。ヴァンパイア族の事件を、ただの政争の道具にしている。ヴァンパイア族に枷を嵌め、ヒロトを追放することによって大貴族たちを復権させようというつもりだろうが、そうはいかぬ。政争の道具にするような者たちに国を任せればどうなるか。亡国の未来しかない。

（いずれ、フィナスは枢密院から外さねばならぬ）

そうユニヴェステルは思った。だが、それだけでは充分ではない。マルゴス伯爵の娘は、精霊の呪いが起きかねないことをしでかしながら、反省を見せずにハイドラン公爵に告げ口した。そしてハイドラン公爵は、叱責すべきところを叱責せず、逆に相一郎を土下座させた。

女を打擲したことは悪くはなかった？

そうは思わぬ。

だが、打擲以前に、精霊の呪いを宮殿で引き起こしかけたという大罪こそが最初に問われねばならない。次に、その大罪の主を咎めなかったという過失が問われねばならない。相一郎の打擲はその後だ。女を打擲するのは褒められたことではないが、ヒロトの報告を聞く限り、マルゴス伯爵の娘は相一郎を侮辱していた。女官の仕事に、国務卿の親友の侮辱は入っていない。ヴァンパイア族と強いつながりを持つ者への侮辱も入っていない。マルゴス伯爵の娘は、正直、軽率だと言わざるを得ない。

（大貴族の弛緩はまったく直っておらぬ。すでにノブレシア、オゼール、ルシャリア、エキュシアの州長官にはエルフの政務官をつけて枷を嵌めたが、それでは不充分のようだ。さらにきつい枷を嵌めねばならぬ）

7

左目に黒い眼帯を着け、髭を生やして黒いマントを羽織った長身の男が、赤い絨毯の上を歩きながらため息をついていた。ヒュブリデ王国宰相パノプティコスである。公爵らしいと思うと同時に、公爵らしからぬと感じる事件だった。

公爵は、マルゴス伯爵と親交があったはずだ。子供時代のマルゴス伯爵の娘にも会っている。それゆえに、娘直々の頼みに、このわたしが受けて立とうと立ち上がったのだろう。そこはまさに、公爵らしい。

だが、王族ならば、娘を正すべきであった。公爵は宮廷での振る舞いを正すと言ったそうだが、正すべきは相一郎ではなく、マルゴス伯爵の娘だったのだ。

だが――大貴族たちはこのたびのことを聞きつけて怒りまくるだろう。ヒロトとヴァンパイア族への猛バッシングを始めるだろう――恐らく、外交使節が訪問しようというタイミングで。

（そして、この好機をベルフェゴルは逃さぬはず。間違いなく、貴族会議を開いて決議を突きつける。最高法院にも異議申し立てを提出するやもしれぬ……）

軍事行動への不参加の宣言。今後、一切の課税に対する拒否。ベルフェゴルたちはそれを突きつけるはずだ。しかも、外交使節が迫っている。ヒロトは四面楚歌に追い込まれるだろう。レオニダス王はどこまでヒロトをかばいきれるか。不本意にヒロトを解任せざるを得なくなるかもしれない。

8

王に別れを告げると、ヒロトは執務室に戻った。すぐにラケル姫がヒロトの左手について合流する。執務室を出ると、外で待っていた、羽飾りのついた帽子をかぶった丸鼻の美貌の女貴族がヒロトの右に並んだ。女貴族は、水色のロングドレスを着て、豊満な胸元を見せつけていた。かつてはヒロトの敵であり、今は仲間となったフェルキナ伯爵だった。

「陛下は？」

とフェルキナがしっとりとした潤いのある声で尋ねる。

「怒ってた。フィナスのケツを叩いてこいってさ。叩いたら、おれ、もっと大貴族に叩かれるな」

フェルキナが微笑む。

（正直、助かった……）

それが正直な感想だった。まさかこんなにも早く、ラケル姫とフェルキナを宮廷顧問官に叙任させた恩恵を受けるとは思ってもみなかった。二人が――特にラケル姫が――枢密院会議でヒロトをかばってくれたのだ。

これで安泰？

まさか。充実感はなかった。とりあえず凌いだというのが実感だった。最初の第一波を乗り切ったというだけの話だ。

（ベルフェゴルは絶対おれを追放に来るぞ。ヴァンパイア族とワンセットにして――）

貴族会議を開いて、自分とヴァンパイア族を追放しろという弾劾決議を出すつもりだろう。

レオニダス王がつっぱねる？

恐らく。

それはベルフェゴル侯爵も読んでいるはずだ。そもそも、貴族会議の決議には法的な拘

束力はない。決議がヒロトの罷免を求めていたとしても、だからといってヒロトを罷免しなければならないわけではない。罷免する必要もない。そのことは、ベルフェゴル侯爵にもわかっているはずだ。侯爵が、つっぱねられるだけのために決議を出すとは思えない。何が何でも、王が決議を呑まざるを得ない条件を付加して決議を提出するはずだ。

(となると、やることは――課税と派兵の拒絶)

「ヒロト殿が処分を受けなくてよかったです。ヒロト殿は我が国の守り神です」

とラケル姫が笑顔を向けてきた。

「姫のおかげです」

とヒロトは笑顔で返した。すぐにフェルキナが硬い表情で牽制する。

「ただ、凌いだだけです。ベルフェゴルはこの好機を逃しません。必ず貴族会議を開いて、ヒロト殿に対して弾劾決議を突きつけます。ヒロト殿を枢密院より追放せよ、ヴァンパイア族に枷を嵌めよ。必ずそう要求してくるはずです」

すぐにラケル姫が反論した。

「でも、陛下が決議を受け入れることはないでしょう？　決議には拘束力は――」

「ありません。でも、ヒロト殿の追放とヴァンパイア族への枷が認められない場合は、今後一切の課税を認めない、一人たりとも兵を出さないと決議に付け加えれば？」

ラケル姫は黙った。ヒロトも黙っていた。フェルキナの指摘通りだった。今は戦争が起きる気配がないが、いざ戦争となった場合、課税が必要になる。課税には貴族会議の賛同が必要だ。だが、それが得られないことになる。いざ戦争となっても、大貴族の協力をまったく得られないまま、敵国と戦うことになる。課税によって新たに収入を得ることができないので、不充分な状態で戦争に向かうことになるのだ。喩(たと)えれば、お金がなくて鎧(よろい)を買えなかったから、スッポンポンで鎧相手の敵に向かうようなものである。

「なんて愚かな……。ヒロト殿がいるからこそ、この国はピュリスに攻(せ)め込まれずに済んでいるのです。そのヒロト殿を失脚(しっきゃく)させようなど、自殺行為(こうい)です。失脚させても、ピュリスが喜ぶだけです」

とラケル姫が眉間(みけん)に皺(しわ)を寄せる。フェルキナは冷たい事実を突きつけた。

「大貴族(れんちゅう)は国防のことなど考えていません。自分たち大貴族の威(い)と影響力(えいきょうりょく)が保たれるかどうかだけなのです。国の守りが弱くなろうと、自分たちの権力と発言力が大きくなればそれでよいのです」

ラケル姫がフェルキナの言葉を受け継(つ)いだ。

「そういう者たちのせいで、北ピュリスは滅(ほろ)んだのです。ピュリス軍が接近して北ピュリスに危機が迫っているというのに、自分たちの勢威(せいい)を取り戻す好機だと考えた愚か者たちのせいで、北ピュリスは滅んだのです。ヒュブリデが同じ轍を踏んではなりませぬ」

ヒロトはうなずいた。ラケル姫とフェルキナを宮廷に取り込もうとしたのは、二人が国の観点から物事を考えてくれるからだ。大貴族たちとは違う。

だが——自分が失脚すれば、ヒュブリデは亡国北ピュリスと同じ轍を踏むことになる。

「大貴族の反対って、防げる？　貴族会議の決議を抑え込める？」

ヒロトは尋ねてみた。フェルキナの答えは冷たかった。

「方法はありません。ヴァンパイア族が公爵の屋敷を吹っ飛ばした時に、方法もすべて吹っ飛んだのです」

「王からベルフェゴルに、貴族会議で余計なことをするなって牽制するとかは？」

「それこそ、藪蛇です。大貴族の権利を侵害するものだとして大貴族が騒ぎ立てます。さらに余計な条件を付け加えられる可能性があります」

フェルキナの容赦ない返答にヒロトは唸った。

「大長老に牽制してもらうとかは——？」

「それも同じです。そもそも、大長老は動きません。謀叛を計画するのでない限り、貴族会議を開くのは大貴族の自由です」

ヒロトはさらに唸った。ヴァンパイア族に脅してもらうこともちらりと考えたが、それもやはり逆効果だった。ヴァンパイア族で脅せば、ベルフェゴルはますますヴァンパイア族不要論を唱えるだろう。それに大貴族たちも同意し、国内で今以上にヴァンパイア族排斥の叫びが上がることになる。未曾有のバッシングが始まるのだ。

正直、打つ手なしだった。しかも、未来予測が可能な中での打つ手なしだった。ベルフェゴルたちが貴族会議を開いてヒロトに不利な決議を出すとわかっていながら、防ぐ手だてがない。

（こんな中でルシニアに行くのか……）

とヒロトは暗い気持ちを味わった。マギア王国に対する賠償問題を解決するため、ヒロトはルシニア州に向かうことになっている。この不穏な時期に――。

フェルキナがつづけた。

「大貴族たちは、恐らく臣従礼も固辞するでしょう。陛下も、大貴族をなだめるために処分を言い渡さざるを得なくなるかもしれません。宮殿に残れれば御の字だとわたしは思っています。ヒロト殿が宮殿に残る限り、大貴族は声を上げつづけます。最悪、ヒロト殿は国務卿から一辺境伯に戻るかもしれません」

第二章　幸運な人

1

宮殿が騒いでいる頃——ハイドランはすでに馬上の人となっていた。元の屋敷にはもう住めない——。そこで、女執事モニカのアドバイスでベルフェゴル侯爵の許へ急ぐことになったのである。

屈辱であった。

屋敷が破壊されている時は無我夢中で恥辱も屈辱も覚えなかったが、馬車が屋敷を出発して時間も距離も離れていくと、とんでもないことをしてしまったという後悔とともに怒りと屈辱が込み上げてきたのである。

王族の自分が、たかがディフェレンテ、たかが辺境伯の顧問官などに地面に手を突いて頭を下げるなど——！　王族の自分が——！

なぜ、あのようなことをしてしまったのか。いくら屋敷が破壊されるといっても、あのような真似をするべきではなかったのではないのか。

思いなおそうとするハイドランの脳裏に、ちびの吸血鬼の姿が浮かんだ。自分に向かってまっすぐ突進してきた、あのちび――。あの時の目――。あの目は人間の目ではなかった。魔物の目だった。

《殺す》

鋭い三白眼は、そう言っていた。あのちびは、自分を殺そうとしていた。錯覚でも思い込みでもない。本気で殺そうとしていたのだ。そして――実際に殺害可能だった。自分は殺されるところだったのだ。命がなくなると本気で思ったのは、人生で初めてだった。もし自分が詫びなければ、間違いなくあのちびは自分を殺していたに違いない。

それでも――時が経つと屈辱が蘇る。この国では恐れるもののない王族の自分が、なぜ、あのような化け物に敗北して眼鏡如きに頭を下げねばならぬのか。自分は王族なのだ！

「なんとか無事収めることができてようございました。旦那様がご無事で何よりです」

女執事モニカの言葉に、ハイドランは爆発した。

「何がよいか！　わたしは最大の恥を掻いたのだぞ！　吸血鬼に臆してあのような下賤な者に頭を下げるなど、これ以上にない屈辱だ！　わたしはわたし自身を穢してしまったのだ！」

「では、あのままお亡くなりになった方がよろしかったですか？　あのちびめは、お屋敷をぶち壊そうとしておりました。最初に屋敷、その次は旦那様だ――そう決めておりました。別邸とともに朽ち果てるべきだったとおっしゃるのですか？」

「死ぬ方がましだ！」

「そのようなこと、テルミア様がお聞きになったらなんと申されるか！　屋敷とともに亡くなってほしいなど、テルミア様は望まれていらっしゃいません！」

ハイドランは黙った。

十五年ほど前、モルディアスと争って王になれなかった時、妻のテルミアがアグニカ王国からやってきた。

《わたしにとってはあなたが王。わたしだけの王》

優しい言葉に慰められた。数年前に亡くなってしまったが、今でも妻の言葉は心に残っている。

「お忘れなさいませ。いやなことはお忘れになるのが一番でございます」

と眼鏡の執事は告げた。途端にハイドランはかっとして叫んだ。

「忘れられるものか！　屋敷が破壊されたのだぞ！　あの屋敷は、我が誉れだ！　あのちびは我が誉れを打ち砕いたのだ！」

2

ベルフェゴル侯爵は理由を聞かずにハイドランを受け入れてくれた。

「いつまでもお好きなだけいらっしゃるとよろしい。閣下をお迎えできるのは、我が身にとっては何よりの誉れでございます」

　と侯爵は笑顔たっぷりに微笑んでくれた。阿諛追従からそう言ったのかもしれないが、それでも傷ついたハイドランにはありがたかった。寝室に案内してもらって、ようやく一人になってベッドに寝転がったが、心が激しくざわついていて眠れなかった。目を閉じても、あの吸血鬼のちびが目に浮かんできてしまう。

（きっと辺境伯めは、あわよくばを狙っていたに違いない。屋敷を破壊してもかまわぬ、わたしが死んでも気にせぬと言いつけたに違いない。わたしは何度もあの男の前に立ちはだかっている。何度も邪魔している。わたしを退けようとしても不思議ではない。むしろ、あの男がレオニダスの地盤を固めようとするならば、わたしを殺すのが一番なのだ）

　策士の辺境伯ならそれくらいのことはするはずだ、とハイドランは思った。そして危うく、自分は殺されるところだった。

（許さぬぞ、辺境伯……許さぬぞ、吸血鬼……）

3

ベルフェゴルは公爵の女執事モニカから事情を聞いたところだった。突然公爵が現れたので何かあったのだろうと思ったが、何かどころではなかった。

いっしょに話を聞いた友人のラスムス伯爵は沈黙していた。さすがのラスムスも言葉が出ないらしい。

「わしの言うた通りになったな。いずれ吸血鬼は王族にも牙を剥くとわしは予言したのだ。その通りになった」

とベルフェゴルは得意な気持ちをにじませながら言った。こうなるとわかっていたから、自分は今しか立つ時はない、立ってレオニダスと辺境伯を挫かねばならないと公爵に力説して、マギア王国とレグルス共和国に密使を派遣させたのだ。

我ながら慧眼であった。今頃、密使はマギア王とレグルスの最高執政官に、レオニダス王の愚かさを報告しているところであろう。レオニダス王はマギアに賠償請求を行おうとしている、マギアとの間に戦争の危機を引き起こそうとしている、と。

「公爵はおとなしくされた方がよい。報復など、考えることではない。時代が変わってきているのだ」

そう言ったラスムス伯爵に、ベルフェゴルは驚いて視線を向けた。

「何を言うか。この絶好の好機を逃せというのか？」

「好機？」

とラスムス伯爵が聞き返す。

「そうだ。辺境伯は最大の不始末を、間抜けをやらかしたのだ。やつ自身、自分が我々大貴族に嫌われていることは知っておるはずだ。やつは、大貴族の反発を招かずにわしと閣下の力を削ぐつもりだったはず。大貴族の反発を招けば、レオニダスも思うようには国を動かせぬからな。だが、吸血鬼どもが閣下の別邸を破壊した。今に見ておれ、大貴族たちが猛反発するぞ。辺境伯は過去最大の非難と憎悪を向けられることになる。辺境伯を追放しろ、吸血鬼を追放しろ。その声が上がる。エルフとレオニダスはかばおうとするだろうが、さすがにかばいきれなくなる。いずれ、処分が下される。吸血鬼はさんざん辺境伯に昇進の機会を与えつづけてきたが、我ら大貴族が一致団結し、連中を放逐する好機を与えることになったのだ」

ラスムス伯爵が細い目で睨んだ。

「貴族会議を開いて、王に決議を突きつけるつもりか」

答えずに、ベルフェゴルはにんまりと笑みを浮かべた。

「やめよ。相手は辺境伯だぞ。次は命がないぞ」

とラスムス伯爵が諫める。

「命がないのはどちらかな？　ブルゴール伯爵の時は、仕方のない部分もあった。伯爵は辺境伯殺害を企んだからな。だが、今回はどうだ？　たかが土下座させたくらいで屋敷を破壊し、危うく閣下を殺しかけたのだ。これは間違いなく、エルフ大法典第一〇二条に抵触する。王及び王族への殺害を企図した者、殺害を実行した者は処刑する」

「処刑にはならぬ」

「ならぬであろうな、レオニダスとエルフがかばうであろうからな。だが、大貴族は納得せぬ。辺境伯への処分と吸血鬼の追放なくして、自分たちは王に服従せぬと言い出すぞ。間違いない。しかも、外交使節は我が国に向かっておる。まさに絶好の好機ではないか」

ラスムス伯爵は黙っていた。

「ルメールに手紙を送ってくれ。貴族会議の場所を確保せねばならぬ。ルメールの屋敷がよかろう」

ラスムス伯爵は黙って部屋を出ていった。恐らく手紙を書きに部屋に戻ったのだろう。

ベルフェゴルは、執事モニカに顔を向けた。

「公爵閣下の仇は必ず取る。辺境伯にはしかるべき処分を受けさせる。そして吸血鬼どもにも、処分を受けさせる。閣下には心を強く持てとお伝えいただきたい。閣下の屋敷が破壊されたおかげで、レオニダスと辺境伯を挫く最高の機会が手に入った。閣下はこの国の誰よりも幸運に恵まれていらっしゃるとな」

第三章　義憤の連鎖

1

ヒロトはエルフの女書記官エクセリスと恋人のヴァンパイア族の娘ヴァルキュリアを連れて、エンペリア宮殿を発った。目指すは北東のルシニア州である。そこに、五十年前の事件を知る者がいる。

あいにくの激しい雨だった。まるで今の自分と同じだとヒロトは思った。貴族会議の決議については宰相パノプティコスにも大長老ユニヴェステルにも相談してみたが、「いかに耐えるか、乗り切れるかがヒロト殿の正念場だ」としか言ってもらえなかった。つまり、方策はないということだ。

宰相からは一つ、興味深い話を聞いた。半月ほど前、ベルフェゴル侯爵の屋敷に張りついていた密偵が、二人の騎士に撒かれてしまったという。どこへ向かったのかはわからなかったそうだ。

（知られたくない場所へ二人は向かった？）

どこへ。

わからない。わかればもしかすると、現状打破につながったのかもしれないが、今は無策だ。

打つ手なしの状況は何度か味わっている。だが、今回は今まで以上に打つ手なしだった。おまけに、ヴァルキュリアには相談できない。ヴァルキュリアに相談すれば、ヒロトが追い込まれたのは自分たちヴァンパイア族のせいなのかという印象を持たせてしまう。自分の好きな女に、そんな自省をさせたくない。

しかし――それにしてもいやな雨が降っていた。ただ立っているだけでも、足許が濡れてしまうような激しい雨である。

（おれ、晴れ男なのに、雨なんてな……）

2

ハイドラン公爵の別邸半壊事件は、たちまちのうちに王都に広まった。都の者たちは、

「吸血鬼はおっかねえなあ」

と居酒屋で酒のネタにするぐらいだった。

「ごちゃごちゃ言うと、ヴァンパイア族を呼んで家をぶっ壊すぞ！」

と冗談交じりに言う者もいた。サラブリア州の北部と違って、王都ではヴァンパイア族に血を吸われて死ぬという事件がない。ヴァンパイア族への恐怖は、切実な、身近なものではなかったのだ。

だが、権力の中心にいる王宮の女官や衛兵、官僚たちは違った。ヴァンパイア族の事件は、権力闘争的には新興の辺境伯と古参のハイドラン公爵との対決だったが、公爵の別邸を破壊したヴァンパイア族にも、そしてヴァンパイア族と最も関係の深い辺境伯にもお咎めがなかった一方、逆に公爵がエルフを中心に批判されたのである。それは宮殿での勢力図を少しばかり変えることになった。宮殿の権力は、それまでは王と王族を中心に成り立っていた。宮廷でうまく生き延びるためには、第一に王と王族に注意を払い、第二に枢密院顧問官に敬意を払いつづければよかった。だが、注意の対象が変わってしまった。第一に王と辺境伯に注意を払わなければならなくなったのである。

辺境伯とヴァンパイア族に楯突くな。辺境伯の家臣にちょっかいを出すな。

そういう無言のコンセンサスが形成されるのに時間は掛からなかった。マルゴス伯爵令嬢の二の舞になるなという掟が、速やかに宮廷にできあがったのである。

事件の翌日から、ミミアにいやがらせをする者は一人もいなくなった。もちろん、ソルシエールにいやがらせをする者もいなかった。辺境伯が連れてきたスタッフ——骸骨族のカラベラ——に対して、罵詈雑言を飛ばしたり暴力を振るったりする者は、一人もいなかった。王の次に権力を持つのは公爵ではなく、辺境伯兼国務卿なのだ——そう、女官も衛兵たちも察したのである。

勢力図の変化の中で真っ先に怯えたのが、マルゴス伯爵令嬢ルビアの同僚二人だった。ルビアがミミアに水を浴びせた時も毛虫をぶっかけた時も、二人はすぐそばにいて、哀れなミイラ族に嘲笑をぶつけていたのだ。辺境伯は、ミイラ族の娘に対しての無礼は絶対に許さないと断言したらしい。絶対に許さない——恐ろしい一言だった。ヒロトは王のナンバーツーなのだ。下っぱが許さないと捨て台詞を吐くのと、ナンバーツーが許さないと言うのとでは、実行力に雲泥の差があるのである。

ヴァンパイア族も激怒していたと聞いて、二人はふるえ上がった。次に処罰を受けるのは自分たちに間違いない——。迫り来る未来に、二人は潰されそうになったのである。

二人はすぐに屈した。料理人に賄賂を送って桃のタルトをつくってもらうと、それを手にヒロトの部屋に謝罪に出掛けたのだ。

応対したのは、ソルシエールという眼鏡の娘だった。ヒロトもヴァンパイア族もいなかった。罪を悔いに来た、お詫びに来たと切り出すと、洗濯物を干していたミミアを呼んでくれた。ミミアが来ると、二人はためらわなかった。即座に土下座して非を詫びたのである。ミミアは快く許してくれて、ようやく二人は安堵を覚えたのだった。

3

一方、副大司教の使者から直々に娘の話を伝え聞いたマルゴス伯爵は、しばらくの間、沈黙していた。破門は、まさに悪い意味での青天の霹靂だった。父親としては、娘は元気に宮殿でお仕えしていると思い込んでいたのである。

マルゴス伯爵は少しの間、権威と高貴を刻み込んだような五十代の表情を曇らせて視線を彷徨わせていたが、

「副大司教閣下と陛下ならびに国務卿には、多大なるご迷惑をお掛けしたとお伝えいただきたい。贖罪の品を用意するゆえ、しばしお待ちいただきたい」

と答えて、奥の部屋に引き下がった。執事も同行する。

「国務卿に頭を下げるのでございますか？　閣下はお嫌いだとおっしゃっていたではありませぬか!?」

と執事が囁く。

「嫌っておる！　今でも嫌いだ！　いっそう嫌いになった！　だが、娘は大罪を犯したのだ！　副大司教が直々に伝令を派遣されたことの意味を考えよ！　それこそ、伝令が納得するものでなければ、さらなる叱責を被るぞ！　それが我がマルゴス家にいかなる不名誉をもたらすか、わからんのか！　下手に処すれば、今度は大長老が出てくるぞ！　すぐにあれを持ってこい！」

とマルゴス伯爵は怒号を発した。

「あれとは――」

「あれに決まっておる！」

執事の顔色が変わった。

「あれはルビア様にお渡しになるものでは――」

「精霊の日に起きておれば、娘は間違いなく包帯だらけになって死んでおる！　このわたしも死んでおる！　下手をすれば、陛下が倒れていらっしゃる！　痛くも癢くもないものを与えて、何が贖罪になるか！」

と雷のように一喝した。それから声のトーンを落として、

「おまえも同行して、ミイラ族の娘に詫びてまいれ」

「わたくしもでございますか？」

と執事が驚く。

「当然であろうが！　我が家から誰も出さずに済むと思うておるのか！　それとも、このわたしに宮殿まで出向いて詫びよと申すのか！」

雷撃のような罵声に、執事は首を横に振って、桐でできた宝石箱を手に伝令の許に戻った。

「こちらが閣下よりの贖罪の品でございます」

と執事は差し出した。

「お確かめいたします」

とエルフの伝令が箱を開く。一目見て伝令はうなずき、桐箱の蓋を閉めた。

「これならば、シルフェリス様も納得されましょう。すぐにわたくしとともに王都へ」

4

翌日、執事はエンペリア宮殿に到着した。エルフの伝令といっしょとはいえ、緊張を覚える。マルゴス家への破門を解除できるかどうかは、自分に懸かっているのだ。

副大司教の部屋には、すでにシルフェリスがいた。二十六歳の若い女である。だが、市井にいるような女の雰囲気ではない。凛としたオーラが漂っている。背中を向けていても、きりっとした空気が伝わってくる。

エルフの伝令が執事のことを紹介すると、シルフェリスは振り返った。執事は膝行して、片膝を突いたままシルフェリスの手の甲に口づけをした。シルフェリスはものも言わずにじっと執事を見ていた。

（怒っていらっしゃる）

すぐにわかった。まだシルフェリスは自分を許すつもりではない。沈黙は怒りの証拠である。

「お詫びの品は？」

とシルフェリスは冷たく尋ねた。執事は片膝を突いたまま、恭しく桐箱を差し出した。箱を開くと、すぐにシルフェリスは箱を閉じた。

「ミミアを」

しばらくして、眼鏡のロングヘアの少女とともに白いパフスリーブの金髪碧眼の少女が入ってきた。一目で、その娘がミイラ族の娘だとわかった。

ミイラ族の娘は意外にきれいだった。ミイラ族というと汚い包帯を巻いた姿を想像していたのだが、人間と変わらない。執事にとっては意外だった。それだけに、なぜお嬢様はこの娘をいじめたのかと不思議に思った。

「国務卿兼辺境伯ヒロト殿の顧問官ソルシエール殿と、ミイラ族の娘ミミアです」

とエルフの伝令が告げる。

「お品を」

とシルフェリスが促した。

（これですべてが決まる）

相手は最下層のミイラ族の娘？

ここで潔さを見せずに副大司教の怒りを買っては、破門の解除は遠のいてしまう。旦那様にも申し訳が立たない。

執事はミイラ族の娘に膝行して、頭を下げた。

「わたくし、マルゴス伯爵の執事を務めておりますイグニカスと申します。このたび、我が主人は娘が大罪を犯してしまったことに大変心を痛めております。我が娘とはいえ、決してしてはならぬことだと、罪は充分償われるべきだと。そのことで、ミイラ族の方を首め、国務卿にも、そして副大司教閣下にも大変ご迷惑をお掛けいたしました。つきましては、贖罪の証にこちらをお納めくださいませ」

と恭しく桐箱を差し出した。ミイラ族の娘が目を瞠った。目をぱちぱちさせて凍りついている。

「いいのですよ、ミミア。受け取ってあげなさい。それが精霊様の思し召しです」

とシルフェリスが促す。ミイラ族の娘は恐る恐る桐箱を受け取った。箱を受け取っても、目をぱちぱちさせている。

「中を」

とシルフェリスに促されて、娘は箱を開けた。途端に、口を開いて凍りついた。

入っていたのはペンダントだった。それも普通のペンダントではなかった。チェーンは金でできていて、ペンダントトップには菱形にカットされた、親指大のエメラルドが金の装飾に縁取られてぶら下がっていた。まるで洞窟の底にひっそりと眠る美しい緑色の湖のような輝きが、神秘的な光燦を放っている。持っていれば、貴族の間でも羨ましがられるほどの逸品である。

「ソルシエール……」

とミイラ族の娘が眼鏡の娘に顔を向けた。あまりに高価なものに、驚いているのだ。

「いいのよ」

「でも、こんな高すぎるもの――」

ミイラ族の娘が固辞しようとする。

「遠慮はいりません。あなたが受け取ることが、この者にとっての贖罪となるのです。もらってあげなさい」

とシルフェリスがさらに強く促した。ミイラ族の娘はこくりとうなずいた。桐箱に目をやって、どんな表情を浮かべればいいのかわからない表情を見せる。

「素敵な贖罪の品をいただいたこと、マルゴス伯爵の尊きお心に感謝と感服を申し上げます」

とソルシエールが代わりに頭を下げた。眼鏡の娘はきっと、ヒロトの代理として立ち会ったのだろう。つまり、ソルシエールの言葉はヒロトの言葉ということである。

（辺境伯は納得した……！　問題は副大司教だ！）

執事が緊張する中、シルフェリスが執事に顔を向けた。

「マルゴス伯爵は充分贖罪をなさったと思います。ただ今から、マルゴス家に対する破門を解除いたします。謹慎期間が終わり次第、ご令嬢は宮殿に復帰することになりましょう。精霊様の愛とご加護が末永くマルゴス家にあらんことを。このたびの伯爵は非常に立派でしたよ。大貴族らしい高潔さあふれるものでした」

称賛の言葉に、執事は緊張がするすると緩んでいく解放感を味わいながら、深々と頭を下げた。

5

ほぼ当事者の立場のマルゴス伯爵は面従腹背の道を選んだが、他の大貴族は違っていた。ヴァンパイア族サラブリア連合に父親を殺された若きノブレシア州長官ブルゴール伯爵は、公爵邸半壊のニュースを執事から聞かされて激怒した。自分の父親の運命とハイドラン公爵の境遇とを重ねて、怒りを剥き出しに叫んだ。

「あの糞どもは昔からそうだ！　父上の時もそうだった！　あの糞どもは余所者の中の余所者だ！　にもかかわらず、勝手にこの国に入ってきて、勝手に父上を殺したのだ！　この国の法を踏みにじったのだ！　だが、モルディアス一世は糞どもを罰せられなかった！　糞どもの肩を持たれたのだ！　レオニダス王も同じだ！　モルディアス一世もレオニダス王も、我らより糞どもの方が大切なのだ！」

糞どもとはヴァンパイア族のことである。ブルゴール伯爵はさらに興奮してこう叫んだ。

「辺境伯は、糞どもを使って我ら大貴族を根絶やしにするつもりなのだ！　あいつは我々を滅ぼすことしか考えていないのだ！　今回のことだって、辺境伯が糞どもをけしかけたのに決まってる！　卑怯な手を使って我が兄を葬り、父上も殺させたようにな！」

6

剣技に秀でる美男子のルメール伯爵も、激しい義憤とともに怒りをぶちまけた。

「陛下はまた国防の楯で済ませるおつもりか！　ご自身の叔父上が屋敷を襲撃されたというのに、不問に付すのか！　陛下は血も涙もない方か！」

　と執事を前に叫ぶ。

「たとえ客人といえど、してはならぬことがある！　いくら自分たちが大切にしている者が侮辱されたとはいえ、してはならぬことがある！　それがわからぬで、何が客人か！何が国防の楯か！　何が国防の要か！　ただ我が国の法を無視し、恣意放逸を貫いているだけではないか！　国防の楯は無法者ではないぞ！」

　とさらに怒りをつづける。恣意放逸とは、わがまま放題、やりたい放題という意味である。

「すべての元凶は辺境伯だ！　あの男が、この国に諸悪の根源を持ち込んだのだ！　吸血鬼も辺境伯も、この国にはいらぬ！　今すぐ我が国は手を切るべきだ！」

7

怒りは、蜂蜜酒の産地にも広がっていた。王族の屋敷を破壊するとは何たることか！　吸血鬼はただの破壊魔、ただの殺戮者ではないか！　そのような者は我が国にいらん。辺境伯は責任を取れ！

ヒロトとの面会を嘘の理由で拒絶したルシャリア州、エキュシア州、オゼール州の大貴族たちも、執事から知らされて個室で憤怒の叫び声を上げていた。

「かようなこと、黙って見過ごすことはできぬ！　貴族会議を開いて決議を突き出すべきだ！」

　とルシャリア州長官は叫んだ。

　エキュシア州長官もオゼール州長官も同じだった。

「ベルフェゴル侯爵には、是非とも貴族会議を開催してもらわねばならん！　今立ち上がらずしていつ立ち上がるのか！　何のための我ら大貴族なのか！　王族の屋敷が破壊されて何もお咎めなしなど、ありえぬ！　今すぐ貴族会議を開き、何が何でも、辺境伯と吸血鬼には罰を与えねばならぬ！」

第四章　秘策

1

全国から届いた手紙に、ベルフェゴルは満足の笑みを浮かべていた。自然に頰が盛り上がって、笑みをつくってしまう。

オゼール、エキュシア、ルシャリア州だけでなく、ノブレシア州のブルゴール伯爵――ヴァンパイア族に殺されて非業の最期を遂げた伯爵の令息コラール――も、貴族会議の開催を要求していた。ルメール伯爵からは、貴族会議の会場として自分の屋敷を用意したいと賛同の返事が来ていた。

貴族会議の開催を宣言できるのは、慣習的に枢密院顧問官経験者である。つまり、ラスムス伯爵かベルフェゴルだけである。

（時は来れり！）

とベルフェゴルは心の中で叫んだ。

（レオニダスと辺境伯の思うようにさせてなるものか！　この国では誰の顔を一番に見なければならぬのか、若き王に思い知らさねばならぬ。大貴族の顔こそ、最も顧慮すべきものだとレオニダスには学んでもらわねばな）

ベルフェゴルは執事を呼んだ。

「閣下をお呼びしろ」

2

その日の朝、ハイドランは夢を見た。久々に亡き妻テルミアが夢枕に立ったのだ。妻は白いレースのワンピースを着ていた。妻が好きだった服だ。

《かわいそうなあなた》

そうテルミアは夢の中で言った。

《でも、もっとかわいそうなのは、ヒュブリデ。あなた以外、もう誰も救えない》

その言葉にはっと目が覚めた。

あなた以外、もう誰も救えない。あなた以外、ヒュブリデを救えない。ヒュブリデを救えるのは、あなた、あなただけ――。

ここでふさぎ込んでいる場合ではないとハイドランは思い立った。亡父もこう教えていたではないか。おまえは王族なのだから、いかなる時も余裕を持て。いかなる時でも笑みを絶やすな、悲しくても怒っていても微笑みを忘れるな。

今こそ、そうではないか。恥辱は拭いがたいが、今こそ微笑む時ではないか。

そう思った直後、ふと気がついた。早朝なのに――窓を閉め切っていたのに、白い蝶が飛んでいたのだ。妻がハイドランの屋敷に初めて訪れた時も、白い蝶が飛んでいた。妻が亡くなって遺体を納めた柩を埋葬した時にも、白い蝶が舞っていた。

(ああ……妻が来てくれたのだ。わたしを心配して来てくれたのだ)

死んだ今も、妻は自分を応援してくれているのだ。他人の屋敷でふさぎ込んでいる場合ではない。自分が枢密院を欠席すれば、レオニダスとヒロトはその分だけ思うままに国づくりを進めてしまう。そのようなことをさせてはならない。その決意に合わせるように、ベルフェゴル侯爵の執事が部屋に入ってきたのだ。

リビングに顔を出すと、ベルフェゴル侯爵とラスムス伯爵がいた。ラスムス伯爵は、いつもよりおとなしい目をしていた。だが、侯爵は違った。侯爵は、まるで獲物を狙う猛禽類のような、鋭い目つきをしていた。

「閣下。この手紙をお読みください」

と侯爵は手紙を差し出した。ハイドランは受け取ってすぐに目を通した。

（あぁ……）

心の中に歓喜が湧き起こった。

皆が、自分のために怒ってくれている。貴族会議を開けと申し出てくれている。

（あぁ……わたしのために……）

快感と興奮が込み上げる。

逆境は好機。逆境は逆転の種。亡き父に言われた言葉が思い出される。

「閣下、正念場ですぞ。ここで恥辱にまみれて永遠に消え去るか、不死鳥のごとく蘇って、倒すべき敵を打ち崩すか。大貴族たちは必ず閣下に同情いたします。レオニダスとヒロトと吸血鬼に反感を覚えて、排斥を叫びだすでしょう。大貴族たちが、反レオニダス、反ヒロト、反吸血鬼の下に団結するのです。それを追い風にできるかどうかは、閣下次第です。閣下次第では、マギアとレグルスに派遣した密使も無駄になりましょう。さあ、今すぐお決めなされ」

と侯爵が切り込んできた。

ふさぎ込んでいないで、さっさと立ち上がれという意味である。自分もそのつもりだった。

これは精霊がくれた好機なのだ。精霊は、自分に対してこの国を立て直すことを望んでいらっしゃる。

いかなる時も余裕を持て。いかなる時でも笑みを絶やすな。

ハイドランはベルフェゴル侯爵に微笑んで答えた。

「わたしの帆は壊れてはおらぬ。わたしの船も沈んではおらぬ。そしてわたしは、レオニダスに高笑いさせる趣味を持ち合わせておらぬ。レオニダスと辺境伯を止められるのは、このわたしだけだ」

ベルフェゴル侯爵は、じっとハイドランの目の奥を覗き込んだ。

「進まれるのですね？」

「わたしは吸血鬼の危険性を一番身をもって知っている者だぞ？　そのわたしが退いてどうするのだ？」

ベルフェゴル侯爵はようやく微笑んで手を差し出した。ハイドランは侯爵の手を握った。

「実は心配しておったのです。これで閣下が傷ついて潰れれば、閣下はそれまでの方だと」

「見くびられたものだ」

ハイドランが軽く冗談で突き刺すと、

「失礼いたしました」

と侯爵が頭を下げ、言葉をつづけた。

「我々は貴族会議を開催いたします。必ずや辺境伯と吸血鬼に対する決議を行って、王に突きつけます」

「だが、決議だけではレオニダスは動かぬぞ。あの男は、辺境伯と心中する気でおる」

とハイドランは指摘(してき)した。侯爵が、わかっておりますとばかりに微笑む。

「策があるのか？」

「臣従礼がございます」

ラスムス伯爵が驚いて友人に顔を向けた。

「エルフに突っ込まれるぞ！　臣従礼は要求の道具ではない！　あれは大貴族の義務だ！」

「さよう。だが、まだ臣従礼を行っていない者が、辺境伯と吸血鬼に対して罰を与えぬ限り、臣従礼を行わぬと言ったらどうなる？」

と侯爵が微笑む。

「エルフを敵に回すぞ。臣従礼は取引の道具ではない」

「では、辺境伯と吸血鬼に対して罰を与えぬ限り、一切(いっさい)の課税に対して同意せぬと言ったらどうなる？　もし隣国(りんごく)との間に戦争が生じても一兵卒たりとも兵を派遣せぬと言ったらどうなる？　税金も送らぬと言ったらどうなる？　それも外交使節が訪れる間近に」

「レオニダスは怒りまくるぞ」

とラスムス伯爵が突っ込む。

「怒りまくるであろうよ。誰かを牢屋に放り込むやもしれんな。しかし、それでどうなる？　大貴族の反発はさらに強まるであろうな――収拾不可能なほどに。それでレオニダスは何ができる？」

今度はラスムス伯爵は反論しなかった。

決議を突きつけることがベルフェゴル侯爵の狙いではなかった。決議を突きつけてレオニダスを激怒させ、大貴族の一人を牢に放り込ませること。それにより大貴族の怒りを国中で煽ること。それが、侯爵の目的だったのだ。

（それならば、確かにレオニダスを揺さぶれる……！）

ハイドランは興奮を覚えた。レオニダスは頑固だ。父親よりも頑固で、父親よりも頭が切れる。だが、父親よりも気は短い。決議を聞けば、決議を伝えた大貴族を間違いなく牢に放り込むだろう。そうなれば――。

大貴族の怒りは全国に広がり、収拾がつかなくなる。レオニダスは譲歩するしかなくなる。つまり、吸血鬼を追放し、辺境伯を左遷する以外、道はなくなるのだ。

友人からの反論がないのを見て、満足げにベルフェゴルは微笑んだ。それから呼び鈴を鳴らした。すぐに執事が入ってきた。

「辺境伯に反感を持つ大貴族たちに手紙を送れ。フェルキナには送るな。あの女狐は、辺境伯の腰巾着だ。手紙にはこう記せ。ルメール伯爵の屋敷で貴族会議を開催する。我らは、辺境伯と吸血鬼の横暴を防がねばならぬ。公爵閣下の名誉を取り戻し、これ以上、国威が損なわれないようにせねばならぬ。この国に余所者も吸血鬼もいらぬ」

第五章　レグルスの探り

1

また、何度目かの夢だった。自分は山の中、弓矢を持って移動している。そろそろ夕方だ。もう少し粘ってだめなら、今日はやめよう。そう思って歩いて、男は稜線まで来た。

今日はだめだな……思ったところで、熊に気づいた。

(仕留められるか……？)

矢を番える。

射た。うっと呻き声が聞こえた。どさっと熊が倒れる。だが、熊とは違う呻き声だった。

(まさか……！)

斜面を下りると、現れたのは茂みの陰から熊の皮をかぶった——。

男は口を半開きにして、目を開いた。

また夢だった。五十年前の夢だ。何度も、何度も、同じ夢を見る。そしてそのたびに、痛みを持って目覚める。

　男はみすぼらしい小屋から出てきて、山の中を歩いた。小川から水を汲（く）んで、戻って小屋の中の祠（ほこら）に水を掛ける。

「たっぷり飲みなせえ」

　それから自分も水を飲んで、背負子（しょいこ）を担（かつ）いで小屋を出た。男の仕事は、町と骸骨（がいこつ）族の村のつなぎ役だ。町の者は骸骨族を不気味がって、骸骨族の村には行きたがらない。それでも用事がある人の代わりに、男が骸骨族の村に行くのだ。

　今日の用事は税の徴収（ちょうしゅう）だった。骸骨族は貧しいので、税の徴収にはいつも気が引ける。ただ、最近はなぜか、骸骨族はずいぶんと潤（うるお）っている。時々、青い翼（つばさ）のヴァンパイア族が骸骨族のいる辺りに降下するのを見ることがある。数カ月前、ヴァンパイア族の子供が半殺しに遭（あ）った時、骸骨族の村の者が子供を助け出したらしい。それで、ヴァンパイア族からずいぶんと果物をもらっているそうだ。男もこの間、お裾分（すそわ）けをもらった。すぐに帰って、祠にお供えしてから食べた。

（金が足りなかったらどうするかな……）

　男は思った。

　骸骨族から取り立てる？　それはしたくない。

（おれの金から出すか……）

2

マルゴス伯爵は、娘の帰宅した屋敷で一人、寝室で手紙を開いたところだった。ベルフエゴル侯爵からの召喚状である。

《×月×日、ルメール伯爵邸にて貴族会議を開くゆえ、ご参加されたし。我らは、辺境伯と吸血鬼の横暴を防がねばならぬ。公爵閣下の名誉を取り戻し、これ以上、国威が損なわれぬようにせねばならぬ。この国に余所者も吸血鬼もいらぬ。なお、このたびのことはご内密に》

3

そのレグルスから来たエルフは、エルフが集う酒場を何軒も梯子していた。エルフは警戒心が強いが、レグルスから来たのだと言うと、警戒心は和らいだ。男は、自分は買いつけのために来たのだと説明した。

「ここに来て一番驚いたのは、正直、王子が即位したことだった。てっきり公爵が即位するものだとばかり思っていた」

と告白すると、皆、微笑みを浮かべていた。どちらとも取れる微笑だった。

「賢明なる我が友人は、王子の即位を？」

そう質問を差し向けると、

「あれは予想できぬ」

「我々もまさかと思った」

という答えが返って来た。

「なぜ王子になったのだ？　公爵には不安があったのか？」

とさらに突っ込むと、

「そういうことなのだろう。辺境伯の方を取ったのかもしれん」

という答えが返って来た。

「辺境伯？」

と聞き返すと、

「王子が即位すれば、辺境伯が枢密院に残る。だが、公爵が即位すれば、ベルフェゴル侯爵が宰相に返り咲く。そのことを危惧されたのだろう」

「侯爵は昔の方だ。昔の方が戻られることに対して懸念したのかもしれん」

とヒュブリデのエルフたちは答えた。

「だが、王子は相当のやんちゃだと聞いているぞ。美女を二人抱えていたというのは、レグルスでも有名な話だ。今度は北ピュリスとマギアという美女を手に入れようとするのではないか？」

そう吹っ掛けると、全員から苦笑を浴びせられた。

「辺境伯は好戦的な男じゃない。自分から戦争を仕掛けたことは一度もない。あの男の脳味噌は専守防衛だ。それは四カ国協議でもわかってることじゃないか？」

と返された。

「王子はがめつい方なのか？」

と男はさらに聞いてみた。

「そういう話は聞かんな。いつも辺境伯といっしょだという話は聞いている。相当辺境伯を頼りにされているそうだ」

男の質問は、賠償問題を引き出そうという遠回しのものだったが、賠償問題のことは聞き出せなかった。

さらに踏み込んでみる？

「ピュリスの王が空の力を手に入れれば、圧力を加えて隣国から金を巻き上げるだろうと踏んでいるのだが、王子はどうなのだ？　そういうことをしそうなのは、むしろ侯爵か？」

と聞いてみた。

「侯爵かもしれんな。王子は無理だろう。もしそんなことにヴァンパイア族を利用しようものなら、辺境伯が止める」

4

翌日、レグルスから来たエルフの商人は、つてを頼ってヒロトの顧問官に面会した。面会の場所はヒロトの部屋だった。部屋にはちっこい吸血鬼が腹這いになって、本を広げていた。ヴァンパイア族の娘らしい。

「ヒロト殿はご出発になったと聞いたが」

そう眼鏡の男――相一郎に尋ねると、

「相一郎！」

ちびの吸血鬼が立ち上がって、本を手に相一郎に駆け寄った。

「本」

「このエルフの人とのお話が終わったらな」

ちびの吸血鬼が本を置いて、てけてけと表へ出て行く。

「すみません、何の話でしたっけ？」

「ヒロト殿はどちらへ？」

とエルフの商人は尋ねた。

「リンペルド伯爵に話があるとか」

「マギアとの件で？」

「国防のことでとか言ってたけど……」

と相一郎が答える。

「顧問官にはあまりお話にならない？」

「急な用事だったみたいなので……」

エルフはうなずいた。賠償請求のことで行ったのかどうかはわからないが、リンペルド伯爵はルシニア州長官だ。そしてルシニア州は、賠償金問題が発生した地である。賠償請求のことで出掛けたと見て間違いはあるまい。

「ヒロト殿は、我が国に対してはいかようにお考えで？」

とエルフの男は真正面から質問をぶつけてみた。

「今まで通り、親密な関係を維持したいと」

と相一郎が即答する。

「ピュリスについては？」

「レグルスと同じく、今まで通り親密な関係を維持したいと」

同じ答えである。恐らく、ヒロトがそう言えと命じたのだろう。

「となると、ガセルとも同じように？」

「同じように、親密な関係を」

「アグニカとは？」

「アグニカとも、親密な関係を」

余計なことを言ってぼろを出させないようにしたいのだろう。

「相一郎殿はどうお考えなのか。アグニカとの間には大きな問題があるのでは？　マギアには問題はない？」

「自分はいつもはサラブリアにいますので」

と相一郎は答えた。つまり、わからないということである。

「相一郎殿は、マギアについてはどんな感情を？」

「別にありません」

と相一郎はつっぱねた。

（無駄であったか）

顧問官から何か嗅ぎつけられるのではと思ったが、マギアに対する賠償請求の匂いを嗅ぎ出すことはできなかった。

5

レグルス共和国首都パラディウムの宮殿の五階には、最高執政官の個室がある。その個室に、白い一枚布を銀色の腰の帯で留めた長身の、いかにも頭のよさそうな四十代のエルフが呼び出されたところだった。

最高執政官コグニタスの部下で最も頭が切れると噂される男、オルディカスだった。ヒュブリデへ大使として派遣されることになって、コグニタスの許にやってきたのだ。

「おまえもレオニダスのことは知っておろう。あの男は言い出せばきりがない男だ。二人の女を欲しがったように、賠償金も貪欲に欲しがるだろう。無論、マギアは拒絶する。先代と先々代の王と違って、レオニダスは執拗に賠償請求を行うはずだ。空の力の使用も辞すまい。そうなれば、再びマギアとヒュブリデの間に戦争が起きよう。だが、五十年前とは事態が異なっておる。ヒュブリデには空の力がある」

　コグニタスの言葉に、

「ヴァンパイア族でございますね」

　とオルディカスは低い落ち着いた声で答えた。コグニタスはうなずいて、つづけた。

「マギアは必ず侵略される。それがいかように我が国に飛び火するかは、説明するまでもあるまい。マギアへの賠償請求は、何としても打ち砕かねばならない」

　オルディカスはうなずいた。オルディカス自身も同じ考えだった。賠償問題はマギアとヒュブリデにとって、一度火が点いた炭のようなものだ。なかなか消えず、容易に火事へと発展する。完全に消火しなければならないものだ。

「ただ、我々が聞き知っているのは、公爵の密使からの手紙一つだ。それとなく探らせているところだが、ヒュブリデのエルフからは聞き出せておらぬ。必ず公爵に会って、レオニダスがどのように申したのか、一言一句確かめよ。ただし、ユニヴェステルには、我らが賠償請求を阻止するつもりであることを悟られるな。このたびの賠償問題、裏に辺境伯がいる。ユニヴェステルに知られれば、必ず辺境伯ヒロトに通じる。そうなれば、あの男は策を講じてくるだろう」

　コグニタスの言葉に、

「確かめた上でもし勘違いがあった場合はいかようにに？」

「その場合は中断せよ」

　オルディカスはうなずいた。

「では、ともに客人に会いに行こうではないか」

　先にコグニタスが歩きだす。

「ヒュブリデにはどのように威圧を？　言葉だけで連中は賠償請求をあきらめるでしょうか？」

　オルディカスが尋ねると、

「あきらめてくれると思うか？」

　とコグニタスが聞き返した。

「いえ。辺境伯は必ずやり返してくるでしょう」

　オルディカスの答えに、コグニタスはうなずいた。

「最悪、力の行使も考えねばなるまい。ヒュブリデには同朋もいる。だが、だからといって軍事力の使用を選択肢から外せば、止められるものも止められなくなる。マギアとヒュブリデの戦争は何をしてでも止めねばならぬ」

「わたしも、軍事力の行使はちらつかせるべきだと思っております。でなければ、辺境伯も、レオニダス王も、止まりません」

「脅せば退くと思うか？　あるいは戦争になるか？」

コグニタスはうなずいた。それから、オルディカスに質問を向けた。

「マギアと組めば、戦争にはなりますまい。辺境伯は頭のいい男だと聞いております。マギアとレグルス相手に開戦を決意するほど、愚かではありますまい。最初にそれでも賠償請求を貫こうと考え、壁がぶち破れぬとわかれば退くと思います。ですが、それもマギアとの二枚の楯があってのことです」

「わたしも同感だ」

答えて、コグニタスは個室の扉を開いた。

個室は執務室につながっていた。執務室で待っていたのは、逆立ちをしている女だった。オルディカスは面食らった。姫様、とそばでネストリアがたしなめているが、女はまるで聞いていない。よっと言って女は逆立ちから戻って普通に立った。露出過多の赤い甲冑に小麦肌のボディを詰め込んだマギア人の女――マギア王の妹、リズヴォーン姫だった。

「待ちくたびれたぞ～。何の話をしてたんだよ」

とあまりにも砕けた口調で話しかけてきた。オルディカスはさらに面食らった。だが、コグニタスは動じなかった。そういう人物だとわかっていたらしい。きっと面識があったのだろう。

「紹介しよう。姫君と行動をともにすることになる、我が大使オルディカスだ」

コグニタスがオルディカスを紹介した。オルディカスは片膝を突いて、リズヴォーン姫の手の甲に口づけをした。

「頭よさそうな顔してんな～」

とリズヴォーン姫が思ったことを口にする。コグニタスは微笑んだ。

「なかなかの切れ者だ。ヒュブリデにおいては、この者と行動をともにしていただきたい。必ずや姫君のお役に立とう」

「賠償問題はいっしょにぶっ潰してくれんのか？　後ろに辺境伯がついてんだろ？　あいつがついてるってことは、絶対賠償請求してくるぞ。それもあの手この手を使って」

とまた砕けすぎた口調でリズヴォーン姫は尋ねた。

（どうコグニタス殿は返事される？）

オルディカスは様子を窺った。ヒュブリデを牽制するのなら、力の行使をちらつかせるべきだ。

コグニタスは微笑んで答えた。

「我がレグルスは、貴国とヒュブリデの賠償問題について全面的に貴国を支持することを約束しよう。決してヒュブリデに勝手な真似はさせぬ。場合によっては力の行使も辞さぬ」

力の行使――すなわち軍の派遣もありうると、コグニタスは示唆したのだ。国家に対してはかなり強い圧力である。

「ただし、力の行使を覚悟する者が一人だけでは心細い」

とコグニタスが付け加えると、

「うちだって同じだ。戦争が怖くて賠償金をはね除けられるか。どうしても手に入れたいって言うのなら、いつだって戦争してやる」

と応じた。オルディカスは心の中で拳を握り締めた。

（これでヒュブリデを牽制できる……賠償請求を止められる……）

第六章　嵐の前

1

だだっ広い草原の中に天幕がいくつも並んでいた。その一つの天幕の中に、黒い翼を伸ばした二メートルほどの巨漢の男のヴァンパイア族が腰を下ろして手紙を読んでいた。華奢な身体ではない。髭面で、腕も胴回りも太い。

サラブリア連合代表ゼルディス――ヴァルキュリアとキュレレの父親である。ゼルディスの前には、大長老より派遣されたエルフが跪坐していた。

ゼルディスの眉毛がハの字にだらしなく垂れ下がり、目が細く狭まり、思い切り顔がにやけているのは、手紙の文字と内容のせいだった。文字は下手糞だった。線がよれよれで、書き慣れていない者が書いた字だと一目でわかる。記されている文句も短かった。でも、父親にとってはたまらない言葉だった。

《パパ　大好き》

キュレレの字だった。まだあまり字の書けないキュレレが書いてくれたのである。それを、エルフが大長老の手紙とともに持ってきたのだ。

「キュレレもようやく字が書けるようになってきたか……」

とすっかり親馬鹿(ばか)の表情で手紙を見つめる。しばらく会っていないが、きっと娘(むすめ)はどんどん成長していっているのだろう。

「このたびのこと、大長老は大変怒(おこ)っていらっしゃいます。すべての責任は公爵にあるとおっしゃっています」

とエルフが告げた。それでゼルディスは親馬鹿の表情から、連合代表のきりっとした表情に戻った。

「相一郎(そういちろう)殿は我が同胞(はらから)。我が一族も同然。キュレレにとっては兄も同然。この三年間、相一郎殿が我が娘のためにどれだけ時間を割(さ)き、物語を読んでくれたことか。感謝のしようがない。相一郎殿に侮辱(ぶじょく)を与(あた)えることは、このわしが許さん。公爵とやらに伝えるがよい。日が西から昇(のぼ)ろうとも、貴殿(きでん)には決して協力せぬとな」

2

夜がエンペリア宮殿に訪れていた。自分たちのために用意された部屋で朗読を終えて、相一郎はベッドで鼾を掻いていた。部屋は暗い。すぐ隣で大きな垂れ目をパチパチさせているのは、キュレレである。もう寝る時間だというのに、首に金色の真珠のネックレスを着けている。うれしくて、着けたままベッドに潜ったのだが、うれしすぎて眠れない。

今でもあの時のことはよく覚えている。相一郎に断られた時、キュレレはびっくりした。信じていた世界が壊れてしまった感じだった。

どうして？

どうして読んでくれないの？

キュレレ、悪いことした？　相一郎、キュレレに怒ってる？

そうではなかった。公爵という偉い人が、相一郎に土下座させたのだ。お姉ちゃんは凄く怒っていた。キュレレにはよくわからなかったけど、きっと相一郎を下僕呼ばわりしたあの人間の女のせいだと思った。相一郎が涙を流したのには驚いたが、胸が、きゅんときた。かわいそう。相一郎を元気にしてあげたい。そう思った。だから、お姉ちゃんに仕返しをしてやれと言われて、二つ返事で引き受けたのだ。

久しぶりに、思い切り飛んだ。お屋敷は見る見るうちにぼろぼろになって、少し気分がすっきりした。そしたら、相一郎が本を読んであげると言ってくれた。そしてあのステキなものを——真珠のネックレスをくれたのだ。

キュレレは暗がりの中で、首に掛かった真珠のネックレスを取り上げた。暗闇の中で持ち上げて、静かな真珠の輝きを見つめてみる。

やっぱりきれい。

顔がにやけてしまう。

お姉ちゃんがもらった時から、羨ましかったのだ。デスギルドとゲゼルキアがもらうと、もっと羨ましくなった。キュレレだけ持ってない……。

でも、今はキュレレも持っている。

キュレレは隣の相一郎に顔を向けた。相一郎は相変わらず寝ている。

（相一郎♪）

キュレレは相一郎のほっぺたに自分のほっぺたをこすりつけた。

第七章　生き証人

1

直線路が大きな正門と黒い門扉へ延びている。夜遅くだというのに、門前には松明が焚かれ、白いガウンを羽織ったルシニア州長官リンペルド伯爵――殺された伯爵の孫――が出迎えに姿を見せていた。夜道をゆっくりと馬車が近づいてくる。御者が馬を止め、馬車が停車した。窓から顔を出したのは、青いマントを羽織った青年――国務卿兼辺境伯ヒロトであった。まさか伯爵が迎えに来ているとは思わなかったらしくヒロトは、慌てて扉を開けて馬車から下りた。

「すっかり遅くなりました。こんな遅くにお迎えいただいて、すみません」

「ヒロト殿がお越しになるのならば、お迎えせずにはいられませぬ。我ら家臣一同、そしてルシニアの民は、マギアが侵略しようとしたこと、その時にヒロト殿とヴァンパイア族の方々が勇気をお示しになってくださったこと、決して忘れてはおりませぬぞ」

とリンペルド伯爵が答える。

ヒロトは伯爵と手を握り合った。伯爵が臣従礼に来て以来の再会である。ヒロトは伯爵と歩きだし、馬車は黒い門へ進みはじめた。

「我が祖父のことをお調べになっていらっしゃるとか。マギアに賠償請求をなさるおつもりですか？」

とリンペルド伯爵が尋ねる。

「その辺りも含めて、まずは事実確認です」

とヒロトは答えた。賠償請求はすでに決まったことだが、バラすわけにはいかない。

「生き証人はすでに呼んであります」

「感謝申し上げます」

「あと、デスギルドの使いだと申すヴァンパイア族が、ヒロト殿にと手紙を置いてまいりました。もちろん、見てはおりません」

（デスギルド⁉）

伯爵が手紙を渡す。ヒロトは立ち止まってすぐに手紙を開いた。

《真珠は皆喜んだぞ。改めておまえに感謝する。感謝ついでにいい報せをくれてやろう。マギア人で事件をよく知っているやつを突き止めた。ロザンという男だ。伯爵に矢を放っ

た男らしい》

（伯爵に……!?）

　ヒロトは危うく手紙を落としそうになるところだった。マギア側の生き証人を得るために真珠の贈り物をしたわけではないが、思わぬ副産物を生んでくれたようだ。

「何か？」

「マギアの生き証人にも会えそうです」

「何と!?」

　とリンペルド伯爵が驚く。

「わたしもその話は聞きたい」

「ええ、あとでお伝えします」

　そうヒロトが答えると、リンペルド伯爵はうなずいた。

「実は、祖父には会ったことがないのです。わたしが生まれる前に、矢で倒れたのです。わたしが生まれるのを楽しみにしていたらしいのですが……。そのせいというわけではないのですが、マギアから是非、何かしら祖父に対して得たい。でないと、亡くなった祖父が浮かばれない。精霊様も、きっとお許しにはならんでしょう」

2

ヒロトはエクセリスとともに、一人の老人に面していた。五十年前、狩りの最中だったリンペルド伯爵――今のリンペルド伯爵の祖父――は、マギア人の矢に倒れた。伯爵は枢密院顧問官も兼務していたため、時の王は憤激。事件が元でヒュブリデとマギアの間に衝突が発生、賠償金支払いを拒否したマギアに対してヒュブリデは山を越えて攻め込んだ。だが、人間の人口を著しく減少させることになった疫病が流行し、戦争は中断。そのまま五十年が過ぎている。

ヒロトの目の前にいる丸坊主の痩せた男は、当時、いっしょに狩りに付き合っていたリンペルド家の家臣だった。

老人は、旦那様は……と語りはじめた。大柄な伯爵はイノシシ狩りをしていたのだという。少し寒い日で、伯爵は熊の毛皮をかぶって山中を歩いていた。犬が吠えて、伯爵は一足先に犬を追いかけてマギアとの国境へ向かっていったという。その後、犬がさらに吠えて、それから犬の声が聞こえなくなった。犬がぎゃんと鳴くような声があって、それっきりだったという。先にお供の騎士が駆けつけて、「旦那様～っ！」と悲痛な叫び声を上げた。男が辿り着いた時には、伯爵は岩場の上に寝かされていて、腹部に矢が刺さっていたという。

伯爵はすでに亡くなっていた。遺体をヒュブリデ側からマギア側へ引きずった後があり、咄嗟にマギアの者が「伯爵がマギア側にいたから誤射したのだ」と正当化しようとしたのだなと感じたという。

騎士たちは荒ぶっていたそうだ。まだ遺体は温かかったので、殺人犯がそばにいるのではないかと剣を抜いて付近を捜しまわったという。だが、見つからず、腹いせに剣で木々を斬りつけて、その後、全員で伯爵の遺体を担いで屋敷まで戻ったそうだ。

「旦那様はさぞかしご無念だったと思います。あと二カ月で初孫がお生まれになることになっていて、それはそれは楽しみにしていらっしゃったのです。『名はわしがつけるぞ、風呂にも毎日わしが入れてやるぞ』と、それはもうたいそうなはしゃぎっぷりで……。それを思うと、マギアの対応は許せないのでございます。狩りの最中の事故だとの一点張りで、誰も詫びには来ておらぬのです。当時は、マギアと我が国の間で商船が襲われるという事件が相次いでおりまして、マギアとの関係はよくなかったのでございます」

と老人が話す。

「この老いぼれの話をお聞きに来られたのは、きっとマギアに鉄槌を下すためでございましょう。是非、マギアから賠償金を、詫びの言葉をもぎ取ってくださいませ。あなたはピユリスもマギアも追い払った英雄だ。是非、旦那様のご無念を——」

3

その夜、ヒロトはエクセリスとともにベッドに潜った。眠気はすぐには襲ってこなかった。

《是非、マギアから賠償金を、詫びの言葉をもぎ取ってくださいませ。あなたはピュリスもマギアも追い払った英雄だ。是非、旦那様のご無念を——》

老人の言葉は、心を揺さぶるものだった。叶うものなら、叶えてやりたい。だが、感情で動いてはならないという声がする。ピュリスの危機の時も、マギアの危機の時にも、感情で動いてものが解決したわけではない。

危窮の時こそ冷静であれ。危窮の時こそ、余裕を持て。

今が危窮の時と言えるのかわからないが、冷静でなければいけないと思う。マギアに感情論をぶつけても、マギアがただ鎧を固めるだけなのはわかっていることなのだ。

枢密院顧問官リンペルド伯爵の殺害事件をややこしくしているのは、殺害された場所と矢を放った場所、そして伯爵が発見された場所だった。ヒュブリデ側は、伯爵はヒュブリデ国内にいたと主張している。マギア人狩人はヒュブリデ国内で矢を放ったのだとも主張している。事実なら、マギア人狩人はヒュブリデ国内で大貴族を殺したことになる。

亡き伯爵の遺体は、国境を越えてマギア領内に入った岩場で発見された。そしてヒュブリデ領内から引きずった跡が残っていた。当時、ヒュブリデ側は、マギア側が亡き伯爵がマギア領内にいて殺されたように偽装するために遺体を移動させたのだと主張した。マギア側は、狩人は伯爵を楽にさせるために岩場に移動させただけであり、ヒュブリデの主張は言いがかりであると言い返した。さらにマギア国内で裁判を開き、狩人に対して無罪を言い渡した。それがまずかった。遺体が移動させられたという事実とマギアの反論と無罪判決とが、当時のヒュブリデ王を激怒させた。亡き伯爵が枢密院顧問官だったこともあり、当時のヒュブリデ王は直ちに謝罪と一万ヴィントの高額な賠償金を要求した。

マギア王国は当然、拒絶した。そればかりか、詫びも行わなかった。感情的なもつれがあまりに激しく憎悪が巻き起こったため、マギア側からは誰も弔問にも来なかったのだ。ヒュブリデ王は怒り、相応のものがないのならば、軍を進めると宣言。撥ね返してみせるとマギア王は宣言し、戦端が開かれた。戦争の遠因には、半年前にヒュブリデの商船がテルミナス河でマギアの河川賊――海賊の河川バージョン――に襲われたにもかかわらず、マギアが賠償を拒否。報復にヒュブリデがマギアの商船を襲撃したという事件があった。

戦いに終止符を打ったのは疫病だった。三分の一の人間を死なせ、町の機能を停止させ、骸骨族やミイラ族など異種族の登用を促すことになった疫病が軍隊内にも流行して、ヒュブリデの軍隊は崩壊。不本意な形で戦争は終結したのだ。

マギア王国もヒュブリデ王国も、精霊教会の国である。マギアは精霊の思し召しであると宣言し、ヒュブリデの侵略は許されざる行為であり、自分たちの正当性が精霊によって示されたのだと主張した。ヒュブリデ王は再度、賠償金を要求したが、疫病の流行であまり賠償問題に関わっている場合ではなかった。そうして賠償問題はうやむやのまま先延ばしにされ、五十年の歳月だけが過ぎてしまったのだ。

今日の生き証人の言葉は、感情を揺さぶるものだった。だが、来るべきマギアとの交渉において役に立ちそうなものではなかった。基本的に歴代のヒュブリデ王がマギアに突きつけてきたものと同じだ。同じではマギアの鋼殻はぶち破れない。

ヒロトはベッドから起き上がると、灯を灯して燭台と書蝋板と鉄筆とともにベッドに戻った。ヒロトの隣には、いつも後ろでまとめている髪の毛を解いてロングヘアになった金髪のエルフ、エクセリスが裸で横たわっている。

（どうアプローチすればウルセウス王が賠償金支払いにうんと言うのか、整理してみよう）

・ヴァンパイア族の飛行制限→絶対なし
・空の力の行使の自粛→絶対なし
・マギアに対する侵略における未使用→戦争時の攻撃力を弱めるので、なし

ヒロトは今の事態と案とを整理してみた。

・ウルセウス王は国防について安心がほしいはず
・賠償金を支払うつもりはない
・賠償問題を持ち出せば、レグルスが出てくる可能性あり

そこまで書いて、ヒロトはため息をついた。
（だめだ。レグルスまで持ち出すと訳がわからなくなる。ウルセウスだけで考えよう）
再び、列記していく。

・ウルセウス王は賠償金を支払うつもりはない
・ウルセウス王は国防について安心がほしいはず

・そこに機があるはず
・ヴァンパイア族の飛行制限（マギア領空に入らない）↓絶対なし
・マギアに対する空の力の行使の自粛↓絶対なし
・マギアに対する侵略には使わない

ヒロトはもう一度ため息をついた。

（だめだ。やっぱり手がない）

「ベッドで書き物をすると火事になるわよ」

エクセリスが背中から抱きついてきた。剥き出しの生乳が背中に密着してひしゃげる。しっとりした豊潤な肌とむっちりした弾力が相変わらず気持ちいい。

「寝不足は敵よ」

「でも、あんまり時間がない」

「時間がなくても解決しちゃうのが、あなたでしょ？」

とさらにエクセリスが胸を押しつける。さらに乳房がひしゃげて、先端が背中を突いた。

絶対わざと押しつけたな、とヒロトは思った。エクセリスはわざと胸を押しつけている。

「あなた、最近夜が遅いわよ。寝不足は敵よ」

ヒロトは苦笑した。そういえば父親は、行き詰まった時は温泉に入るか早く寝ると言っていた。

（本当に寝られたらいいんだけどな）

とヒロトは思った。残りの日にちを考えると、寝ている場合ではない。寝れば、それだけ思考の時間がなくなってしまう。

「明日、会うんでしょ？」

とエクセリスが尋ねてきた。

「それで光明が見いだせるかもしれない。もう寝ましょ」

エクセリスに誘われる。光明が見いだせればいいけど……とヒロトは思った。

（逆に、暗闇に閉ざされたりして）

4

翌日の昼のことである。一人の人間が入れるほどの籠が、ルシニア州の山奥の上を飛行していた。籠はヒュブリデ王国とマギア王国の間に広がる森の上を通過していく。籠を吊り下げているのは、四人のヴァンパイア族——それも青い翼の連中だった。北方連合の者たちである。そのすぐそばを、黒い翼のヴァンパイア族が三人飛んでいる。そのうち一人は女である。女はヴァルキュリア、残り二人はゼルディス氏族の者だった。

籠はマギア王国上空に入り、しばらくしてミイラ族の村の広場に着陸した。籠に入っていたコートを羽織った青年は、ヴァルキュリアの手を借りて籠の外に下りた。

国務卿兼辺境伯ヒロトだった。五十年前に事件を引き起こしたマギア人の話を聞くために、国境を越えてやってきたのだ。

「みんな、ありがとう」

とヒロトは四人の青い翼のヴァンパイア族に深々と頭を下げた。

「気にすんな。いいものをもらったからな」

と一人が微笑(ほほえ)む。

「中に姐(あね)さんがいるぞ」

と北方連合のヴァンパイア族は告げた。ヒロトはヴァルキュリアとともに、広場に面した家屋に入った。

中にはデスギルドと、知らない人間の老人がいた。中肉中背で、少し陰(かげ)がある。目が深く窪(くぼ)んでいて、ずっと苦悩(くのう)に苛(さいな)まれてきたような顔をしている。

「来たな」

とデスギルドが立ち上がった。

「ありがとう」

とヒロトはデスギルドと抱擁し合った。前回会ってからあまり日は経っていない。前回会った時は不機嫌な顔をしていたが、今日は上機嫌だった。待たされていたはずなのに、不機嫌な様子はない。

「籠で運んでくれるなんて思わなかった」

「皆、氏族長だ。真珠のブローチが効いたのでな」

とデスギルドが笑う。ヒロトも笑って、それから老人に顔を向けた。

「この方が――」

とヒロトが確かめにかかると、デスギルドはうなずいた。

「ロザンだ。リンペルド伯爵に矢を放った本人だ」

第八章　貴族会議

1

薔薇の蔓を描いた緑色の壁紙が大広間の壁を覆っていた。壁際には、壁と同じく緑色のソファが整然と並べられている。その椅子に、白いタイツを穿いた中年の男たちが着席していた。マルゴス伯爵の姿もある。ルメール伯爵邸に集まった、ヒロトに反感を懐く大貴族たちだった。ルメール伯爵の屋敷の大広間で、急遽貴族会議が開かれることになって参上したのだ。もちろん、フェルキナ伯爵の姿はない。

ベルフェゴルが立ち上がった。いよいよ会議の始まりである。

「まずはお集まりいただいた皆々方に、深い感謝を申し上げたい。ご存じのように、ハイドラン公爵の別邸が、吸血鬼どもに破壊された。にもかかわらず、吸血鬼どもも、そして吸血鬼を監督すべき辺境伯も、何のお咎めも受けなかった。果たしてこのようなことが許されてよいのか。我々は断乎、行動を起こすべきではないのか。大いに議論していただきたい」

拍手が飛ぶ。皆、事件のことは知っていて憎悪と反感を燃やしながらこの屋敷に来たのだ。

ベルフェゴルがつづける。

「わたし自身の考えを申し上げれば、このたびのことは王族への侮辱であると考えておる。王族を侮辱するとは、我が国を侮辱するということ。辺境伯も吸血鬼も、我が国を侮辱したのだ。無礼者はこの国には必要ない。我が国の優れた楯となっているという理由から、あの憎き若造と吸血鬼はわがままを許されてきたが、もはやこれまでだ！」

とベルフェゴルは語気を強めた。

「これ以上の横暴を許してはならない！　断乎、両者を王都より追放し、我が国を取り戻さねばならぬ！　そのためには、臣従礼の拒否も辞さない！　戦争への参加も一切行わない！　戦争に必要な一切の課税も認めない！」

さらに拍手が鳴り響く。賛同の中、

「異議あり！」

と叫んだのはラスムス伯爵だった。ベルフェゴルは友人に視線をやった。ラスムス伯爵が立ち上がる。

「今、皆はわたしを裏切り者、粗忽者と思っていらっしゃるかもしれぬ。しかし、何度も辺境伯と対戦し、何度も敗れた者として、すなわち、辺境伯を最もよく知る者の一人として申し上げたい。戦うのはやめよ」

ラスムス伯爵はいきなり、ベルフェゴルとは正反対の意見をぶつけてきた。一同が異議ありの沈黙で応える。何を言っとるのか、と不快感の表情を浮かべている者もいる。

ラスムス伯爵がつづける。

「辺境伯と戦うのはやめよ。正直、勝てる相手ではない。エルフは辺境伯についている。精霊教会副大司教も、辺境伯についている。そしてレオニダス王も辺境伯についている。我らが抗議の声を上げたところで、勝てる戦ではない。それどころか、声を上げることによって我々は窮地に追い込まれることになる。勘づいている方もいらっしゃるように、大長老ユニヴェステルは、我々大貴族への不信感を強め、強い枷を嵌めようと画策している。今我々が声を上げ、さらに臣従礼を拒否するなどと宣言すれば、ユニヴェステルは我々を締めつける大義を得ることになる。よりによって我らは我らの敵に格好の餌を与えることになるのだ。副大司教も喜んで我々を締めつけるだろう。我々は声を上げてはならぬのだ。辺境伯と戦ってはならぬのだ」

ラスムス伯爵は一旦、言葉を切った。拍手はない。大方の大貴族の反応は、「何を言っているのだ!?」である。それでも、ラスムス伯爵は言葉をつづけた。

「公爵閣下がまったくの義をもってまったくの義を行ったにもかかわらず、吸血鬼どもに屋敷を破壊されたのなら、わたしは真っ先に皆の先頭に立ち、辺境伯と吸血鬼を糾弾しよう。だが、公爵閣下は間違ったことをなされた。公爵閣下が土下座を強いた相一郎は、ピュリスを追い払ったあの吸血鬼の英雄の一番の友人であった。兄のような存在であった。そして、サラブリア連合代表ゼルディスお気に入りの相手であった。たしなめるべき相手ではなかったのだ。もし公爵閣下が相一郎を訴えたご令嬢を優しくたしなめ言い聞かせていたなら、公爵閣下は誉れを得、むしろ枢密院での立場を強くされていたことであろう。だが、閣下はそれをなさらなかった。そしてそのことを大長老も副大司教も問題にしている。それゆえにわたしは最初に叫んだのだ。この戦は勝てぬ。戦うのはやめよと」

「公爵閣下が間違っていると申されるのか！」

とオゼール州大貴族ギュール伯爵が叫ぶ。

「公爵を悪者扱いにされるとは、それでも貴族か！」

と叫んだのはルメール伯爵である。ラスムス伯爵は反対者に視線をやって、弁論をつづけた。

「ここで貴族会議を開いたことは、いずれレオニダス王に知られる。決してよい方には向かわぬだろう。だが、もし皆で臥薪嘗胆を選び、不満はあれども抗議することを放棄すれば、大長老は我々に枷を嵌められず、逆に我々が利益を得るのだ。我々は今こそ、理性と良心を発揮せねばならぬ。臥薪嘗胆を選び、抗議することを放棄せねばならぬ。義が公爵閣下にない以上、今我々が声を上げるべきではないし、戦うべきではない。皆の者、理性を！　良心を！　潔く臥薪嘗胆を選ぼうではないか！」

　ラスムス伯爵が叫んだ直後、

「マルゴス伯爵がいらっしゃるのに、そのようなことを申されるのか！　相一郎という輩は、ただのディフェレンテと聞くぞ！　ディフェレンテが皆、我らの世界で言う庶民でしかないのは、皆も知っているはずだ！　庶民に娘を殴られて、誰が黙っていられようか！　それこそ最悪の不名誉というものだ！　場所が宮殿となれば、身分の上下ははっきりせねばならぬ！　それを公爵閣下は正されようとした！　公爵閣下には義がある！　義がないのはむしろエルフの方だ！」

　とエキュシア州の大貴族が叫んだ。

「その通りだ！　我々は断乎抗議すべきだ！　そもそも、王族の屋敷を破壊しておきながら何のお咎めも受けぬというのがありえぬ！　王が罪に問わぬというのならば、我々は断乎、臣従礼を拒否する！　辺境伯と吸血鬼を断罪せぬ限り、我々は臣従礼を行わぬぞ！

課税も認めぬぞ！　兵も出さぬぞ！」

と追随者のルシャリア州大貴族が叫び、

「わたしもだ！　臣従礼などくそくらえだ！」

「誰が臣従礼を行うものか！」

「わたしも行わぬぞ！　課税も認めぬ！　兵も出すものか！」

とさらに二人、三人と追随する者がつづいた。

「皆の者、理性を！　今ここで感情に走っては、我々は滅ぼされるぞ！」

とラスムス伯爵が声を上げる。

「ラスムス伯爵にこそ、理性だ！」

「いや、王にこそ理性だ！」

「エルフにこそ理性と良心だ！　臣従礼などくそくらえ！　誰が兵を寄越すか！」

「辺境伯と吸血鬼を裁きの場に引き出せ！　罪を償わせよ！」

臣従礼拒否に賛同する連呼にラスムス伯爵の声が掻き消される。

「辺境伯と戦ってはならぬ！　この中で勝てる者はおらぬ！」

ラスムス伯爵は必死に叫んだ。だが、すぐにオゼール州大貴族ギュールが言い返した。

「負けるから戦うなと申されるのか！　いつからラスムス伯爵はそのような方になられた

のだ！　強き相手にも立ち向かう方ではなかったのか！」

「我らは負けるために戦うのではない！　義は我にあり！　勝利は我にあり！　我らは勝つために戦うのだ！　勝つから戦うのだ！」

　と他の大貴族が同調する。

「その通りだ！　負けるから戦うのをやめるなど、これほど不名誉なことがあるか！　今、我らが声を上げずしてどうする！　我らは誇り高き大貴族ぞ！」

「その通り、大貴族ぞ！　かつて国を背負った者たちぞ！」

　とベルフェゴルに賛同する声が次々と響きわたる。ラスムス伯爵は反論せずに、苦渋の表情を浮かべて着座した。説得はもはや不可能だった。

「では、採決を行おうではないか」

　とベルフェゴルは呼びかけた。

「辺境伯と吸血鬼を王都より追放せぬ限り、臣従礼は行わぬ、課税も認めぬ、派兵もせぬと誓う者は、ご起立を！」

　貴族たちの立ち上がる音が、大広間に一斉に響きわたった。ただ一人座していたラスムス伯爵は、苦々しい表情で大貴族たちを見上げた。ベルフェゴルは力強く叫んだ。

「では、皆の者で決議を詰めようではないか！　今こそ、大貴族の力を見せる時だ！　戦いは今ぞ！」

2

ヒロトはマギア人の元狩人ロザンの話を聞き終えたところだった。

五十年前――ロザンは一人で狩りに出掛けていたのだという。国境近くまで来た時、犬の鳴き声を聞いた。

自分の犬ではなかった。他人の犬だ。そこで――獣を目撃したのだ。熊だった。

弓矢では太刀打ちできない？

ロザンは弓矢にいささか自信があった。熊は茂みの裏にいる。ロザンは矢を番えて、放った。それがロザンの運命を変えることになった。

矢は当たった。さらに二の矢、三の矢を射るつもりだったが、熊とは違う呻き声に気づいた。熊ではなかったのだ。人間だった。人が熊の皮を羽織っていたのだ。

（しまったことをした！）

そう思ったという。犬が吠え、飛びかかってきて、番えていた矢を反射的に射た。犬は転がって悲鳴を上げた。

《大丈夫か……⁉》
ロザンは男に声を掛けた。非常に大柄な男だったが、自分に向けた顔を見て、一目で貴族だと気づいた。
《ああ、なんてことを……》
呻くロザンに、伯爵は口を開いた。
《よい腕前だ……》
それが伯爵の言葉だったという。
《あい申し訳ない……人だとわかっていれば……あい申し訳ない……ああ、なんてことを……》
《己の腕前を恥じる必要はない……熊の皮を着てきたのが愚かであった……》
と微笑を浮かべようとして、伯爵は苦痛の声を洩らした。
《今すぐ人を……》
《呼んではならぬ。そちが殺される》
と伯爵は告げた。
《しかし——》
《どの道、わたしは助からぬ……もう世界が暗くなりかけておる……一人で死ぬのは嫌い

だ……せめて死ぬまでここにおれ……》

と伯爵は命じた。

《わたしには孫が生まれるのだ……もし生まれてきたら、その孫に、わたしは楽しみにしておったと告げてほしい……》

《そうおっしゃらずに、がんばってくだせえ……》

伯爵ははかなげに微笑んだ。

《精霊様は孫に会うのはお許しくださらぬようだ……》

《旦那様……》

とロザンは泣きそうになった。

《名は……？》

と伯爵は尋ねた。

《ロザンでごぜえます……》

《そちに精霊のご加護と祝福があることを……すべての者に祝……》

そこで伯爵は口をつぐんだ。頭ががくっと垂れた。

《旦那様！　亡くなっちゃいけません！　旦那様みたいな立派な方が亡くなっちゃいけません！　お亡くなりにならないで！　旦那様！　旦那様！》

ロザンは呼びかけたが、もう瞼は開かなかった。ロザンは天空を仰いだ。

《精霊様！　どうしてこんな立派な旦那様をお連れになるんですか！　お連れになるのなら、なぜわたしを――！》

　ロザンはそこで初めて泣いた。涙が止まらなかった。波のようにあとからあとから嗚咽が覆いかぶさってきて、泣けて泣けて仕方がなかった。そして涙の中、死の淵にあってもロザンを咎めず恨みすら一言も口にしなかった立派な貴族は、どんどん身体が冷たくなっていった。

《旦那様……》

　涙ながらに呼びかけたが、伯爵はすでに目を閉じていた。もう帰らぬ人となって、山の斜面に――土の上に寝転がっていた。ロザンは咄嗟に、こんな立派な方を土の上で眠らせちゃいけないと思った。すぐそばに大きな岩があったことを思い出して、ロザンは伯爵を担いで移動しようとした。だが、伯爵は大柄すぎて、ロザンには担ぐことができなかった。仕方なくロザンは、ごめんなせえ、ごめんなせえ、引きずってしまってごめんなせえと言いながら、伯爵の身体を引っ張って、岩の上に伯爵を横たわらせて両手を腹の上で組ませた。

（せめてお水を……）

そう思って、清水を探しに出掛けた。もう伯爵は亡くなっていたが、せめて口に含ませてやりたかったのだ。水を汲んで近くまで戻ってくると、怒号が聞こえた。旦那様～～っという悲痛な叫び声と、出てこい、マギアのくそども～っという騎士の声が聞こえて、ロザンはその場で座り込んだ。

出て行けば殺される。

八つ裂きにされる。

腹いせに剣で木の枝を払う音が聞こえた。八つ裂きにしてやる！　マギアのくそどもめ！　そんな恐ろしい声も聞こえてきた。

じっとしている間に怒号は止み、足音が遠ざかっていった。しばらくしておっかなびっくりロザンが岩場に戻ってみると、もう伯爵の遺体はなかった。

その後——一カ月近く経ってから、マギアの役人が来たという。マギアの役人は、ロザンが射たのはマギア領内からだったのか、伯爵はマギア領内に踏み入っていたのか、尋ねたそうだ。

マギア領内からだったかはわからない、微妙なところだった、伯爵はヒュブリデ領内にいたと言うと、おまえはマギア領内から誤射したことにせよ、このことは誰にも言うな、言えば必ずおまえを殺すと命じて引き上げていったそうだ。

ロザンは狩猟の仕事ができなくなった。獲物を見つけても、もしかして高貴な方が皮をかぶっているのでは……という不安に襲われて射ることができず、獲物を得ることが難しくなってしまったのだ。

ロザンは狩人を辞め、人間と骸骨族とのつなぎの役をこなすことで糊口を凌ぐようになった。その相手が――かつてヴァンパイア族の息子ルルクがマギア兵士に埋められた時にルルクを救い出した骸骨族だったのだ。

ロザンは今でも、みすぼらしい小屋に祠をつくって、そこに伯爵を祀って、毎日お水を供えているのだという。きっとお水を飲みたかっただろうと思って、毎日そうしているのだそうだ。

ヒュブリデ人の生き証人の話を聞いた時も心を揺さぶられたが、ヒロトはさらにいっそう心を揺さぶられた。切ない気持ちで胸がちぎれそうになった。胸の中が感情を処理しきれなくて苦しくなった。

「ぼくはあなたを罰しようとは思わないし、罰するつもりもない……」

そう言うので精一杯だった。だが、ロザンは首を横に振った。

「わたしは罰せられなければならんのです……あんな立派な方のお命を奪ったのですから……わたしはご遺族にお詫びすらしとらんのです……」

再び籠に乗ってリンペルド伯爵の許に戻ると、ヒロトは伯爵に聞いた話を伝えた。長い話になった。伯爵は、話の途中で涙ぐんでいた。

「祖父が本当に尊敬できる方だったことを、本当に心からご立派な方だったことを、誇りに思います……同時に……本当に祖父に会いたかった……」

ヒロトもうなずいた。

リンペルド伯爵の祖父は、高潔な人だった。だが、その高潔さは両国には伝わらず、今もなお諍いはつづいている。そして――ロザンの告白は、マギアに賠償金を払わせようとするヒロトとレオニダス王にとっては、何の利益にもならなかった。むしろ、逆風だった。伯爵は許していたのだ。伯爵が許していたのに、なぜヒュブリデは許さぬのか。そうマギア側に問い詰められれば、返答に窮することになる……。

3

ルメール伯爵邸では、貴族会議の決議が羊皮紙に記されたところであった。記したのは、ラスムス伯爵である。

ベルフェゴルは書き上げられた決議を読み直して、満足の笑みをこぼした。

(さて、レオニダスはどう動く? 辺境伯はどう動く?)

はね除ける?

さよう。激怒するであろう。その激怒こそが、狙いなのだ。

「さて、我が友人よ」

とベルフェゴルはラスムス伯爵に呼びかけた。

「我が意には反対であろうが、決議が下った以上、わしに協力してもらいたい。この決議を、レオニダスに伝えてもらいたい」

ラスムス伯爵はじっと冷たい目を向けた。

「陛下はわたしにはお会いにならぬと思うが」

「臣従の誓願に来たと申せば会う。それで誓いをすればよい。ついでにこの決議を伝えてもらいたい」

ラスムス伯爵はため息をついた。

「気が向かぬな。わざわざ激怒させるために参るとはな」

「許せ。貴殿以外、頼める者がおらぬ」

「うまくいかぬかもしれぬぞ」

「次の矢は考えておる」

ベルフェゴルの言葉に、ラスムス伯爵は息をついた。

「怒られるのはあまり気持ちよくないな」

「わしは何ともない。そもそも、怒りが怖くてはこの国は守れぬ」

そう言い捨ててから、胸の中でベルフェゴルはつぶやいた。

（激怒こそが、わしの望んでいることだ。激怒すれば、必ずおまえは牢にぶち込まれる。それこそ、さらに大貴族の反発を巻き起こしてレオニダスに屈辱の翻意を促すことになる……）

第九章　国家の思惑

1

アグニカ王国宰相ロクロイは、ようやく宮殿を出発したところだった。途中でグドルーン女伯のところに立ち寄ることも考えたが、思い止まった。女王の怒りを買う必要はあるまい。

このたびのことは自分にとっては願ってもない好機だとロクロイは思った。女王はリンドルス侯爵に支援されて即位している。そのため、女王の陰には必ずリンドルス侯爵がつきまとう。ロクロイ自身が考えたことも、何度となくリンドルス侯爵に邪魔されている。

この国を、リンドルス侯爵から自分の許に取り戻す好機だとロクロイは思った。自分がうまく立ち回れば、主導権を侯爵から自分の許に引き寄せられる。そしていずれは完全な排除を――。

2

ガセル王国伯爵ドルゼルは、イスミル王妃に直々に呼び出されたところだった。ヒュブリデへ出発する前の最後の挨拶である。

「このたびのこと、何があってもアグニカに先を越されてはなりませぬ。ヒュブリデを我が国の味方につけるのは、今後の我が国の未来を左右します。そなたはわたしの分を伝えてまいらねばなりません」

とイスミル王妃は諭した。そして、

「これを」

と手を差し出した。ドルゼル伯爵は膝行して王妃からルビーを埋め込んだ鍵を受け取った。

「我が宮殿に開けに来るように伝えなさい。決してアグニカに遅れを取ってはなりませぬよ」

3

ピュリス王国将軍メティスは、首都バビロスでイーシュ王から直々にヒュブリデ王国への訪問を言いつかって、任地のテルシェベル城に戻ったところだった。待っていたのは、ヒロトからの手紙だった。

ラケル姫とフェルキナを宮廷顧問官に叙任したと記されていた。レオニダス王の即位に功績あった者への褒賞だとヒロトは説明していたが、メティスはせせら笑いを浮かべた。

「ヒロトをいじめるネタができたな。料理してくれる」

4

マギア国親衛隊隊長ネストリアは、オルディカスと同じ馬車に揺られていた。マギアと違って道路整備が行われているレグルス共和国では、馬車で国内を移動できる。マギアでは、馬車で移動できる範囲は限られている。道が悪いため、馬車では移動できない場所が多い。男女問わず、移動は徒歩かロバか馬である。

ネストリアは、遙かヒュブリデ王国にいるはずの辺境伯ヒロトを思い描いた。一度対戦して、退けられた相手。ヴァンパイア族の空の機動力を使って、愛すべき王の狙いを封じ込めた男――。その後も、二度にわたってレグルスで王を挫いた。憎むべき相手である。

今度こそ、という思いがある。今度こそ、その意を挫いて、愛すべき王に勝利を持ち帰りたい。

リズヴォーン姫が思い切りでかい口を開いて欠伸を浮かべた。女のネストリアから見て、正直リズヴォーン姫はがさつである。

はしたないとたしなめる？

言っても無駄だとネストリアはあきらめた。直るものではない。がさつに生まれた女は永遠にがさつなのだ。それよりも、姫君には果たしてもらわねばならないことがある。

「姫様。我が王は何度も辺境伯に苦汁を飲まされております。辺境伯は憎むべき悪しき男でございます。今度こそ、是非――」

「心配しなくても、レオニダスにはがつんと言ってやる。賠償金なんか誰が払うか。あんな戦争のネタになるものを誰が許してたまるか。ここでやられたら、マギアはずっとヒュブリデにやられっぱなしになるんだ。誰が負けてたまるかよ」

5

レグルス共和国大使オルディカスは、ようやくテルミナス河に到着したところだった。

河のそばに一泊して、明日、渡河することになる。

マギアとの共闘はすでに動きだしていた。目指すはレオニダス王の打破——。マギアへの賠償請求を阻止せねばならない。

レオニダス王は二国の圧力に屈する？

反発するだろう。宣戦布告する可能性もある。だが、雄弁の英雄、辺境伯ヒロトはどう動くか。

二国に迫られてさすがに身動きできなくなるか。それとも、新手の技を繰り出すか。あるいは、ヴァンパイア族を駆使して一気に二国に攻撃をかけ、二国の首都を同時に制圧するか。

ともかく、自分の任務はまず確かめることだ。事実こそが明らかにされねばならない。ハイドラン公爵の言葉が真実ならば——平和を揺るがすレオニダス王の野望は阻止するのみだ。

馬車を下りると、エルフが一人進み出てきた。

「オルディカス様？」

「そうだ」

男は顔を近づけて声を潜めた。

「探りに行っていた者から手紙が届いております」

ヒュブリデへ探りに出掛けていた者から報せが到着したのだ。きっと重要な報告に違いない。オルディカスはすかさず手紙を受け取って開いた。

《辺境伯はルシニアに出発。表向きは国防。恐らく、五十年前のリンペルド伯爵殺害事件について調べに行ったものと思われます。専属書記官のエクセリスとヴァルキュリアも帯同》

オルディカスはすぐに手紙を畳んだ。

（やはり、賠償請求をするつもりだ。ルシニアに赴いたのは、きっと現地で調べたいことがあったからだ。もしかすると、五十年前の生き証人が存命なのかもしれぬ。その者から直々に話を聞きに行ったのだろう）

宮廷に生き証人を呼び出さない？

辺境伯は自分から動く男だ。ヒュブリデは確実に賠償請求へと動いている。リズヴォーン姫に対して、交渉を持ちかけるに違いない。

だが――賢明な辺境伯ならば、マギアが拒絶するのは百も承知のはずだ。にもかかわらず、王と辺境伯は恐らく二人で秘密裏に進めている。

（何か策があるに違いない）

あるのか？

一瞬、オルディカスは考えた。

（そういえば、この間のアグニカとガセルが衝突したトルカ紛争では、賠償金を撤退準備金と言い換えていたな……）

はっと閃いた。

（それか……！　名前を変えるのか！　それでウルセウスの体面を保とうという魂胆か……！）

第十章　書蝋板

1

夜が訪れていた。

遠いマギア王国の宮殿の寝室で、ウルセウスは一人、目を開いていた。いつも自分を温め、楽しませてくれていたネストリアの姿はない。ネストリアは妹のリズヴォーンといっしょである。

すでにレグルス共和国から共闘の返事はいただいた。リズヴォーンはレグルスの大使とともに行動しているはずだ。

レオニダスの野望を挫ける？

挫ければ、しばらくヒュブリデの後塵を拝していた我が国が、ヒュブリデの先に出ることになる。この戦いは是非とも勝たねばならぬ戦いだ。

レオニダスは挫かれて復讐を誓う？

誓うやもしれぬ。だが、レグルスが味方についてくれていれば、さすがのレオニダスも動けまい。

問題は辺境伯だとウルセウスは思った。今回もまた辺境伯が立ちふさがるだろう。妹のリズヴォーンがどう動いてくれるか。我が国とレグルスとハイドラン公爵の三者で、果たして辺境伯を打ち降せるか……。

2

同じ時間帯、レオニダスは灯を消した王の寝室で目を開いていた。すでに外交使節到着まで一週間を切っている。いよいよ自分の外交デビューがやってくるのだ。

だが、肝心のヒロトはルシニアに出掛けたきり帰ってこない。

さすがのヒロトも苦戦している？

相手はウルセウスだ。しかも、マギアは絶対賠償金を支払わないという態度を五十年間つづけている。賠償の扉はガチガチである。そのガチガチの扉を無理矢理こじ開けようというのだ。時間が掛かっても仕方がない。

賠償金は得られない？　賠償問題を片づけることはできない？

いや。

賠償問題は、必ず後で尾を引く。自分がヒュブリデ王であり、ウルセウスがマギア王であるからこそ、必ず尾を引き、後で大問題になるのだ。

ヒロトは答えを見つけるだろうか？　さすがに今回は「方法がありません」と報告する？

わからない。

ヒロトは何度も不可能から奇跡を起こしてきた男だ。今回も――？

いや、それとも、さすがに今回は――？

わからない。

自分はただ待つだけだ。ヒロトの帰還を、ヒロトの答えを――。

3

馬車の中でも、ヒロトは鉄筆を握ったまま、書蝋板とにらめっこしていた。マギア人の元狩人ロザンからの話は、ヒロトたちには利するものではなかった。だが、だからといって賠償問題を棚上げしていいわけではない。

最悪、賠償金は得られないかもしれない、とヒロトは思いはじめていた。それでも、とにかく両国の間で賠償問題に対して双方納得する形で正式に決着をつけることが重要だ。そうでなければ、未来に禍根が残る。

とにかく賠償問題を解決すること。そのために頭を使わなければいけないし、そのために人間の脳味噌はあるのだ。

ヒロトは改めて整理してみた。

五十年前、亡きリンペルド伯爵はヒュブリデの国内でマギア人の矢に倒れた。ポイントは、殺された場所がヒュブリデ国内だということ、そして殺したのがマギア人だということだ。殺されたのがマギア国内ならばマギアの法で裁かれるが、ヒュブリデで殺されたのでヒュブリデの法が適用されることになる。つまり、ヒュブリデはマギアに対して賠償請求する権利を持つということだ。これは間違いない。

だが、枢密院顧問官や大貴族がマギア人に殺された場合、どのように賠償してどのように応じるかという協定は、両国の間には存在しなかったし、存在していない。存在しない以上、請求はできても賠償金の支払いを強制することはできないのだ。支払うかどうかはマギアとの交渉次第ということになる。その交渉が失敗し、ヒュブリデとマギアは戦争になった。そして戦争は失敗した。

通常、両国間に問題が生じたからといって簡単に戦争に発展するわけではない。最初に交渉が行われる。だが、それが決定的にこじれた場合や元々戦を仕掛けるつもりだった場合、戦争に発展する。

当時、交渉をこじらせたのは半年前に商船への襲撃と報復があって、両国の間に緊張・対立関係が発生していたこと、リンペルド伯爵の遺体がヒュブリデ側からマギア側に引きずられた跡があり、それが「伯爵はマギア国内に侵入していたゆえに射殺されたので、賠償する必要はない」というマギア側の偽装工作と受け取られたこと、マギア側から伯爵陣営に対して何の謝罪も見舞いもなかったことだった。伯爵が河川賊に対して強攻策を支持した一人であったので、謀殺も疑われていた。だが、ロザンに聞いた今でははっきりとわかる。マギア側の謀殺でもなかったし、偽装工作でもなかった。伯爵に対する尊敬と思いやりから、ロザンは土の上ではなく岩場の上に伯爵の遺体を横たわらせようとしたのだ。

この状況で、どうやってマギア側に賠償金支払いまで持っていかせるか。正直、かなり難しい。相当の餌が——マギアが応じようという気持ちになるだけの餌がなければ、マギア側は絶対動かない。

「またやってんのか？」

隣のヴァルキュリアが覗き込んできた。ヒロトは無言で鉄筆で書きはじめた。

・ヴァンパイア族の飛行制限↓絶対なし
・空の力の行使の自粛↓絶対なし
・マギアに対する侵略における未使用↓戦争時の攻撃力を弱めるので、なし

また前日と同じように確認から始める。

・ウルセウス王は国防について安心がほしいはず
・賠償金を支払うつもりはない
・賠償問題を持ち出せば、レグルスが出てくる可能性あり

ここも前回と変わらない。

・ウルセウス王は賠償金を支払うつもりはない
・ウルセウス王は国防について安心がほしいはず
・そこに機があるはず
・ヴァンパイア族の飛行制限（マギア領空に入らない）↓絶対なし

・マギアに対する空の力の行使の自粛↓絶対なし
・マギアに対する侵略には使わない

「わたしたちに枷を嵌めるのか？」

心配してヴァルキュリアが尋ねてきた。

「嵌めるわけないじゃん」

とヒロトは一笑に付した。

「マギアとウルセウスしか書いてないな」

とヴァルキュリアが笑う。

「はは、ほんと――」

相槌を打とうとして、頭の奥で何かが飛び散った。

（なんだ……？）

なぜ頭の中で弾けたのか、わからない。ヒロトは頭の中を探った。

《マギアとウルセウスしか書いてないな》

最初の二文はウルセウス。最後の三文はマギア。

（ウルセウス……マギア……）

はっとした。

相手はウルセウスなのだ。マギアではない。ウルセウス一人が納得すればいいのだ。ヒロトは新たに案を書き記した。

・ウルセウスに対する攻撃には使わない

（いや、だめだ）

ヒロトはすぐに消した。いざ戦争になった時、攻撃のオプションが減るのは避けたい。

・ウルセウス暗殺には使わない

（何を同じようなことを書いてんだ）

ヒロトは自分に突っ込んでまた消した。個人が攻撃されなかったとしても、マギアが攻撃を受ければ同じだ。五十年前、ヒュブリデはマギアに侵攻した。ウルセウス一世が臆病な男なら、その再来を想像してもおかしくはない。

（ヒュブリデが侵略するわけな――）

そこでヒロトは凍りついた。

（侵略――）

空の力を擁したヒュブリデ王国に対して、ウルセウス一世が惧れていること。そしてヒュブリデには痛くも痒くもないこと――。

思わず笑みが走った。顔がにやける。

（いけるかも）

「思いついたのか？」

とヴァルキュリアが強く乳房を押しつける。ヒロトは返事の代わりに、にんまりと笑ってみせた。

4

ハイドランはベルフェゴル侯爵の急使が持ってきた手紙を読み終えたところだった。

決議下されり。しかも、その内容は――。

（これでまずは一歩となる）

侯爵は、レオニダス王は激怒して大貴族を一人、牢に放り込むであろうと予言していた。

《それこそが、閣下の未来を切り開く鍵でございます。閣下、ご安心召されめ》

ハイドランは微笑を浮かべて、馬車に乗り込んだ。向かうはシギル州——マギア王国の使節とレグルス共和国の使節が到着するラド港である。二国の使節の迎えを提案したのは、奇しくもヒロトである。

（またしても辺境伯はドツボを踏んだな）

とハイドランは笑みを浮かべた。

（おかげで馬車という密室で、二人と打ち合わせができる。レオニダスめ、今に見ておれ）

第十一章　港

1

王都へ向かう馬車の中で、ヴァルキュリアは眠っていた。ヒロトは恋人の寝息を聞きながら、マギアとの賠償問題を解決するための最終案を鉄筆で書蝋板に書き込んでいるところだった。

・マギアに平和協定を締結したいと持ちかける
・秘密協定を提案する
・賠償金の名目を、即位祝い金に変更する

2

　ヒュブリデ王国とピュリス王国の間を流れる大河テルミナス——。その大河を下ってきたピュリス王国の船が、ヒュブリデ王国の港ラドに到着したところだった。

　出迎えたヒュブリデ側の者は、フェルキナ伯爵である。船から最初にピュリス軍の兵士が上陸し、つづいてピュリス将軍メティスが堂々と姿を見せた。

　フェルキナも大貴族。オーラは負けないはずだが、メティスは明らかに他の者と違うオーラを放っていた。フェルキナよりも存在の圧がある。まさに武将である。

「宮廷顧問官のフェルキナでございます」

　とフェルキナは軽く頭を下げた。

「ヒロトから聞いている。我が国と戦を始めようとした者がわたしを出迎えるとは、何の冗談か？」

　とメティス将軍が軽く牽制する。

「国務卿ヒロト殿より伝言がございます。親愛なるメティス将軍にヒュブリデをいじめるネタをお贈りした。道中、不幸な伯爵をたっぷりと愛されるように」

　メティス将軍は、天空へと響きわたるほどの笑い声を轟かせた。ヒロトの冗談が思い切りウケたのである。

「そなたは不幸な伯爵だな」

と笑いながらメティス将軍が言う。

「いいえ、我が国で最も幸福な伯爵でございます。悪戯をしても、このように将軍閣下をお迎えするという名誉に与れるのですから」

とフェルキナは答えた。王の娘や王妃など、高貴な者の送迎を任されるというのは、貴族にとっては大変な名誉である。

「道中よろしく頼む」

メティスの言葉にフェルキナはうなずいた。それから、同じ船から下船したガセル王国大使に身体を向けた。まっすぐに歩み寄った。

「宮廷顧問官フェルキナでございます」

「ガセル国大使ドルゼル伯爵でございます」

ドルゼルの名前に、フェルキナは瞳孔を広げた。

「お名前はヒロト殿から伺っております。伯爵のお姿を見れば、ヒロト殿もそれは頼もしく感じられることでしょう」

「わたしもヒロト殿に再会するのが楽しみです。我が国は、貴国との友好を深めることを目指しています。両国は密接な関係を築くべきです」

「ヒロト殿も同じ考えでございましょう」

とフェルキナは答え、

「さ、メティス将軍、ドルゼル伯爵。馬車へ」

と先に歩きだした。

3

時を置かずして、二人の客人がラド港でハイドランの用意した馬車に乗り込んだところだった。一人は赤い露出（ろしゅつ）過多の甲冑（かっちゅう）でナイスバディを覆（おお）った爆乳女だった。マギア王の妹リズヴォーン姫である。もう一人は長身の、いかにも頭のよさそうな四十代のエルフだった。

切れ者のレグルス共和国大使オルディカスである。出迎えたのはハイドランだった。

「なしてはならぬことをなさぬために、お迎えに上がりました」

とハイドランは微笑（ほほえ）んだ。

「なしてはならぬことは、なしてはならぬのです。なしてはならぬことがなされることは、何としても防がねばなりません」

とレグルス大使オルディカスが答える。なしてはならぬこととは、マギアに対する賠償請求のことである。

「賠償金はぜって～払わね～からな。レオニダスの野郎、ぶん殴ってやる」

とリズヴォーン姫が露骨に答える。

（ずいぶんと粗雑な物言いをする娘だ）

とハイドランは思った。正直、好みではない。だが、それでも王の妹だ。王の妹を送ったということは、マギア王ウルセウス一世はそれだけ賠償請求を強い意思で拒絶するつもりなのだ。心強い贈り物である。

「まず最初に確認をしておきたいのですが、レオニダス王は本当に国王推薦会議でマギアに賠償請求すべきだと言ったのですね？　できれば正確な一言一句を」

とエルフ大使オルディカスが要求してきた。ハイドランは笑顔で答えた。

「エルフからマギアとの賠償問題はどうかという質問が出た時だった。わたしは、『賠償問題についてはすでに片づいているというのがわたしの認識だ』と答えた。だが、レオニダスは『今のうちに賠償問題を片づけるべきだ。賠償問題は片づいてはいない』と答えた」

オルディカスの視線が鋭くなる。

「それから？」

「理由はウルセウス王が信用できないからだと言っていた。ウルセウス王は臆病だから、きっとヒュブリデが賠償請求をしてくるはずだと考えてろくでもない手を打ってくるに違いないと。だから、そうなる前にすぐ賠償問題を片づけるのだと」

「あんだと！　兄貴を馬鹿にすんのかよ！」

とリズヴォーン姫が声を荒らげる。だが、オルディカスは違っていた。

「できるだけ正確に言葉を思い出して、お話しくださいませ。我々は正確に言ったことからレオニダス王の真意を読み取りたいのです」

　とオルディカスが迫る。

　エルフは正確にどう言ったのかについてうるさい。だから、エルフの子供は、人の言葉を正確に覚えるように訓練される。だが、人間の貴族はそうではない。

「どれだけ覚えているかわからぬが、レオニダスはなあなあにする方が問題が起きると言っていたように思う。ウルセウスと五年間いっしょだったから、性格がわかっていると。曰く、ウルセウスは臆病なのだと。こうなったら……と色々と気に病んでしまう男だと言っていた。空の力への警戒感がその例だと話していた。それでレグルスを巻き込んでヒュブリデに喧嘩を売ってきた。今はラゴスが宰相でいるからウルセウスの臆病は止まっているが、五年、十年以内にはラゴスは死ぬ。そうなれば、ヒュブリデが賠償問題を持ち出してくるに違いないと疑心暗鬼になって、ろくでもないことを仕掛けてくるはずだと。そうなる前にラゴスが元気でいる間に賠償問題に片をつけるのだと」

「やっぱ兄貴を馬鹿にしてるんじゃね～かよ～っ！」

とリズヴォーンがまた大声を上げる。

「なるほど、ウルセウス王への不安ということですな。臆病なのは、ウルセウス王よりレオニダス王のように思えますな」

上手い返しだとハイドランは嘆じた。さすがにエルフは頭が切れる。

「レオニダス王がマギアへの賠償請求を考えたのはマギア王への不安からだということだが、ヒュブリデとマギアとの間に賠償問題は存在しないというのが我々レグルスの立場です。存在しないものに対して要求することは不可能であり、いかなる理由であれ賠償請求は認められません」

　とオルディカスがつづける。

　力強い言葉だった。改めて、レグルス共和国がレオニダスとヒロトに反対であることが示されたのだ。

　貴族会議のことを話す？

　いや。自分の失態にもかかわる。話さぬ方が得策だろう。

　レグルス大使オルディカスが口を開いた。

「ここにいる三人は、同じ方を向いています。パラディウム会談で決めた通り、我々は四カ国で四カ国の平和を維持していく必要があります。賠償請求は、四カ国の平和を著しく阻害し、マギアとヒュブリデを交戦状態に持ち込む可能性が非常に高い。そのような事態を、レグルスは望んでいません」

「もちろんマギアもだぞ」

とリズヴォーン姫がオルディカスに同意する。ハイドランも同意と自分の決意を述べた。

「無論、わたしもだ。わたしは王族としての良心から、ウルセウス王とコグニタス殿に密使を派遣してお伝えしたのだ。わたしはヒュブリデを愛している。ヒュブリデと隣国との関係も愛している。愚かな王と愚かな助言者のために国が乱され、諸国の平和が損なわれることを黙って見ているわけにはいかぬ」

オルディカスがうなずいた。

「レオニダス王は相当気分を害するでしょうが、四カ国のために賠償請求は阻止せねばなりません。それでレオニダス王は恨みを抱くでしょうが、レオニダス王の意のままにすれば、今度はマギア王がヒュブリデに恨みを抱くことになる。賠償請求という火を完全に消してしまうのが一番なのです」

と力説する。ハイドランはうなずいた。エルフらしい、理知的な説明である。オルディカスがつづけた。

「ただ、レオニダス王には辺境伯がおります。あの者は、相当の切れ者です。我々の動きはまだ察していないでしょうが、マギアが賠償請求に抵抗することは充分知っているはず。事前にルシニアへ向かったという話も聞いています。恐らく、生き証人にでも会って話を聞いたのでしょう。マギアを崩しにかかるでしょう。まずリズヴォーン姫が守られねばならぬことは、謁見の間以外では辺境伯に会わぬことです」

　とオルディカスは力説した。

「会わなきゃ説得できね～か」

「そうです。とにかく、帰国するまで、決して私室には通さないこと。謁見の間以外で会わぬこと。それを徹底してください」

「わかった」

　とリズヴォーン姫がうなずく。

「それから、もし謁見の間で譲歩の話を切り出されても反応せぬことです。わたしが思いますに、辺境伯は恐らく賠償金の名前を変更して提案してくるのではないかと」

「名前を変更？」

　とリズヴォーン姫が聞き返した。

「アグニカとガセルの紛争では、辺境伯は敗戦協定を平和協定と言い換え、さらに賠償金を撤退準備金と言い換えています。恐らく同じ手を使ってくるでしょう。わたしの考えでは、賠償金を即位祝い金と言い換えてくるはず」

とオルディカスは言い切った。ヒロトがまだ誰にも話していないことを——ヒロトが書蝋板に書き記したことを、オルディカスは見事に言い当てていたのだ。

「即位祝い金なら支払うおつもりはありますか？」

とオルディカスがリズヴォーン姫に質した。

「払うわけね〜だろ！　人参だってな、すり身にしたって生のままだって同じ人参なんだよ！　なんでマギアがヒュブリデに金を払わなきゃいけね〜んだよ！」

と即座にリズヴォーン姫が否定する。オルディカスが微笑んだ。

「では、即位祝い金はお断りなさいませ。即位祝い金という形に名前を変えても、絶対払わないと明言するのです」

第十二章　投獄

1

外交使節到着前日――。

ヒュブリデ宰相パノプティコスは、宮殿の自室で密偵から話を伝え聞いたところだった。

「ルメール伯爵の屋敷で？」

「大勢の貴族が集まっていたと」

パノプティコスは沈黙した。今の時期、貴族たちが集まるといえば貴族会議しか考えられない。だが、フェルキナ伯爵からの報せは受けていない。

（フェルキナめ、裏切ったのか……？）

2

ヒロトはようやく、エンペリア宮殿に戻り、一部始終をレオニダス王に報告したところだった。

「それでいけるのか？」

それがレオニダス王の返事だった。

「交渉のテーブルに引きずり出せます」

「ウルセウスはうんと言うか？」

「乗ってくると思います。鍵はウルセウス王とじかに話ができるかどうかです。ウルセウス王自身が納得する形でないと、疑心暗鬼に囚われて頓挫します」

「好きにしろ」

それがレオニダス王の答えだった。好きにしろ――つまり、ＯＫの印である。

ヒロトが提示したのは、賠償金の名目を変更することだった。ウルセウス王の立場は、賠償問題は解決済みで、ヒュブリデに賠償金を支払う必要はないというものだ。ならば、賠償金の名目を即位祝い金に変更してしまえばよい。もちろん、それだけではウルセウス王は拒絶するだろう。それをどうするか。ウルセウス王が即位以来恐れている不安を取り除けばいい。即位してから、ウルセウス王はずっとヒュブリデの空の力を――ヴァンパイア族を気にしている。

ヴァンパイア族に飛行制限を課す？

それは四カ国協議でヒロトが否定した案だ。そもそも、制限したところでヴァンパイア族が守るはずがないし、守らせる方策もない。

ならば、どうするのか。ヒロトが思いついたのが、マギア侵略をヴァンパイア族に命じないという秘密協定だった。恐らく、ウルセウス王はヴァンパイア族が自分の国に飛来してマギアが敗北するのを恐れているのだ。

恐らくリズヴォーン姫も心を動かされるだろうという確信がヒロトにはあった。平和協定の締結という形で交渉のテーブルにリズヴォーン姫を引っ張りだして、賠償金ではなく即位祝い金という形でマギアの体面を守る。その上で、秘密協定を提示する——。

（これなら、たぶんいけるはずだ）

その上で、ヒロトはロザンに詫びの機会を与えたいと考えていた。両国の王が再会を果たすその場で、ロザンとリンペルド伯爵を対面させて、ロザンに詫びる機会を与えたい。それでロザンとリンペルド伯爵が心を許し合えば、賠償問題が解決したことの象徴となるだろう。

王の寝室を出て執務室に戻ると、ラケル姫が待っていた。ぱっと表情が輝く。好きな相手を認めた時の顔である。

「ご報告は終わったのですね」

「うん」

「マギア？」

聞いてから、聞いてはいけなかったことに気づいて、ごめんなさいとラケル姫は謝った。

「内緒の話です」

とヒロトは微笑んだ。すぐにラケル姫が顔を近づけてきた。美しい褐色の肌と黒い双眸が迫る。

「宰相から聞きました。ルメール伯爵のところに貴族たちが集まっていたそうです」

と声を潜める。

「貴族会議？」

「恐らく」

とラケル姫が答える。貴族会議への招待状が届いたという報告は、フェルキナからなかった。

「フェルキナ伯爵からは？」

ラケル姫に聞かれてヒロトは首を横に振った。

「案内状、来るはずだよね」

「普通なら」

とラケル姫が答える。

フェルキナが裏切った？　大貴族陣営に寝返った？

普通ならという言い方が、ヒロトは気にかかった。フェルキナはヒロトたちの陣営に立っている。貴族会議ではヒロトを弾劾するつもりだったはずだ。都合の悪いフェルキナには案内状は送られなかったのかもしれない。

ヒロトはラケル姫と二人で執務室を出た。

「メティス将軍とドルゼル伯爵がこちらに向かっているそうです。リズヴォーン姫とネストリアも向かっているとか」

（あの女か……）

とヒロトは思い出した。ネストリアは一度、サラブリアで会っている。自分を探りに来た、肉感的な女だった。ウルセウス王の情婦だという噂がある。恐らくそうだろう。

「フェルキナはまだメティスたちといっしょ？」

「ええ。予定通り、明日の正午には到着すると」

二人いっしょに来たか……とヒロトは思った。きっと船でもいっしょだったに違いない。

ヒュブリデに対してどのように向き合うつもりなのか、互いに話をすり合わせたと見てよいだろう。

メティスはきっとフェルキナのこととラケル姫のことを衝いてくるとヒロトは確信した。あのメティスがスルーするはずがない。

「リズヴォーンってどんな相手?」

とヒロトはラケル姫に尋ねた。

「野蛮女だと言われています」

「野蛮女?」

とヒロトは聞き返した。

「女たちの戦闘部隊をつくって、毎日森で訓練ばかりしているんです。それに、とても口が悪いんだそうです。女とは思えない口の利き方をするとか」

女たちの戦闘部隊とは、まるでアマゾネス軍団である。映画だと、だいたい物語で出会った一番強い逞しい男と恋愛して結ばれるのだが、ヒロトとそういうことはまずなさそうだ。

「ヒロト様には苦手な相手かも」

「おれが?」

「細かく言うとすぐ怒るそうです」

ヒロトは苦笑した。確かに、あまり得意ではないタイプのようだ。ヒロトの理屈が通じるのは、相手も理屈を――理性を――重んじる相手の時だけである。

「話変わるけど、キュレレは王から本をもらえたの？」

「もらったみたいです。相一郎殿はずっとその本ばかり朗読しています。怖い話がいっぱいあるみたいで、毎日大はしゃぎだとか」

キュレレは怖い話もいける口らしい。きっと相一郎は毎日熱演しているのだろう。

通路の角を曲がったところで、

「国務卿閣下、お待ちを！」

後ろから近衛兵に呼び止められた。

「すぐ謁見の間へ。陛下がお呼びです」

「もう使節に接見するの？」

ヒロトは頓珍漢なことを尋ねた。近衛兵は首を横に振った。

「臣従礼です。ラスムス伯爵が臣従の誓いをしたいと」

3

ヒロトは謁見の間で、再びレオニダス王の斜(なな)め後(うし)ろに立っていた。マルゴス伯爵の臣従礼に付き合って以来である。

肩越(かたご)しに見えるのは、確かにラスムス伯爵だった。ベルフェゴル侯爵陣営(こうしゃくじんえい)の一人であり、ヒロトと何度も敵として対戦した相手——。

(このタイミングで臣従礼を取りに来るとは思わなかった)

それが正直なところだった。ラケル姫の話では、ルメール伯爵の屋敷で貴族会議が行われたはずだ。ラスムス伯爵も恐らく参加していただろう。

そのラスムス伯爵が——ずっと臣従礼を行っていなかった伯爵が——外交使節との接見前日に、臣従礼？

どうもつながらない。

だが、ラスムス伯爵は厳(おごそ)かに膝行(しっこう)して臣従の誓いを果たした。レオニダス王にとっては願ってもない吉報(きっぽう)だ。

「おまえが来るとは思わなかったぞ」

とレオニダス王は正直なところを告白した。

「わたくしも思っておりませんでした」

「どういうことだ？」

ラスムス伯爵は、羊皮紙を取り出した。

「貴族会議の決議でございます。決議を伝えるには、わたくしが臣従礼を行っていなければなりませんので」

「臣従礼は賄賂か！」

とレオニダス王が叫ぶ。

(やっぱりそういう裏だったのか……！)

ヒロトは頭の中で唸った。ずっと臣従礼を行っていなかったラスムス伯爵が使節到着の前日に来るなんて、おかしいと思ったのだ。

「受け取らぬぞ！」

とレオニダス王が拒絶する。

「貴族会議の決議を受け取るのは、王の責務でございます」

ラスムス伯爵が言い張る。レオニダス王はラスムス伯爵を睨みつけて、羊皮紙をひったくった。羊皮紙を開いて、決議を読む。

「くそったれめ！」

とレオニダス王は羊皮紙を叩きつけた。ヒロトは慌てて羊皮紙を拾って目を通した。

《我が国は吸血鬼の横暴に晒され、大いに国威を失っている。王と王族の威厳を傷つけられ、国の威を失っている。これ以上王威と国威が傷つけられることは、我々貴族は看過できない。よって以下のことを陛下にお願い申し上げる次第である。

一．ヴァンパイア族の公爵邸破壊は王威と国威への反逆的挑発であり、重罪に値する。たとえ国防の楯であっても、ヒュブリデの法で裁かれねばならない。ヴァンパイア族は厳罰に処すべきである。

二．公爵邸破壊の原因は、ヴァンパイア族を管轄する国務卿ヒロトにもある。王族の屋敷を破壊させておきながら枢密院に留まることは決して許されない。最低でも解任の処罰が下されるべきである。

三．以上二つが受け入れられない場合、我々貴族は今後一切、陛下に対して軍事協力をいたしかねる。戦争に必要な課税に対しても一切同意しない。臣従の誓いもいたさぬ。ヒュブリデの法は法であるべきであり、一部の者にねじ曲げられるべきではない》

（やっぱり来たよ……）

それがヒロトの最初の感想だった。あまりに予想通りの展開だった。外交使節の到着前日というタイミングも、まったく予想できなかったわけではない。ただ、ラスムス伯爵に決議を持ってこさせるとは思わなかった。

「どうか、ご寛大なご判断を――」

と頭を下げたラスムス伯爵に、

「何が寛大だ、ふざけるな！　こんなもの、おれが呑むと思っているのか！」

　レオニダス王は激怒した。

「呑まずば、課税はなされませぬ。兵も出しませぬ。そして臣従の誓いもなされませぬ――わたくしはもうしてしまいましたが」

「やかましい！　おまえは二度と宮殿に来るな！　出入り禁止だ！　いや、出入り禁止は手ぬるい！　おまえは牢に入っておれ！」

（何っ⁉）

　ヒロトは面食らった。

（牢⁉）

　その瞬間、ヒロトはなぜ前日なのか、なぜラスムス伯爵をぶつけたのか、なぜ貴族会議決議なのか、ようやく理解していた。

（ラスムス伯爵を牢に放り込ませて、それで大貴族の怒りをさらに引き起こすつもりだ！）

「陛下、罠にはまってはなりません！　伯爵を牢に放り込めば、大貴族はさらに大騒ぎを起こします！」

ヒロトは忠告したが、レオニダス王は聞かなかった。

「やかましい！　おれはもう決めたのだ！　近衛兵！　ラスムスを牢に放り込め！　鎖(くさり)もつけてしまえ！　二度と日の目を見させるな！」

「陛下、お取り消しを！」

「うるさい！」

レオニダス王は激情に駆(か)られて叫んだ。

「いくらおまえの頼(たの)みでも聞かぬ！　早くせぬか、近衛兵！　ラスムスを牢に閉じ込めよ！」

第十三章　代償

1

投獄の代償はすぐに訪れた。宮殿の外には、ベルフェゴル侯爵たち大貴族が待っていたのである――ラスムス伯爵が牢に放り込まれることを期待して――。

ベルフェゴル侯爵は、友人のラスムスが陛下に臣従の誓いをしに入っていったのに出てこないと騒ぎだした。さらに密通者がラスムス伯爵の牢屋入りを告げて、ベルフェゴル侯爵たち大貴族は大騒ぎを始めた。

「貴族会議の決議を手渡した者を牢に放り込むなど、それでも王か！　決議を手渡した者を拘束してよいとは法には記されておらぬ！　貴族会議が決議を下す権利は守られなければならぬと記されている！　また、決議を手渡した者の命を奪ってはならぬとも記されている！　だが、王はラスムスを牢に放り込んだ！　これが何を意味するか！　決議を手渡した者が牢に放り込まれることが常態となれば、貴族たちは貴族会議を開いて決議を下すことをためらうようになるであろう！　これが貴族の権利の侵害でなくして何だというのか！」

　と大声を上げた。

「我々はラスムスの解放を要求する！　同時に陛下の謝罪も要求する！　辺境伯を宮殿より追放し、さらにヴァンパイア族に処罰を与えぬ限り、決して兵を出さぬぞ！　課税にも賛成せぬぞ！　臣従礼も行わぬぞ！　税金の送付も行わぬぞ！」

2

　近衛兵がラスムス伯爵を連れ出すと、ヒロトは謁見の間を出て、宰相の部屋へ向かった。王は激怒している。とてもヒロト一人では収拾ができない。宰相と大長老の力が必要だ。

（絶対荒れる。大騒ぎになる。それこそがベルフェゴルの狙いなのに――）

　やはり、親子なのだ、とヒロトは思った。モルディアス一世も、時々激情に駆られて判断を誤ることがあった。息子のレオニダス王も同じだった。今日の今日まで明君だったのに――決して暗君の側面を見せなかったのに――今の今、暗君の片鱗を見せてしまったのだ。

レオニダスを王に推挙するべきではなかった？

ハイドラン公爵なら、もっといやなことになっている。そもそも、一人の人間が王を務めて権力を揮うということが、こういうことなのだ。つまり、感情の振幅――人はそれを気まぐれと言う――によって政治的判断の間違いが引き起こされる、横暴さが発生するということなのだ。

ヒロトのいた世界では、十三世紀のイギリスで同じようなことが起きた。フランスにあった数々の領土を失い、その奪還に躍起になったジョン王は貴族に対して課税を連発したのだ。気まぐれな信賞必罰をくり返して、前には褒美をやったのに、次にはその褒美をちゃらにするような処分を突きつけて「この人にお仕えしたい」という気持ちを削りまくっていたジョン王の行動に対して、貴族たちはついに堪忍袋の緒が切れたのだ。貴族たちは王の横暴を止めるために一致団結して要求を突きつけた。それが大憲章――マグナ・カルタである。

王の気まぐれ的横暴からどのように自分たち家臣を守るのか。その結果がマグナ・カルタだった。そして同じようなシステムは、このヒュブリデ王国にもある。王の気まぐれから国を守るためのシステムが、最高法院であり、枢密院であり、エルフ評議会である。

（おれ一人じゃどうにもならない……！　みんなの助けを借りなきゃ無理だ……！）

ヒロトは宰相パノプティコスの部屋に駆け込んだ。つづいてエルフの大長老ユニヴェステルの部屋に飛び込んだ。二人の味方を引き連れて、ヒロトは王の寝室に戻った。

レオニダス王は、部屋の中を歩きまわっていた。

「くそ！　臣従礼を行いたいだのとしおらしいことを抜かしおって、おれに決議を突きつけたかっただけではないか！」

　とレオニダス王が叫ぶ。

「陛下、罠です。そうやって陛下を激怒させてラスムス伯爵を牢に放り込ませるために、ベルフェゴル侯爵が仕組んだに違いありません。罠に嵌まってはなりません。すぐ伯爵の解放を！」

「誰がやるか！　ベルフェゴルも牢に放り込んでやる！　すぐに近衛兵を呼べ！　ベルフェゴルを捕らえさせろ！　屋敷もぶっ壊せ！」

　ヒロトに向かってレオニダス王が叫んだ途端、

「実行されれば、即、エルフは評議会を開いて陛下の国王資格を取り消しますぞ！」

ともの凄い大音声で大長老ユニヴェステルが叫んだ。王の気まぐれ的横暴から国家を守るシステムが発動したのだ。

　レオニダス王は、明らかにユニヴェステルの威圧に戦いて、目をぱちくりさせた。怒号が消えていた。

「大貴族たちが貴族会議を開く権利、決議を下す権利、王に決議を手渡す権利は、決して破られてはならぬものです。会議を開いた者を、会議を主催したことによって拘束・逮捕すれば、陛下は大法典で保障されている貴族の権利を侵害したことになります。その瞬間、陛下は国王資格を問われることになるのですぞ⁉」

　ユニヴェステルの指摘にレオニダス王は答えなかった。王は、王子時代に一度、父のモルディアス一世から枢密院顧問官の資格を取り消されている。そのことを思い出したに違いない。

　ようやくレオニダス王はトーンダウンした。大長老の一撃が、レオニダス王を怒りから覚まさせたのだ。

　パノプティコスがユニヴェステルにつづいた。

「陛下にご進言申し上げます。ラスムスを牢に入れた時点で、陛下は評議会に片足を突っ込んでいらっしゃいます。ベルフェゴルは必ず衝いてきましょう。大法典に記されている貴族の権利が侵害されたとして、最高法院に異議申し立てをしてきましょう。申し立ては間違いなく通ります。外交使節の到着は明日に迫っております。そのような時に、陛下は不名誉を被るべきではございません。即刻、ラスムス伯爵を解放すべきです」

「あいつはおれに嘘をついたのだぞ？」

「恐らくいやいやです」

とヒロトは割り込んだ。

「陛下が、『おまえが来るとは思わなかったぞ』とおっしゃった時、ラスムス伯爵は、『わたくしも思っておりませんでした』と答えていました。つまり、自分の意思で来たのではなく、誰かの強制があったということです。恐らく、ベルフェゴル侯爵に頼まれて来たのだと思います」

「解放するのはいやだ」

とレオニダス王は答えた。

「陛下、解放しなければ、陛下はエルフ評議会で国王資格を審議されることになります。その未来の方を選ばれるのか、ラスムス伯爵を解放してエルフ評議会に国王資格を審議されない未来を選ばれるのか」

ヒロトの言葉に、レオニダス王は黙っていた。きっと感情の整理がつかないのだろう。ずっと臣従礼を拒んできたラスムス伯爵が来てくれたのが、王にはうれしかったのかもしれない。ところが、自分に臣従の誓いをしに来たのではなく、貴族会議の決議を手渡しに来たのだとわかって、感情が抑えられなかったのだろう。

「陛下、今こそ暴言です。ラスムスを処刑しろ。エルフ評議会などくそ喰らえだ」

「馬鹿を言うな！」

レオニダス王が叫ぶ。

「陛下、解放しないのも同じです。自分と同じ馬鹿になります。ラスムス伯爵を解放する。それでよろしいですね？」

とヒロトは踏み込んだ。レオニダス王はヒロトを睨みつけると、そっぽを向いた。

「勝手にしろ」

つまり、承諾だった。ヒロトは即、命令を発した。

「直ちにラスムス伯爵を解放しろ！　最高法院まで送り届けろ！」

3

すでにベルフェゴルは動いていた。最高法院に異議申し立てを行っていたのである。最高法院のエルフの書記官は、ベルフェゴルの申請を受理した。

（これでレオニダスは鉄槌を下される。外交使節が到着する明日にも、最高法院から権利侵害の判断とラスムス解放の命令が伝えられることになろう）

外交使節との接見を前に、レオニダスは揺さぶられることになる。そしてそこに、マギアとレグルスが殴り込んで、賠償問題について釘を刺す――。

（あとは閣下が解決してくだされば、動きは変わる。辺境伯と吸血鬼中心に傾きかけた流れが、公爵閣下と我々大貴族に戻る）

そして自分が枢密院顧問官に返り咲けば、すべては――。

満足の笑みを浮かべてベルフェゴルは最高法院の建物を出た。白い大理石の円柱が並ぶ階段を下りようとして、本来いるはずのない人物がそこにいることにベルフェゴルは気づいた。その人物の両脇には、近衛兵が立っていた。

「ラスムス……」

「今解放されてな……」

とラスムス伯爵が苦笑する。

「牢に放り込まれたのではなかったのか？」

「放り込まれたが、すぐに解放された。何のために入れられたのかわからん」

ベルフェゴルはうなずいた。きっと辺境伯が説得してすぐに解放させたのだろう。

（相変わらず聡いやつよ）

理想は、ラスムスが解放されないことだった。牢に閉じ込めている時間が長ければ長いほど、噂は地方の大貴族にも広まり、各地で反発が起きる。外交使節の滞在中に――即位の儀の前に――王への批判が高まることになる。

だが――恐らくヒロトが即座にラスムス伯爵を釈放させた。政治的に敏感な男である。この敏感さ、この聡さがなければ、とっくの昔にヒロトは失脚している。レオニダス王が怒って牢に放り込めと叫んだ途端、ヒロトはベルフェゴルの意図を読んだのかもしれない。相変わらず手強いやつだとベルフェゴルは思った。

（が――よい。理想には届かなかったが、それも考えて、最高法院に訴えたのだ。たとえレオニダスがすぐに改めたにしても、ラスムスを牢に放り込んだ事実に変わりはない）

そして、それが重要なのだ。貴族が貴族会議を開くこと、その決議を王に手渡すことは大法典に認められている。一瞬であろうとも、レオニダスはそれを破ったのだ。そしてすでに自分の出した異議申し立ては受理された。すぐに最高法院からエルフの書記官たちが飛び、審査を行うだろう。

ユニヴェステルがかばう？

まさか。

エルフは事実の奴隷なのだ。嘘をつくことはあるまい。結果、レオニダスは最高法院から軽い勧告を受けることになる。

貴族会議の決議を手渡した者が命を奪われること、拘束されることは許されない。王は貴族の権利を尊重し、大法典を遵守すること。

そう勧告されるだろう。出端を挫かれたことになるのだ。しかも、最高法院から「貴族の権利を尊重するように」と言われることになる。

（これで、我々大貴族を蔑ろにしづらくなる。それだけ我々の決議も受け入れられやすくなる。レオニダスはごねるであろうが、公爵閣下にも説得されて、結局一部を呑まざるを得なくなるであろうよ）

レオニダスがヴァンパイア族に処分を下すとは到底思えない。ベルフェゴル自身も思ってはいない。しかし、王は貴族を顧慮しなければならなくなる。となれば、王がやれることはただ一つ。

辺境伯の解任——。

第十四章　外交使節

1

　翌朝のレオニダスは、最高に不機嫌であった。最高法院の書記官が現れ、レオニダスに軽い勧告を告げたのだ。

「貴族会議の決議を手渡すことは、大法典で保障された貴族の権利です。その権利を侵害することは、たとえ王であっても許されません。決議を手渡した者の拘束は、貴族の権利の侵害につながります。王は、大法典で保障された貴族の権利を尊重するように、最高法院としてお願いを申し上げます」

　お願いと言っていたが、事実上の勧告だった。さらに勧告がつづけば、間違いなく国王としての資格を問われる。エルフ評議会が開かれることになる。そして開かれた時には、ほぼ結果は確定しているのだ。エルフ評議会は、資格に問題があるかないか微妙だから開くのではなく、資格に問題があると判断しているから開くのである。

（気に入らん……まったく気に入らん……）

自分の外交デビューの日なのに、とレオニダスは思った。

（おれの顔に泥を塗りおって。気に入らん）

2

曇天の中、エンペリア宮殿大使の間に賓客を乗せた馬車が次々と到着していた。最初に下りたのはピュリス国将軍メティス、つづいてガセル国大使ドルゼル伯爵――。すぐにフェルキナが宮殿内の部屋へ案内する。

次に到着したのは、レグルス共和国大使オルディカスだった。馬車の扉が開くと、オルディカスより先にマギア国リズヴォーン姫が下りた。空を見上げて、

「なんだよ、吸血鬼いね～じゃね～かよ」

とまた開けっ広げに言い放つ。我慢するということが、この姫にはないようだ。それとも、思ったことが全部口に出てしまう女なのか。

「こちらでございます」

とハイドラン公爵が歩きはじめた。オルディカスは宮殿に入った。すぐに部屋に案内さ

れる。

部屋には、すでにエルフたちが待っていた。その中に、オルディカスは商人の姿を認めた。謁見は午後から予定されていることを告げてハイドラン公爵が引き下がると、すぐに商人が歩み寄った。

「いかほどであった？」

オルディカスは小声で尋ねた。

「辺境伯自身にはお会いできておりません。ずっとルシニア州へ出向いていたようです。お手紙で伝えた通り、恐らく賠償問題のことで確認をしに行ったのだろうと」

「間違いあるまい」

とオルディカスは同意した。やはり、ヒロトとレオニダス王は賠償問題を本気で蒸し返すつもりのようだ。

「それで？」

「市井の声では、王はがめつい者ではないと。辺境伯の言いなりだと。賠償問題は、辺境伯も完全に同意した上で進めているものと思われます」

「つまり、勝算があると？」

「あれば、直前にルシニアには行きますまい。ないからこそ、訪ねたのでは？」

オルディカスは納得した。だが、油断はできない。相手は雄弁で名を轟かせる辺境伯なのだ。

「辺境伯の顧問官にも会いましたが、探ることはできませんでした。ただ、都では騒動が起きております」

「騒動？」

商人は、ハイドラン公爵の屋敷が破壊された一件を話して聞かせた。

「昨日は大貴族たちが貴族会議の決議を手渡したようで、そのことでラスムス伯爵が拘束されたようでございます」

「今もか？」

「すぐに釈放されたようですが、宮廷はごたごたしております。レオニダス王は足許がぐらついております。漁夫の利を得るなら今でございます」

3

部屋に案内されると、すぐにリズヴォーンは窓から顔を覗かせた。一階の部屋からは通りは見えない。リズヴォーンは空を見上げた。

「うおっ！」

いきなり声を上げた。ヴァンパイア族が曇り空を横切っていったのだ。

「こうでなきゃヒュブリデに来た甲斐がね～よな～」

とうなずく。

「姫様。お言葉遣いにはお気をつけください。今のような口調では決してレオニダス王に話しかけないように」

とネストリアがまた念を押してきた。

「うるせ～な～。おまえは姑かよ」

とリズヴォーンは反発した。

「姫様の目的はヒュブリデの――」

「黙れ」

途端にリズヴォーンは睨みつけた。窓を閉めて、ネストリアに歩み寄る。それから、手で口許を覆ってネストリアの耳に寄せた。

「一階ってことは、いくらでも密偵が来られるだろうが。賠償問題とか口にするんじゃね～。しゃべる時は必ず口を隠せ。口の動きでバレるぞ」

ネストリアは答えなかった。己の不注意を恥じたのか。

「目的は忘れちゃいね～。レオニダスには釘を刺してきてやる」

4

ヒュブリデ王の執務室に、久しぶりに全員の枢密院顧問官と宮廷顧問官が勢ぞろいしていた。外交使節を王都まで無事送迎し終えて戻ってきたのである。

だが、執務室の雰囲気は暗かった。貴族会議が突きつけた決議のこと、レオニダス王が怒ってラスムス伯爵を牢に閉じ込めよと命じたこと、そのことで最高法院から勧告がなされたことはすでにメンバーの全員が知っていた。

「わたしは謙虚に受け止めるべきだと思う」

と口を開いたのはハイドラン公爵だった。

「最高法院は、貴族の権利を尊重すべきだと説いた。ならば、その言葉に従うべきだ。わたしはこのところ貴族が蔑ろにされてきたのではないかと思う。今こそ、貴族の声に耳を傾け、この国をまとめる時ではないか。ヴァンパイア族に偏りすぎるのではなく、貴族を尊重すべきではないか」

「あの馬鹿は、おれに嘘をついたのだぞ！」

とレオニダス王が爆発する。

「ただ激怒するだけで済ませておけばよかったのだ。牢に閉じ込めるから、最高法院から勧告を受けるのだ。即位早々わずか一カ月で最高法院から勧告とは、王として恥じるべきだ」

とハイドラン公爵が突っ込む。

「何だと⁉」

レオニダス王が睨んだ。

（好き放題言わせておくと、後々の使節接見に響く）

ヒロトは割って入った。

「このたびの枢密院会議は、陛下が使節との接見に臨むにあたり、新たな情報があれば追加し、共有するためのものです。批判の矢を射て弓射の腕前を競うためのものではありません」

「されど、一言言っておかねばならぬ。辺境伯の責任は重大だぞ。すぐそばにいながら陛下を諫められず、最高法院からの勧告という不名誉を陛下に与えてしまうとは、国務卿としての責任を問われるべきだ」

とハイドラン公爵がすぐさま反論する。

「その通りです」

とフィナスが同調する。

「今は吊るし上げの時ではない。すでに裁きは下されたのだ」

とユニヴェステルが割って入った。だが、ハイドラン公爵は退かない。

「だが、釘を刺しておかねば、きっとレオニダスは外交使節に対しても失言するであろう」

「何だと？」

とレオニダス王がハイドラン公爵に噛みつく。

「いっそのこと、延期してはいかがか？」

ハイドランの提案にパノプティコスが首を横に振った。

「延期すれば、何かがあったと勘繰られます。それこそ隣国につけ込まれます」

「誰かの屋敷を破壊した時点ですでにつけ込まれている。使節は皆、屋敷の話を仕入れていよう。その結果、ベルフェゴルたちが訪れたことも、ラスムスを牢に放り込んだこともな。今は延期するべきだ。使節を待たせるのはよくあることだ。時間をおけば、レオニダスも感情の整理ができよう」

とハイドラン公爵が提案する。

「お言葉ですが、陛下はすぐに感情の整理がつく御方です。今日接見しても問題はありません。それに自分がついていています」

とヒロトはやり返した。

「ついていながら、ラスムス伯爵の拘束を許した」

とハイドラン公爵がヒロトに非難の槍を突き刺す。

「先に申し上げたはずです。この場は、使節を送迎されるにあたって使節から得た印象や情報を陛下にご報告し、皆で情報を共有するためのものです。誰かを糾弾するためのものではありません。そのことは何度も申し上げるまでもなく充分にご理解されて実行されるものと存じますが」

とヒロトも槍を突き返した。フンとレオニダス王が鼻でせせら笑った。

馬鹿め。

そういう笑いだった。

「だが、厳しく言わねばならぬものは――」

「くどいですぞ」

とユニヴェステルが割って入った。その一言で、ついにハイドラン公爵は黙った。パノプティコスが口を開いた。

「では、各使節についてのご報告を」

5

会議の後、ヒロトは少し落胆を覚えた。使節を送迎した者から各国の使節について感想や印象を聞いたのだが、あまり有用な情報は得られなかった。

《オルディカス殿もリズヴォーン姫も、非常に上機嫌であった。リズヴォーン姫はしきりに空を見上げてヴァンパイア族はどこだと気にされていた。物見遊山の気分なのであろう。かわいらしい姫君だ》

とハイドラン公爵はどうでもいいことを報告していた。

《ヴァンパイア族はずっと宮殿にいることになるのか、とオルディカス殿が聞かれた。あまりヴァンパイア族が宮殿をうろうろすると、使節の方も当惑されるのではないかとわたしは心配だ。少しの間、ヴァンパイア族の方にはご遠慮願った方がよいのではないか?》

結局は、批判しかない人なのだと思う。批判ありき。とにかく王とヒロトを批判したいだけで、芯も中身もない。

フェルキナの方がまだ有用だった。

《わたしが出迎えに来たことを、二人とも驚いていらっしゃる様子でした。特にメティス将軍は、なぜおまえが寄越されたのかと。陛下のご即位にご協力申し上げたからですとお答えすると、おまえは我が国を挑発したことがあったなと。今は違う考えですと申し上げると、鼻で笑っていらっしゃいました》

間違いなく、メティスはフェルキナとラケル姫のことを衝いてくる。

本気で？

じゃれ合いだ。舟相撲と同じ。

メティスは、恐らくヒュブリデ王国が北ピュリスを取り戻す気があるのかどうか、探りに来たのだろう。

ガセル王国は、ヒロトと顔見知りのドルゼル伯爵を派遣したことを考えるとヒュブリデとの関係を深めに来たのは間違いない。ヒュブリデにとっても願ったり叶ったりだ。

アグニカはわからない。ヒロトはアグニカ宰相ロクロイに会ったことはない。リンドルス侯爵とは違う派閥の人間だというから、アグニカはリンドルス一辺倒を改めようとしているのかもしれない。

レグルスの大使オルディカスは、最高執政官コグニタスの部下だという。コグニタスの命を忠実に実行に来たと見て間違いないだろう。あまり波風を立てに来たようには思えない。

マギアの王妹リズヴォーン姫は、一番わからない。宰相ラゴスならば友好を深めるつもりだろうと読むことができたのだが――。

（賠償問題については、少しやりづらいかもしれない）

「ああ、くそっ」

レオニダス王が立ち上がった。

「また糞をしたくなってきたぞ。くそ、ケツが変な感じがする」

ヒロトは思わず笑ってしまった。

「陛下、国王推薦（すいせん）会議の時みたいになりましたね」

「くそ。ヒロト、おれの代わりに糞をしてこい」

「陛下はすっきりしません」

「くそ、やっぱりそうか」

「緊張（きんちょう）されてます？」

「当たり前だ。おれはおまえと違うぞ」

「では、陛下。外交使節にも言いましょう。おれは今緊張している。いっしょに糞をしに行くぞ」

レオニダス王は安心して、思い切りヒロトに罵倒（ばとう）を浴びせた。

「この糞ったれ〜っ！」

6

ヒロトは謁見の間の裏側――控えの部屋でレオニダス王とともにファンファーレを聞いていた。この部屋の向こうでは、メティスが跪坐して待っているはずである。こんなふうにこんな場所でファンファーレを聞こうとは思わなかった。

興奮している？

少し。

緊張している？

全然。

「よし、行くぞ！」

レオニダス王が叫んだ。近衛兵が先に歩きだした。先導につづいて、レオニダス王が歩きだす。ヒロトもすぐ後ろにつづいた。謁見の間に出る。

すぐに跪坐しているメティスの姿が見えた。頭を下げているので顔は見えない。レオニダス王が玉座に座り、ヒロトはその斜め後ろに立った。

「面を上げよ」

レオニダス王の命令に、メティスが顔を上げた。すぐに視線がヒロトを捉えた。口の端に笑みが浮かぶ。

やはりそこにいたな。

そういう顔だった。

「ピュリス国将軍メティス、誉れ高きヒュブリデ王に我が王イーシュの祝辞を奉る。ご即位はまことにめでたきこと、必ずや我がピュリスとのさらなる未来を切り開かん」

形式ばった、格調高い物言いだった。さすがに智将である。

「音に聞こえし名将メティスからの、身に余る祝辞、このレオニダス、ありがたく受け取った。ピュリスとヒュブリデは比翼連理、互いにかけがえのない間柄、両国はさらに富み、平和と繁栄を享受することになろう」

とレオニダス王も格調高く返す。

「双翼をつなぐは、両国の絆、前王と結ばれた絆。その絆をレオニダス王は遵守されると？」

とメティスは踏み込んできた。前王と結ばれた絆とは、前王モルディアス一世との間に結ばれた平和協定である。

「我は破壊者にあらず。我は平和の使者なり」

とレオニダス王が答える。

「ならば、なにゆえにフェルキナ伯爵とラケル姫を枢密院に迎えるか？」

とついにメティスが衝いてきた。レオニダス王がヒロトに顔を向ける。おまえが答えろという命令である。ヒロトは口を開いた。

「されば、メティス殿に一つお尋ねしたい。かつてイーシュ王は我がヒュブリデに戦を挑まれたことがある。王は平和の破壊者であろうか？」

「何を――」

ヒロトはメティスの反論を遮ってつづけた。

「イーシュ王は決して破壊者ではない。富と平和の創造者、ピュリス始まって以来の名君だ。ヒュブリデにとっては破壊者だった時もあったが、今は平和の使者となられた。そして我が国にとっては大切な友だ。フェルキナ伯爵も然り」

ヒロトの返しにメティスがにたにたと笑う。

なるほど、そう返してきたか。面白いぞ。おまえならきっといい返事をするものと期待していたぞ。

そういう顔である。ヒロトの切り返しを聞きたくて、わざと突っ込んできたのかもしれない。

メティスは改めて王に顔を向けた。

「王に尋ねたい。ラケル姫は北ピュリスの象徴。ヴァンパイア族を用いて北ピュリスを奪還するおつもりか？」

「おれはあらゆる選択肢は捨てぬ。しかし、おれは何よりも平和の使者だ。亡き父王が結んだ協定を破棄するつもりはない。ピュリスとは平和を第一に考えている」

とやや砕けた調子でレオニダス王は答えた。ピュリスとの平和協定遵守が第一なので北ピュリスを奪還することは考えていないという意味である。その返事にメティスが呼応した。

「我が王も、レオニダス王のお言葉を聞けば満足されるであろう。我らは国境を変えることなく、互いに協定を遵守し、平和を維持していくことを望んでいる。ただし、舟相撲の勝負は譲らぬ」

ヒロトは思い切りぶっと噴いた。

「舟相撲？」

レオニダス王が聞き返す。

「舟の上で押し合って、先に水に落ちた方が負けなのです。メティスに連敗中です」

とヒロトは囁いた。

「弱いやつめ」

「メティスが強すぎるんです！」

レオニダス王が笑った。それから、メティスに視線を戻した。

「舟相撲は好きにすればよい。イーシュ王には、このレオニダスは協定を破るつもりはないと伝えるがよい」

メティスは深々と頭を下げた。

7

贈り物を届けると、メティスは部下とともに謁見の間を出た。恐らく、外交使節で最初に謁見を許されたのは、自分たちピュリスの使節だろう。

外交では、順番が優先度を示すことになる。レオニダス王が最初に自分に会ったということは、ヒュブリデにとってピュリスが最も重要であるという証拠である。それだけピュリスを重視しているということだ。ピュリスにとっても、ヒュブリデは最も重要な隣国である。

（ガルデルはヒュブリデが北ピュリス奪還を企図しているのではないかと勘繰っておった

ようだが、今日の感じだとその気配はない。レオニダス王自身が答えていたことからしても、その気はなしだ。ガルデルのタコめが）

8

メティスが引き下がると、レオニダス王はヒロトに顔を向けて囁いた。

「美人だな」

「美人なのです」

「胸もでかい。いい女だ」

「手強いです。リンドルス侯爵を人質にした剣豪です」

「ますますいい女だ」

レオニダス王はメティスが気に入ったらしい。

「ガセル王国大使ドルゼル伯爵！」

近衛兵が叫んだ。扈従を連れて、ドルゼル伯爵が姿を見せた。すぐに跪坐して頭を下げる。

「ガセル国王パシャン二世の命により参りましたドルゼル伯爵にございます。レオニダス

王のご即位に王の代理としてお祝いを申し上げます。王の威光とヒュブリデの未来がますます輝かんことを、平和と繁栄がとこしえに続かんことをお祈り申し上げます」

レオニダス王はうなずいた。

「我が王は、ヒュブリデにずっと感謝をされております。我が王妃も同じです。アグニカとの件、決して忘れてはおりませぬ。特に国務卿の働きには、我が王も我が王妃も、感服されておりました。是非、ヒュブリデとの親睦を深めたい、両国は今よりももっと近づき合うべきだと申されております。我が王妃はピュリス王の妹君でいらっしゃいますが、妹君も、是非ヒュブリデとの絆を深めたいと申しておいでで、実は王妃より鍵を預かってまいりました」

とドルゼル伯爵は恭しく差し出した。近衛兵が歩み寄って受け取り、レオニダス王に手渡した。

ルビーを埋め込んだ、金の鍵だった。だが、肝心の鍵で開けるものがない。

「これは?」

「是非、我が国にお越しになっていただき、鍵を開けていただきたいと我が王妃は申しておいでです」

レオニダス王が破顔した。なかなか気の利いたことをする王妃である。さすがにイーシユ王の妹君、きっとよく気が回って頭が切れる人なのだろう。

「亡き父王の宿願は、貴国との関係を深めることであった。余も同じ考えだ」

とレオニダス王が告げる。

「我が王と王妃ともども、貴国の使節のご訪問をお待ち申し上げております。是非、早期にお越しいただきたい」

とドルゼル伯爵は念を押した。

「おれもぐずぐずするつもりはない。一番信頼できる者を遣わせよう」

とレオニダス王は告げた。ドルゼル伯爵は、深々と頭を下げた。

9

謁見の間を退室すると、ドルゼルはガッツポーズを決めたくなった。

一番信頼できる者を遣わせよう——。

あの言葉が象徴的だった。レオニダス王が一番信頼する者といえば、ヒロトしかいない。名前を言うことはしなかったが、レオニダス王はヒロトを派遣すると約束してくれたのだ。

それも、早期に。

（ヒロト殿がアグニカよりも先に我が国を訪問してくれれば、それだけ我が国とヒュブリデとの関係は深く結びつく。アグニカへの牽制にもなる。王妃の鍵は効いた……！）

ハイドラン公爵が即位していれば、こうはなっていなかったであろう。逆にアグニカが厚遇されていたに違いない。

（我が国にとってはよい風向きだ……！）

10

ドルゼル伯爵が出て行くと、レオニダス王はヒロトに耳打ちした。

「おまえには行ってもらうことになるぞ」

「あれ？　陛下が一番信頼できる者って、陛下ご自身では？」

「馬鹿者め」

とレオニダス王がにやにやと笑う。外交使節の接見を二つこなして、レオニダス王も余裕が出てきたようだ。

「ガセルは気に入った」

「ドルゼル伯爵とは何度も顔を合わせています。信頼できる人物です」

「マギアの問題が片づき次第、おまえには出発してもらうぞ」

　ヒロトはうなずいた。

「マギア国リズヴォーン姫！」

　近衛兵が叫び、つづいて盛大に肌を露出させた甲冑の黒髪の女がずかずかと謁見の間に踏み込んできた。後ろにいる肉感的な女はネストリアだ。

（これがリズヴォーン姫……!?）

　ヒロトが観察していると、リズヴォーン姫は片膝を突いて挨拶してみせた。胸の谷間が深々と見えたが、おかまいなしである。そして開口一番、こう言い放った。

「糞兄貴に代わってお祝い申し上げる」

　レオニダス王がひっくりかえった。ヒロトもずっこけかけた。

（糞兄貴……!?）

　ラケル姫から口が悪いと聞いていたが、想像以上の口の悪さだった。

「姫様……糞ではございません……！」

　とネストリアがたしなめる。

「うるせ〜な〜っ！　こういう堅苦しいのは嫌いなんだよ！　ちゃんとお祝いを言ったからいいだろ〜！」

とこれまた王族らしからぬ口調で言い返す。

（な、なんなんだ……このじゃじゃ馬は……）

ヒロトはひっくりかえりそうだった。自分が十九世紀の女だったら、気絶しているかもしれない。

「おい。本当にウルセウスの妹なのか。偽者ではないのか？」

レオニダス王の突っ込みに、

「あんだと、失礼なやつめ！　正真正銘、本物の妹だぞ！」

と返した。

「失礼はおまえの方だろ！　糞兄貴とは何だ！」

「妹が兄貴を糞と言って何が悪い！」

「何!?」

レオニダス王が素っ頓狂な声を上げる。だが、かまわずリズヴォーン姫は爆弾発言をぶちまけた。

「そうだ、大事なことを言わなきゃいけなかったんだ。糞兄貴はヒュブリデとの友好と平和を望んでるぞ！　ただし！　賠償問題は未解決だとか抜かしやがったら別だ！　絶対賠償金は払わねえ！　賠償金を即位祝い金とか言い換えても同じだ！　マギアはヒュブリデには絶対に金を払わねえ！　金を要求しやがったら、いつでも我が兵が山を越え河から攻め入るからな！　覚悟しろ！」

第十五章　不意

1

ヒロトは呆気にとられていた。頭の中が、ガンガン鳴っている。衝撃の音が聞こえる。

《糞兄貴はヒュブリデとの友好と平和を望んでるぞ！　ただし！　賠償問題は未解決だとか抜かしやがったら別だ！　絶対賠償金は払わねえ！　賠償金を即位祝い金とか言い換えても同じだ！　マギアはヒュブリデには絶対に金を払わねえ！　金を要求しやがったら、いつでも我が兵が山を越え河から攻め入るからな！　覚悟しろ！》

平和協定を結ぼうと言い出す前に、いきなり出端を挫かれてしまったのだ。しかも、ヒロトが虎の子として用意していた即位祝い金を言い当てられてしまった。

（な、なんでバレてんだ？　誰が言ったんだ!?）

ヴァルキュリア？

まさか。

エクセリス？

そんなはずがない。ヒロトは王以外にはしゃべっていないのだ。

ならば、まさか、王がバラした？　ありえない！　王に仕える女官から洩れたのか？

わからない。

ヒロトが用意していたプランは、思い切り狂ってしまった。即位祝い金を提案して、さらに秘密協定を持ち出して説得するという策は、実行する前に崩れ去ってしまった。

最低の始まりだった。

ピュリス、ガセルといい流れで来たのに、マギアで最大のつまずき――。

（反論しなきゃ）

そう思った。

（秘密協定を提案……）

いや。

まずい。

秘密協定は、即位祝い金で相手を揺さぶった後に使うことを想定していたものだ。自分が揺さぶられた時に反撃する道具として考えていたものではない。今使っても、空振りする。

なら、どうする？

頭の中は真っ白だった。まるで反応がない。

（やばいっ！　パニクってる！　完全予想外！）

虚を衝かれて、ヒロトは反撃の能力を失っていた。何が起きたのか、どうすればいいのかもわからない。

（落ち着け！　落ち着け、おれ！　冷静を取り戻せ！）

そう自分に叫ぶが、叫べば叫ぶほど、自分が冷静と平常からもの凄い勢いで遠ざかっていく。まるで超高速の離岸流に巻き込まれて、光の速さで岸辺から離れていってしまっているみたいだ。ヒロトの心は荒波の上だった。ヒロトの心が乗った小舟は、とんでもない嵐の大波でひっきりなしに上下動をくり返している。波がざぶざぶと小舟に降りかかっていて、凄い勢いで海水が流れ込んでいる。待ち受ける未来は沈没――。

「それが王に対する言い方か！」

レオニダス王が吠えた。

「うるせ～！　こっちはこういう言い方しかできね～んだよ！　とにかく、絶対賠償金は払わねえ！　払えとか抜かしやがったら、戦争だ！」

「何だと、この糞女！」

「やかましい、糞男！」

低レベルの罵詈雑言が行き交う。

「もう言いたいことは言ったからな！　糞兄貴と仲良くしたければ、賠償金のことは永遠にあきらめろ！　じゃあな！　あばよ！」

そう言うと、呆気に取られているネストリアを置き去りにして、リズヴォーン姫は歩き去ってしまった。

「ひ、姫様〜っ！」

レオニダス王に献上するはずだった品を置き去りにして、ネストリアがリズヴォーン姫を追いかけていった。

レオニダス王の怒りの叫びが響きわたった。

「何だ、あの女は〜〜〜〜〜っ！　あれがウルセウスの妹か〜〜〜〜〜っ!!」

2

一度控室に引っ込んだレオニダス王は、ずっと、くそを連発していた。

「何だ、あの糞女は！　くそ！　ウルセウスめ、しっかり教育しとけよ！　なんなんだ！

何が賠償金は払わないだ！　くそ！　こっちの動きを読んでやがったのか！」

レオニダス王が怒鳴り散らす。ヒロトは黙っていた。

（なんで、即位祝い金のことを知ってたんだ？　誰かが洩らしたのか？）

その疑念が拭えない。

誰かから即位祝い金のことを知らされて、それで賠償金は支払わないと先制攻撃を掛けたのか？

「陛下。即位祝い金のことは誰かに話しました？」

「誰が話すか！　おれは誰にも話しておらんぞ！」

とレオニダス王が怒鳴り返す。ヒロトも話してはいない。ヴァルキュリアにもミミアにもエクセリスにもソルシエールにも話していない。

（じゃあ、なんでバレてた？）

ヒロトは残る一つの可能性に思い当たった。

（自力で読んだ？）

あのがさつに見える姫君が？

実は凄いキレキレの女なのか？

「ウルセウス王の妹って、キレキレの女ですか？」

「知るか！　あいつはただの無礼者だ！　武術しか興味のない女だぞ！　筋肉女め！」

とレオニダス王が罵倒する。

(即位祝い金を言い当てるような感じには思えない……)

だが、リズヴォーン姫はレオニダス王の賠償請求を事前に知っていたようだった。それはリズヴォーン姫の台詞が物語っている。

《そうだ、大事なことを言わなきゃいけなかったんだ》

確か、そう彼女は切り出したのだ。その後に、

《糞兄貴はヒュブリデとの友好と平和を望んでるぞ！　ただし！　賠償問題は未解決だとか抜かしやがったら別だ！　絶対賠償金は払わねえ！　賠償金を即位祝い金とか言い換えても同じだ！　マギアはヒュブリデには絶対に金を払わねえ！　金を要求しやがったら、いつでも我が兵が山を越え河から攻め入るからな！　覚悟しろ！》

一気呵成に言い切った。つまり、賠償金は払わない、払えと言われたら軍事力を行使するぞと言うことは、事前に打ち合わせていたということだ。

もしレオニダス王が賠償問題をどうするつもりかわかっていなければ、あんなに一気呵成に、否定の言葉を壁のように並べない。賠償問題については解決済みだと我々は考えている、そのような言い方をするはずだ。

（レオニダス王が賠償請求をするって、わかってた？）

なぜ？

なぜ知っていた？

どこで知った？

わからない。

（どの段階で知ったんだ……）

そう考えて、ヒロトはマギア王ウルセウス一世が妹を送り込んできた意味に気づいた。

否定の使者。

賠償金は絶対に払わないと叫ぶ相手としては、最高ではないか？　ラゴスよりも最適ではないか？　つまり、ウルセウス一世はレオニダス王が賠償金を請求することを知っていたのではないのか？

（いや、しかし、いくらなんでもあの姫君は乱暴すぎる。粗雑すぎる。がさつすぎる。いくらなんでも、あんなのを使節として送り込んでくるなんて……。なんで、宰相のラゴスは反対しなかったんだ？）

そう思って、いやな答えを思い浮かべた。

もし、反対していなかったら？

（これ、想像以上に絶望的？）

「レグルスの使節との接見は延期なさいますか？」

近衛兵が心配そうにレオニダス王に確かめた。

「んぐ……かまわん……！　むかつくが、おれの使命だ！　レグルスはきっとまともだろう！」

ファンファーレが鳴り響き、ヒロトは再びレオニダス王の後ろについて歩きはじめた。歩きながらも、まだ少し心が動揺している。とにかく、マギアのことは後で枢密院会議に諮って話し合うしかない。

謁見の間に入ると、白いマントを羽織った知的な物静かなエルフの男性が跪坐していた。レグルス共和国の大使だ。

「面を上げよ」

レオニダス王の命令に、男は顔を上げた。

「レグルス共和国最高執政官コグニタス様の命により、その代理として参りましたオルディカスでございます。まずはレオニダス王にご即位のお祝いを申し上げます。これでヒュブリデはますます繁栄し、ヒュブリデと我が国との絆はさらに深まりましょう」

と流暢に述べる。

「そうあってほしいものだな」

といささか不機嫌を残しながらレオニダス王が答える。オルディカスが口を開いた。

「レオニダス王もご承知の通り、四カ国の平和は王にとっても我が国にとっても、非常に重要なことでございます。四カ国で結ばれた協定にしたがって、四カ国の平和が守られなければなりません。平和を乱すことは絶対に避けねばなりません」

「それはその通りだ。そのために障害となる問題は取り除かれねばならん」

とレオニダス王が答える。障害となる問題とは、賠償問題のことである。王の返事に、オルディカスがつづけた。

「我々レグルスは、ヒュブリデとマギアの間で問題が起きるのではないか、すでに解決済みとされている問題が蒸し返されて両国を衝突させるのではないかと深く憂慮しております」

（なぬっ⁉　レグルスまで⁉）

ヒロトは思わずオルディカスを見た。レオニダス王もオルディカスを睨む。解決済みとされている問題とは、マギアとの賠償問題のことだ。

「おまえもリズヴォーンと同じか！　おれに賠償問題を片づけるなと言うつもりか！」

「五十年前の賠償問題については、我が国はマギアと同じ考えでございます。四カ国の平和を維持するためには、賠償問題は解決されたものとして進められねばならない。すでに解決された問題を蒸し返すことは四カ国の平和を著しく乱すことになる。そのようなことは、いかなる手段を用いても阻止されねばならない。それが四カ国の平和と繁栄には必要だと、レグルスは考えております」

（げげげっ……！）

　レオニダス王がかっと目を見開いた。

　いかなる手段を用いても阻止されねばならない――。言い方は曖昧だったが、「いかなる手段を用いても」とは、戦争という手段を排除しないという意味だった。つまり、もしヒュブリデがマギアとの賠償問題を未解決事件だと言い張ってマギアに賠償請求をするのなら、レグルスは実力行使も厭わないと宣言したのである。そしてそのことに、レオニダス王がぶちきれた。

「この大馬鹿者め！　もうレグルスは我が友でも味方でもない！　そっちがその気なら、こっちから攻めてやる！」

　ヒロトは慌てて言葉を補った。

「言葉で攻めてやるという意味です」

「兵を送ってやると言っているのだ！」

とレオニダス王が言葉をかぶせる。

「言葉の兵です。オルディカス殿、賠償問題は我が国の内政問題です。他国が干渉する問題ではありません」

とヒロトは牽制した。

「四カ国の平和を著しく揺さぶるのならば、我がレグルスも静観することはできません。マギアに賠償請求を突きつけることは、確実に両国を戦争へと導きます。それが四カ国の平和にどれだけ影響を及ぼすか」

とオルディカスは固い。

「我々はマギアとの戦争を引き起こすために賠償請求の準備をしていたわけではありません」

言ってから、ヒロトはしまったと思った。自分たちが賠償請求を行おうとしていることをばらしてしまったのだ。

(失言した……！)

「やはりですか」

(やはり？)

失言の中で、ヒロトはオルディカスの失言も聞き逃さなかった。やはりとは、オルディ

カスがすでに情報を得ていたことを意味する。

マギア王の妹リズヴォーン姫も、ヒロトたちがまだ賠償問題の話をする前から牽制してきた。そしてレグルスも、ヒロトたちが賠償問題の解決を口にすらしていないのに牽制してきた。

偶然？

まさか。偶然なはずがない。あまりにも連動性が高すぎる。リズヴォーン姫は事前に賠償請求のことを知っていた可能性が高い。レグルスもその可能性が高い。マギアとレグルス両国が事前に賠償請求のことを知っていて互いに示し合わせていて、レオニダス王に釘を刺してきたと考えた方が自然だ。

だが、両国がなぜ賠償問題のことを知っていたのだ？

（どこから聞いた？　誰から聞いた？）

「賠償請求は極秘事項です。どなたからお聞きになったのです？」

とヒロトは踏み込んだ。

「秘密というのは自ら翼を持って羽ばたくものです」

とオルディカスが澄ました声で答える。

（どうする？　誰から情報を得たのか、追及する？）

いや、オルディカスは答えないだろう。大使が簡単に情報源を明かすはずがない。「秘密というのは自ら翼を持って羽ばたくものです」という答えも、情報源を明かすつもりはないことを示している。もしかすると、明かすわけにはいかない人物からの情報なのかもしれない。

（誰だ？）

ヒロトは猛烈な速さで考えた。

即位祝い金を洩らしたことも考えると――いや、即位祝い金については、ヒロトとレオニダス王以外知らない。即位祝い金については別だ。

賠償請求についてマギアとレグルスに知らせた者。普通に考えれば、枢密院のメンバー？ハイドラン公爵？

（あとは、ベルフェゴル侯爵？）

まさか、フェルキナ？　そんなはずはない。フェルキナが洩らして得をすることはない。ラケル姫も同じだ。エクセリスも口は堅い。

軍事力の行使をちらつかせて脅して吐かせてみる？

まさか。それこそ、レグルス共和国との関係を悪化させる。

（今ここで追及しても無駄か……！）

ヒロトは切り換えて、弁明を始めた。

「賠償請求は予防的なものです。ウルセウス一世はとても心配性の方です。今は宰相ラゴスがご健在ですが、数年のうちにお亡くなりになるでしょう。そうなれば、ウルセウス一世の心配性が前に出てきます。ウルセウス一世は、我が王に対して不信感を懐いています。我が王が賠償請求をするのではないか、断ればヴァンパイア族を使って脅すのではないか。疑心暗鬼に囚われて我が国に対して牙を剥くでしょう。その可能性が非常に高いと我々は見ています。そうなれば、それこそ四カ国の平和は乱されてしまう。そうさせないために、敢えて今、賠償問題についてマギアと話し合って、双方が納得する形で合意に辿り着き、未来の憂いをすべてなくしておきたいのです」

非常に明快な説明だった。だが、オルディカスは首を横に振った。

「ご事情は理解いたしましたが、それでも、賠償問題は蒸し返されるべきではありません。いかなる名称を取ろうとも、マギアに対して賠償金は求められるべきではありません。その問題はすでに片づいたというのが、我がレグルスとマギアの変わらぬ立場です。それでも賠償問題を蒸し返すというのならば、我がレグルスは楯となりましょう」

楯となる――つまり、立ちはだかるということである。軍事力の行使を含んだ言い方だった。レグルスは再び、そして今度はよりはっきりと、軍事力の行使をちらつかせたのだ。

そしてそれに対して、レオニダス王が爆発(ばくはつ)した。

「この大馬鹿者め！　おまえは即刻(そっこく)国へ帰れ！　今から宮廷(きゅうてい)には出入り禁止だ！」

第十六章　解任

1

急遽開かれた枢密院会議は、非難と追及から始まった。真っ先にハイドラン公爵が怒りをぶつけてきたのである。

「だからわたしは、国王推薦会議でマギアとの賠償問題は解決済みとすべきだと主張したのだ！　こうなることがわたしにはわかっていたのだ！」

「やかましい！　おれは将来の禍根を取り除こうとしただけだ！」

　とレオニダス王が叫び返す。

「その結果がこれか！　レグルスの大使に国外追放を宣言するばかりか、こちらから攻めてやると暴言を吐くとは、いったいどういうつもりだ！　レオニダス、おまえは本気でレグルスと戦争をするつもりか！」

「喧嘩を売ってきたのはレグルスの方だ！　売られた喧嘩を買わずして国が成り立つ

か！」

　とレオニダス王が叫び返す。ハイドラン公爵も負けてはいない。

「そもそもおまえがいらん藪をつついて蛇を出そうとするからこうなるのだ！」

「蛇ならば、いずれ藪から出てきて悪さをします。つつくのなら、つついて勝てる時につつくべきです」

　とヒロトは割って入った。だが、公爵はヒロトにも噛みついた。

「貴殿もそばにおりながら、いったい何をしていたのだ！　レオニダスに宣戦布告させるとは、それでも国務卿か！　何のためにそばにいたのだ！　貴殿は飾りか！」

「飾りは反論も説明もしませんが」

　とヒロトはむっとして言い返した。

「飾りではないか！　レオニダスに暴言を吐かせぬためにそばにいたのではないのか！」

　ハイドラン公爵が叫ぶ。すかさずヒロトは言い返した。

「閣下の亡き父の遺訓は、いかなる時でも余裕を持てでした。今の閣下はその遺訓をお守りでしょうか？　このところの閣下は他人を糾弾してばかりです。枢密院は他人を糾弾するための場所ではありません。陛下のために意見を出し合う場所です」

「貴殿に言われずともわかっている！」

とハイドラン公爵が言い返す。

「わかっていらっしゃるのなら、犬のように吠え合うのは自重していただきたい。吠えれば吠えるほど、我々エルフは公爵閣下が王に即位されなかったのは当然であったという考えを強めることになる」

と大長老ユニヴェステルがぴしゃりとやった。ハイドラン公爵が沈黙した。鶴の一声であった。公爵は大長老には敵わないらしい。

ヒロトは口を開いた。

「このたびのこと、マギアとレグルスに事前に情報が洩れていた可能性があります。賠償請求については陛下の秘密のご命令でした。知っている者は限られています。にもかかわらず、リズヴォーン姫とオルディカスは知っていた。リズヴォーン姫にいたっては、自分が数日前に思いついた即位祝い金という言葉を使っていました。誰かが賠償請求の情報を洩らした可能性があります」

「まさか、それがこの中にいると言うのかね？」

とハイドラン公爵が突っ込んだ。

「可能性は否定しきれません」

「わたしへの侮辱だ。貴殿はこのわたしが洩らしたと言いたいのであろう。証拠はどこだ？

証拠もないまま、わたしの名誉を穢そうというのか？　わたしの屋敷を破壊させただけでは飽き足らずに」

　とハイドラン公爵が怒って挑発する。

「破壊されたのは叔父上がドジを踏んだからだろうが！　眼鏡を呼びつけて土下座させる馬鹿があるか！」

　とレオニダス王がキレる。

「叔父に向かって馬鹿とは何か！　それでも王か！」

「王族とは汚い言葉で罵り合う者たちのことではない」

　とユニヴェステルがぴしゃりとやった。レオニダス王もハイドラン公爵も黙る。

「犯人探しは後回しだ。これからどうするか考えねばならん」

　とユニヴェステルが進路を修正する。

「同感ですな。マギアもレグルスも密偵は放っておりましょう。その者がどこかでつかんだのやもしれませんな」

　と書記長官が同調する。

「ともかく、マギアとレグルスが反対したというのはでかいですぞ」

　と大法官が口を開いた。大貴族のフィナスも割って入った。

「いや、それ以上に陛下のご発言の方が一大事です。レグルスに対して真っ向から喧嘩を売ってしまったわけでございますからな。しかも、賠償請求に関してはマギアも大反対している。この状態で賠償問題を推し進めても、両国との軋轢しか生じません。いざ戦争となっても、大貴族たちは兵は送らぬ、課税に反対すると叫んでおります。いくら吸血鬼の助力があるといっても、マギアとレグルスを相手にして戦うのは厳しゅうございますぞ。引っ込める以外ないのではありませんか？」

「誰が引っ込めるか！　今引っ込めても同じだろうが！」

　とレオニダス王が叫ぶ。ヒロトが後を継いで周囲に説明した。

「ウルセウス王はとても臆病な方なのです。そして臆病な者に限って、武力を揮う。今は宰相のラゴスが健在なので、ウルセウス王が臆病風に吹かれて我が国を攻撃することはありません。でも、数年か十年のうちにラゴスは亡くなるでしょう。そうなった時に、臆病風を止められる者はいなくなる。ウルセウス王は、陛下が賠償請求してくるんじゃないか、断ったらヴァンパイア族を使って脅すのではないかという疑心暗鬼に囚われ、それならばと先制攻撃をしてくる可能性が高いのです。ならば、ラゴスが存命のうちに賠償問題を解決しようというのが陛下のお考えなのです。この考えは、国王推薦会議で表明されていて、エルフの方々も反論されていません」

大法官と書記長官が唸った。疑問の唸り、不同意の唸りだった。

「一国の王が、疑心暗鬼に囚われて我が国に攻め入るものなのか……」

と大法官が疑問を呈す。

「モルディアス一世がご存命の頃、ウルセウス王はルシニア州との国境に三千の兵を送り込み、我が国にヴァンパイア族の楯を捨てるように迫りました。それでも、疑心暗鬼に囚われて攻め入らないと？」

またしても大法官が唸った。今度の唸りは疑問の唸りではなく、確かに……という同意の唸りだった。

「しかし、どんな理由であれ、マギアとレグルスが反対しておるのです。戦も辞さぬと申しているのです。引っ込めるしかないのでは……？」

とまたフィナスが誘導しようとする。

「確かに、このまま押し通すのは難しいですな。引っ込めることも選択肢に入れねば……」

と大法官も同意する。

「わたしもそうすべきだと思う。王は決して誤らぬ存在ではない。エルフも然りだ。当初正しいと思っていたことが実は間違っていたこともある。それがわかった時には、潔く誤りを認めて正すべきだ」

とハイドラン公爵も同調する。

「引っ込めぬと言ったろうが！」

とレオニダス王が癇癪を破裂させる。

「そうなると、戦になるぞ。だが、大貴族たちは兵も出さぬ、課税も認めぬと言うておる。マギアの賠償問題を解決するというのなら、大貴族の問題を片づけねばならぬ。最高法院も大貴族の権利を尊重するようにと勧告しておる。貴族会議の決議に耳を傾けるべきではないのか？」

とハイドラン公爵が突っ込む。貴族会議の決議とは、ヒロトとヴァンパイア族に処分を科すこと、特にヒロトに対しては枢密院顧問官から解任することである。レオニダス王は怒って叫んだ。

「馬鹿どもに従ってたまるか！　おれはヒロトを解任せぬぞ！　ヴァンパイア族も追放せぬ！」

「それではマギアに対して賠償請求することはできぬ。請求すれば、今のままだと間違いなく戦争に突入するであろう」

「ヒロトがおる限り、そのようにはさせぬ！」

とレオニダス王が否定する。しかし、ハイドラン公爵は一歩も退かない。

「絶対そうは言い切れまい。ともに退かぬといっておるのだからな。充分、戦争になる可能性はある。むしろ、高いとわたしは見ている。無理強いは不可能だ。そもそも、マギアもレグルスも強く反対している中で、賠償請求を行っても結果は出ぬ。ただ両国との関係を悪化させるだけだ。それでも無理に押し通せば、マギアとの関係もレグルスとの関係も破壊することになるぞ。それこそ戦争に発展する。それでも無理強いするつもりか？」

と畳みかける。レオニダス王は反論できずに唸った。正論だった。公爵の言う通りだった。今のまま無理強いすれば、両国と衝突する。それがどれだけ両国との関係を損なうことになるのか……。

（予定通り、こちらから平和協定について話し合いを持ちたいと話を切り出して、平和協定の中で賠償問題を俎上に載せる提案ができていれば、こんなふうにこじれなかったはずなんだ）

とヒロトは悔しさを噛みしめた。

だが、マギアもレグルスも、先手を打ってきた。まずマギアが賠償問題に対して激しく拒絶を示し、レグルスも同調してみせた。マギア単独ならばまだましだったのだが、レグルスまでいっしょとなると、身動きできない。

あきらめる？

そのつもりはなかった。王はまだ撤回を命令していない。

だが、手はあるだろうか？　賠償問題について誤解がある、その誤解を解きたいと言ってリズヴォーン姫と話をする？

（話に乗るタイプかな……？）

限りなく不安である。先行きは限りなく不透明だ。仮に会って話をしたとしても、賠償問題を口にした途端に会談を切り上げられる可能性がある。そうなってはどうしようもない。

公爵が口を開いた。

「ここにいる御方全員にお聞きしたい。賠償問題を解決するために、マギアとレグルスと戦争をしてもよいとおっしゃる方は、ここにいらっしゃるか？　いらっしゃるならば、是非挙手していただきたい！」

沈黙が返ってきた。

沈黙は雄弁なり――。誰もが、否定の表情を浮かべていた。わかっているのにもかかわらず、小憎らしいことに公爵が大長老に話を振る。

「ユニヴェステル殿は？」

「戦争をせずに解決するのが条件だ」

「辺境伯は？」

とわざと公爵がヒロトに質問を向ける。答えづらい質問だった。答えは一つしかないのだ。ヒロトにとっては不利な答えしか――。

「大長老と同じ考えです」

ヒロトの答えに、大法官がつづいた。

「戦争はまずいですな。戦争してまで、賠償問題を解決すべきかと言われると……」

「違いますな……」

と書記長官も同意する。非常にまずい流れである。ヒロトとレオニダス王に対する非難の包囲網が狭まっていく。

「この通りだ！　おまえだけが戦争を望んでいるのだ！」

とハイドラン公爵がレオニダスに向かって叫んだ。

「向こうがけしかけてきたと言っておろうが！」

「けしかけられて無様な踊りを見せているのはおまえの方だぞ！　なぜレグルスに対して攻めてやると叫んだ⁉　大貴族との問題は頭に浮かばなかったのか！」

大貴族との問題とは、貴族会議の決議――ヴァンパイア族への処罰とヒロトの解任がなされぬ限り、一切の軍勢協力と課税承認を拒否するという決議のことである。レオニダス王は無言で叔父を睨みつけた。だが、公爵は絶好調だった。

「軍事協力も得られぬ。課税も得られぬ。そしてマギアとレグルスとは関係悪化の危機を迎えている。戦争の可能性も迫っている。これは明確に、王国の危機だと言ってよい。即位してこのざまだ！　レオニダスよ、王としてどうするつもりだ⁉」

とハイドラン公爵が詰め寄る。

「うるさい」

「うるさいで済まされる問題ではない！　辺境伯も同じだぞ。わたしは、辺境伯は王国一の切れ者だと思っていたが、今疑問に思っている。もし本当に切れ者ならば、自ら身を挺してレオニダスを救うべきではないか？　レオニダスが切れぬというのなら、辺境伯自らが自らを切るべきではないのか？」

ラケル姫が、フェルキナが、レオニダス王が、はっと顔を向けた。大長老が鋭い眼差しで睨んだ。パノプティコスは冷たい目で見た。自らを切るとは、枢密院顧問官を辞任するということだった。公爵はヒロトに辞任を勧めてきたのである。

（やっぱり来たか）

ヒロトは冷静に受け止めていた。

（おれが辞めれば、すべて終わりになる？）

一瞬、真面目にシミュレーションしてみる。

大貴族は兵を出す、課税を認めると言うかもしれない。だが、その後は？　レオニダス王を支持する者が、枢密院から一人いなくなってしまう。それがどれだけレオニダス王を挫くことになるか。王は自分の政治を行えなくなる。ヴァンパイア族も、ヒュブリデを見切るだろう。その先につながっているのは、ヒュブリデの衰退である。

「ヒロト、辞めるな！　おれはおまえが辞めることを許さんぞ！」

レオニダス王が叫んだ。

「家臣の判断は尊重すべきだ」

とハイドラン公爵が言い切る。

「今、ヒロトを解任すれば、ピュリスを喜ばせることになるぞ」

とユニヴェステルが反論する。

「わたしも同じ考えです」

ラケル姫が大長老に味方する。

「それでは大貴族は永遠に引っ込まぬでしょうな。それもまた、ピュリスを喜ばせることになる。課税されず派兵も行わぬとわかっている国に対して攻めるとすれば、まさに今がけそうだ」

とハイドラン公爵が反論する。ラケル姫もユニヴェステルも答えなかった。公爵がつづける。

「マギアへの賠償問題が暗礁に乗り上げた以上、それを推進した者は責任を取るべきだ。ブルゴール伯爵の子息を姑息な罠で逮捕し殺害させた罪を自ら認めて辞任した高潔な辺境伯ならば、いま一度高潔さを発揮することは不可能ではあるまい。それとも、枢密院のほぼ全員が戦争に不同意の中、辞任せずに大貴族たちをなだめ、マギアとレグルスとの関係を悪化させず、賠償問題を片づける妙案でもあると⁉　あるのならば、今すぐ、ここで言っていただこうか！　さあ、救国の英雄殿‼」

ハイドラン公爵が声を張り上げた。

ヒロトは答えなかった。答えられるわけがなかった。そのような手など――あるはずもなかったのだ。

それでも、ヒロトは必死に考えた。

（軍事力の行使をマギアとレグルスにちらつかせても、両国とも退かない。自分が責任をとって辞任すれば、ハイドラン公爵と大貴族の天下になる。かといってヴァンパイア族に枷を嵌めることを認めれば、この国の国防は一気に崩壊と衰退に向かう。以後、二度と戻らなくなる。だが、退かなければ、大貴族は退かない。ヴァンパイア族で脅す？　それこそ、未来へ向かって大貴族の反発を増大させることになる。近未来へ向かって、この国の分断を推し進めることになる）

　ヒロトは表情を歪めた。

（ハイドラン公爵とベルフェゴル侯爵の狙いは、レオニダス王の足許を揺さぶること、王権を確立させないこと、自分たちが主導権を握ることだ。近隣諸国との関係でヒュブリデがずっと優位と勢威を保つこと、繁栄をつづけることなど、ちっとも考えちゃいない。自分たちが大きな影響力を保ちつづけることしか考えちゃいないんだ。自分たちが王より強い力を持つこと、自分たちがこの国で大きな顔をすること、自分たちこそがこの国を動かす力を持つこと、それしか頭にない。正直、滅ぼされるべき害悪と言っていい。でも、その害悪を撥ね返す手が――）

　ヒロトは宙を仰いだ。たぶん、自分は苦渋の表情を浮かべているだろう。顔は引きつっているかもしれない。

「枢密院顧問官から宮廷顧問官に一時的になっていただいて、それで大貴族の批判を躱すということはできないのですかな？」

　と大法官が降格の提案をしてきた。

「いや、それでは連中は納得すまい。以前、モルディアス王がなされたように一時的にサラブリアに戻っていただくしかないのではないか？」

と書記長官が別の降格案をかぶせる。

「それではヴァンパイア族との間に問題が生じます。サラブリア連合は我が王にいい印象を持ちません」

とフェルキナが否定する。

「しかし、このままでは貴族は引き下がらんぞ。となれば、いざ戦争となった時に身動きできなくなる。戦争をすべきだと言っているわけではないが、戦争ができないとなれば、それこそピュリスにつけ込まれる。そういう状況はすぐに回避せねばならん」

と書記長官が言い返す。

「うむ、それが一番心配だ。ピュリスならつけ込みかねん。しかも、今来ているのは智将メティスだ」

と大法官もうなずく。

「ヒロト殿を降格させれば、それこそピュリスがつけ込みます」

とフェルキナが粘る。

「さればこそ、枢密院顧問官からただの辺境伯に戻っていただくのだ。辺境伯ならば、ピユリスに睨みを利かせることができる。それならば、貴族も引き下がろうし、ピュリスもつけ込んでは来るまい」

と書記長官が降格の案を再提示する。

「それがよい、それがよい」

と大法官が降格案に同調する。

「わたしもそれは賛成ですな。降格処分は避けられません」

とフィナスも同調する。場の雰囲気は降格の方へ向かっていた。このままではフェルキナが予言した通り、ヒロトは国務卿の任を解かれ、辺境伯に降格処分になってしまう。まずい流れである。そんな中、ハイドラン公爵は引導を渡そうとするかのように声高に言い放った。

「王は決して無謬の存在ではない。辺境伯もまた然りだ。国王推薦会議でどんな意見を披露しようと、その意見が誤りだとわかったならば、直ちに変えるべきだ。わたしが主張した通り、マギアに賠償請求すること自体が間違いだったのだ。それが今わかった。わかったのなら、王が、我が国が取るべき道は一つしかない！　そして誤った路線を進めようとした家臣が進む道も一つしかない！」

再度の辞任勧告だった。賠償請求をやめよ、ヒロトは辞任して一辺境伯に戻れ。そう公爵は言っているのだ。

国務卿を辞任して枢密院を去る？

まさか。

しかし、辞任しなければ、大貴族たちはヒロトをバッシングする。

それは痛い。辞任せずに粘っても、未来は見えない。方策もない。打つ手はない。戦争ならば、陣地を引き払って、とっくの昔に撤退している。粘れば被害が大きくなる。

だが、今ここで撤退すれば、道がすべて閉ざされてしまう。ヒロトが再び枢密院顧問官に復帰するのも難しくなる。ヒロトがヒュブリデに対して影響力を及ぼし、この国が最善の道を歩むように促すこともできなくなる。今撤退すれば、国政に対する影響力の圏外に自分は完全に出てしまって、戻るのが難しくなってしまうのだ。

しかし——きっとヒロトが粘りつづけると、ハイドラン公爵は退かない。退かせるためには辞めるしかない？　しかし、辞めればすべてが終わってしまう。

なら、どうする？

手はない。道もない。もしかすると未来もないのかもしれない。だが、撤退するという選択肢だけは選んではならない。

ならば——。

「確かに道は一つしかない」

とヒロトは答えた。

「ヒロトやめろ！」

レオニダス王が叫ぶ。

「さすがだ」

とハイドラン公爵が微笑む。ラケル姫が、フェルキナが、不安な表情でヒロトを見つめる。ヒロトは表情を変えずに答えた。

「道は一つです。自分はすべての問題を解決するまで、辞任せずに道を貫きます。一週間、自分に時間をください。それでだめなら、宮廷を去りましょう」

第十七章　先制

1

もう少しのところであった……と執務室を出たハイドランは悔しがった。「道は一つしかない」とヒロトが言い出した時は、てっきり辞任を表明するものだと思った。あともう一歩だったのだ。賠償請求をあきらめさせるのも、ヒロトを追放するのも——。

土壇場が得意なヒロトが、またしても土壇場で身を切った作戦に出た。大法官も書記長官も、降格はやむなしという意見に傾いていたのだが、ヒロトが身を切った発言をしたため、それならば……と自分たちが提出した降格案を引っ込めてしまった。かえすがえすも残念である。

だが、ヒロトに道がないのは間違いない。ないからこそ、何も方策を切り出せなかったのだ。一週間時間をくれとしか言えなかったのだ。

ヒロトなら、一週間で解決する？

不可能だ、とハイドランは思った。マギアとレグルスに先手を取られ、真っ向から賠償問題に反対されて軍事力の行使までちらつかされて、打つ手があるはずがないのだ。そして、戦争をしてまで賠償請求することは、枢密院のメンバー全員が反対している。

一週間後には、レオニダスは即位の儀式を迎えることになる。外交使節はレオニダスのパレードを眺めることになるだろう。だが、その時にはヒロトはいない。そしてきっとレオニダスも、賠償請求をあきらめざるを得なくなる。

（そしてわたしが宮廷での存在感を増すことになる。ヒロトがいなくなれば、吸血鬼も王都からいなくなる）

さしあたっての問題は、吸血鬼なき状態でどうやって国防を強化するかだろう。テルミナス河沿岸の州には、今の倍以上の人員の守備隊を用意してよいという法改正を行うのが一番よかろう。

（だが、その前にしておかねばならぬことがある）

ヒロトはただ者ではない。万が一でもヒロトが道を切り開かぬように、もっと道を狭めてやらねばならぬ。

（貴族会議の決議を外交使節に教えてやれば、面白いことになろうな。マギアもレグルスも、レオニダスを攻めるよい砦を得ることになる）

「閣下」

フィナスが顔を近づけてきた。

「これから外で待っているベルフェゴルに話をしてまいります」

「しかと伝えてくれ。わたしが仕留められなかった辺境伯を必ず仕留め、必ず賠償請求を頓挫させよと。秘密の話を使節にしてやれと」

ハイドランの言葉に、フィナスはうなずいた。

2

ベルフェゴルは宮殿のそばで、フィナスから直々に話を聞いたところだった。宮殿の中でないのは、ベルフェゴルは臣従の誓いを行っていないので、宮殿に入れてもらえないからである。

（ぎりぎり残ったか……）

ベルフェゴルも、ハイドラン公爵同様、悔しさを覚えた。だが、初手でヒロトを葬り去れるとは思っていない。まずは賠償問題でレオニダス王をつまずかせ、撤廃に追い込むこと。それにより、この国の主導権をヒロトとレオニダス王から、公爵と自分たち大貴族に取り戻すこと。賠償請求を阻止することができれば、自分が枢密院に復帰する道も開けよう。そして自分が枢密院に戻れば、自分と公爵が主導でこの国を動かすことになる。レオニダス王とヒロトの好きなようにはさせまい。

（そのためには、一手二手先を行かねばならぬ）

今、マギアとレグルスの二カ国がマギアへの賠償請求に反対している。これが三カ国、四カ国となれば、レオニダス王への圧力はさらに増し、妥協せざるを得なくなるだろう。賠償請求は引っ込めざるを得なくなる。ヒロトも策がなくなり、約束の一週間が来て、ジ・エンド。めでたくヒロトは去ることになる。ヒュブリデは救われることになるのだ。

（だが、まずは使節に会わねばな）

とベルフェゴルは微笑んだ。

「フィナスよ、そちにも動いてもらうぞ」

「何卒」

とフィナスが答える。ベルフェゴルは楽しそうに笑みを浮かべた。

「まずは使節と親睦を深めることだ」

枢密院会議の後、ヒロトはしばらく王の寝室でレオニダス王の愚痴に付き合っていた。王はくそ！　を連発していた。

レグルスのくそめ！　ユニヴェステルも、賠償請求は認めたのだぞ⁉　なのに、なぜ反対する！　同じエルフのくせに反対しおって、くそ！

マギアもマギアだ！　ウルセウスのくそめ！　あんなくそを送りやがって、くそ！　ウルセウスめ、死んでしまえ！

半時間付き合って、ヒロトは寝室を後にした。

《おれはおまえを馘にはせんぞ！　ヴァンパイア族にも枷は嵌めぬ！　親父が貫いた道だ！　おまえとヴァンパイア族おらずして、我が国は成り立たぬのだ！　それを、糞叔父め！　フィナスめ！　あいつは馘だ！》

王の言葉はうれしくもあり、そして悲しくもあった。レオニダス王は、ヒロトのことを本当に信頼してくれている。本当に大切にしてくれている。馘にはしない。おまえを追放はしない。そう何度も口にしてくれる。それは本当にうれしい言葉なのだが、今の状況を考えると、悲しくなってしまう。

《本当に一週間で解決できるのか？　あの糞女は言うことを聞かぬぞ！　戦争に発展する

のなら、賠償請求はあきらめろとユニヴェステルも言うに決まっている！　それでもできるのか⁉》

道はこれから見いだします。

そう答える以外なかった。道はまだ見えていなかったのだから。見えないながら、あのようなことを言ったのだから。

《道は一つです。自分はすべての問題を解決するまで、辞任せずに道を貫きます。一週間、自分に時間をください。それでだめなら、宮廷を去りましょう》

自分の言葉を思い出して、道は一つじゃないよなとヒロトは思った。道はゼロ。方策はなし。ただ、辞めればすべては終わりだということだけはわかっていた。辞めないことしか道はない。しかし、辞めないことを選んでも、道はない。

執務室に出てくると、ラケル姫とフェルキナが立ち上がった。二人とも待ってくれていたのだ。

「陛下は？」

とラケル姫が尋ねる。

「少し興奮が収まりました」

とヒロトは答えた。だが、ただの小休止にすぎない。一度噴火した火山は、いつでも次の噴火を待っている。王も同じようなものだ。

だが、噴火つながりで言うのなら、自分もケツが噴火しかけている。というか、正確にはケツに火が付いている。一週間以内にマギアとの問題を解決できなければ、辞任すると宣言してしまったのだ。

言うべきではなかった？

言わなければ、ハイドラン公爵は退きそうになかった。ヒロトが期限を口にしたから、あそこで枢密院会議は終わったのだ。ハイドラン公爵もあれ以上、レオニダス王を追及できなかった。

だが——見通しは暗い。暗いというより真っ暗である。マギアとレグルスの二者に手を組まれて賠償請求に反対されたのも痛かったが——おかげで賠償問題解決の壁がとてつもなく高くなった——大貴族の反対も大きかった。マギアとレグルスが軍事力行使をちらつかせたことで、大貴族の戦争協力への拒絶が響いてヒロトもレオニダス王も押し込まれてしまったのだ。賠償問題解決のハードルはとてつもなく高く上がったと言わざるを得ない。

（貴族会議の決議、まるでマギアとレグルスの賠償請求反対がわかっていたみたいな動きだったな。めっちゃいい伏線になっちまった）

そうヒロトは感じた。

マギアとレグルスと大貴族——ベルフェゴル侯爵——が示し合わせていた？

可能性がないとは言えない。マギアとレグルスに、賠償請求の情報を洩らしたのはベルフェゴル侯爵かもしれない。国王推薦会議には、ベルフェゴル侯爵は参加していたのだ。そして、レオニダス王の「賠償問題に片をつける」という答弁も聞いている。ヒロトとレオニダス王を挫くために、敢えて不利な情報を流したというのは充分に考えられる。

ただ、証拠がない。そして即位祝い金については説明が難しい。ベルフェゴル侯爵がヒロトの考えを読んで、マギアとレグルスに教えたのだろうか？

（なんかしっくり来ない）

ラケル姫が顔を近づけた。

「ハイドラン公爵はリズヴォーン姫とオルディカスといっしょの馬車で来たそうです」

（いっしょ⁉）

シギル州のラド港から王都エンペリアまで馬車でいっしょだったとすれば、リズヴォーン姫がオルディカスと打ち合わせをする時間はたっぷりあったわけだ。

ハイドラン公爵がいたから打ち合わせはできていない？

ヒロトは自分の疑問に疑問を覚えた。ハイドラン公爵は、貴族会議の決議をずいぶんと支援していた。声を上げて叫びまくっていた。国王推薦会議では、ベルフェゴル侯爵がハイドラン公爵の推薦人を務めている。二人は今も——今回の事件でも——つながっていると考えた方が自然だ。

(マギアとレグルスの使節を公爵に迎えるように提案したのはおれだ。くそ、自分で墓穴を掘ったのか)

ヒロトは呻いた。知らずして敵に塩を送ってしまったということだ。きっと、ハイドラン公爵は馬車の中でリズヴォーン姫とオルディカスとじっくりと最終の詰めを行ったのだろう。

その時に、即位祝い金——。

(いや、違う。ハイドラン公爵が即位祝い金を知っているはずがない)

即位祝い金は、賠償請求の漏洩とは別に考えた方がいいのかもしれない。

(マギアとレグルスが、事前に賠償請求のことを知っていたのは間違いない。しかも、あの口調からして、リズヴォーン姫もオルディカスも、レオニダス王が賠償請求することに対しては確信を持っていた。リズヴォーン姫もオルディカスも、ともに国の大使だ。大使だけが知っていたってことはありえない。マギア王国もレグルス共和国も、元首レベルが賠償請求について確実な情報をつかんでいたと見て間違いない)

情報を洩らしたのは密偵?

いや。

もし密偵なら、なぜヒロトがハイドラン公爵に対して行った答弁が入っていないのか。ハイドラン公爵の問いに対して、ヒロトは請求できるのかどうか、根本から調べ直している最中だと答えている。つまり、請求するつもりだとは一言も口にしていないのである。もしその情報がマギアとレグルスに伝えられていたならば、賠償請求前提で封じ込める発言をしていないはずだ。今回のように、聞かれてもいないのにいきなり先制攻撃を喰らわせるはずがない。

もしかしてヒロトが公爵に返答する前に、マギアとレグルスの密偵は引き上げてしまった？

いや。

引き上げさせるのは変だ。ずっと潜伏させて、引き続き情報を集めさせた方がいい。

（ってことは、密偵から情報が入ったわけじゃない）

レオニダス王が必ず賠償請求を行うという確実な情報があったのは、ヒロトが思いつく限り、国王推薦会議しかない。国王推薦会議に参加していた者ならば、全員、レオニダス王の発言を聞いている。

ならば、国王推薦会議に参加していた者の中で、誰が洩らしたのか？　フェルキナからケル姫？

ラケル姫が洩らしても、利益はない。フェルキナも同じだ。

エルフが洩らした？

可能性はゼロとは言えないが、考えがたい。最もありそうなのは、ベルフェゴル侯爵とハイドラン公爵だ。貴族会議の決議が外交使節到着の前日に出されたこと、そしてハイドラン公爵がリズヴォーン姫とオルディカスと三人の時間を過ごせたことを考えると、ベルフェゴル侯爵かハイドラン公爵が洩らしたのではないか。ヒロトは、以前宰相に聞いた、密偵がベルフェゴル侯爵の二人の騎士に撒かれた話を思い出した。

（ってことは、ベルフェゴル侯爵か……）

騎士の数が二人というのが気になる。二人と、賠償請求に反対する二つの国――。二人の騎士は、片方がマギアへ、片方がレグルスに向かい、侯爵の密書を手渡したのかもしれない。それでマギアもレグルスも賠償請求の事実を知ることになって、対策を考えたのかもしれない。それでマギアはラゴスではなく、リズヴォーン姫を派遣した――。

そういう推測は成り立つ。だが、状況証拠ばかりで確実な証拠はない。今の推論を王に話せば荒れるだけだし、推論をハイドラン公爵やベルフェゴル侯爵にぶつけたところで、侮辱するつもりかと激怒で返されるだけだ。

「本当にお辞めになるのですか？」

フェルキナが顔を寄せてきた。

「辞める前提で言ったわけじゃないよ」

「でも、策は浮かんでいらっしゃらないのでしょう？」

フェルキナの問いに、ヒロトは苦笑した。あの場を収めるために自分は撤退しない、ただし一週間時間をくれと言っただけなのだ。策があって言ったわけではない。

「ヒロト殿が宮廷を去ったら、この国はおしまいです。ハイドラン公爵とベルフェゴル侯爵が我が物顔をすることになります」

「陛下はそんなに弱くない」

とヒロトはラケル姫に反論した。

「でも、きっとレオニダス王は暴言を連発します。エルフ評議会に懸けられて資格剥奪ということも――」

ヒュブリデの王は、即位したからといって安泰なわけではない。もし王らしからぬ行動や判断がつづけば、エルフは評議会を開いて王の資格なしと判断を下し、玉座から引き下ろすかもしれない。そしてその時笑うのは、ハイドラン公爵である。

「とにかくやれるだけのことをやる」

「リズヴォーン姫は動きませんよ」

「それでもやる」

とヒロトは答えた。やるしかないのだ。降伏という道はヒロトには残されていない。

「貴族会議の招待状は来なかったの？」

フェルキナに尋ねると、フェルキナは首を横に振った。

「わざとわたしを外したのだと思います。きっとヒロト殿に告げ口すると思ったのでしょう。当たってますが」

ヒロトは苦笑した。招待状を送らないことにしたのは、きっとベルフェゴル侯爵だろう。大貴族たちの動きを見せないためだ。その目的は、不意打ちを行ってレオニダス王を激怒させること、決議を手渡したラスムス伯爵を牢に放り込ませること、それを利用して大貴族たちがバッシングを浴びせること――。

レオニダス王は見事に嵌まってしまった。そしてその翌日、マギアとレグルスの賠償問題批判――。

首謀者はベルフェゴル侯爵か。それにハイドラン公爵が乗っかっているのか。

「このたびの件、きっと裏にベルフェゴルがいます。ベルフェゴルが絡んでいないはずがありません。わざわざ外交使節が来る前日に貴族会議の決議を手渡す辺りからして、恐らく――」

　とフェルキナが告げる。

「あの方が絡んでいらっしゃるのなら、二の矢、三の矢を射たれるのでは？」

　とラケル姫が囁いた。

（ベルフェゴル侯爵なら、どんな二の矢、三の矢を射つ？）

　ヒロトは考えた。すでにマギアとレグルスは連動してヒロトとレオニダス王に打撃を与えている。さらに他国が連動すれば――。

（それか……！）

　今、マギア、レグルス、ピュリス、ガセル、アグニカの五カ国の外交使節が王都エンペリアに集まっているのだ。ピュリスとガセル、アグニカの使節に対しても、きっと連動を呼びかけるに違いない。その前に、自分たちの方から牽制しておかねばならない。

　でも、ヒロトは一人。一人だけで三カ国の使節に会いに行くのはロスが大きすぎる。ヒロトは二人の美女に顔を向けた。

「フェルキナ、ラケル姫、お願いがある。二人に行ってほしいところが――」

4

自分の宿泊所に戻ったメティスは、訪問者の名前を聞いて聞き返したところだった。

「ベルフェゴル侯爵です」

と部下が繰り返す。

（何をしに来た？）

ガセル大使ドルゼル伯爵からは、前向きな言葉をもらったと聞いている。ただ、その後、レオニダス王は激怒していたらしい。マギアにもレグルスにも荒れていたという。その後、枢密院会議が開かれたと聞いている。証拠に、ヒロトがメティスの部屋にやってこない。正式な謁見が終わった以上、自分とヒロトとの関係からしてヒロトが挨拶に来るはずなのだ。だが、いまだ来ない。代わりに来たのは、ベルフェゴル侯爵である。ヒロトの政敵と噂される男だ。国王推薦会議では、レオニダス王の対立候補――そして恐らく王になると思われていた――ハイドラン公爵を推していた。

「入れよ」

少し考えてメティスは着座したまま答えた。すぐに部下が下がり、やがてごつい顔の男が姿を見せた。

（醜いな）

そうメティスは感じた。美男子ではない。国の悪も闇もたっぷり吸い取って、魔物のように化した雰囲気を漂わせている。

「わたしに何か用か？　剣の手合わせを願いたいというのなら、別にかまわぬぞ。命の保証はせぬがな」

とメティスは先に引っかけに出た。

「わたしがまだ若ければ是非とも舟相撲をお願いするところでございますが、もうこの年でございますゆえ」

とベルフェゴル侯爵が笑う。だが、笑っているのは顔だけだ。目の底はまったく笑っていない。

「わたしはせっかちな人間でな。用件を言え」

「ハイドラン公爵の屋敷がヴァンパイア族に破壊された噂、聞いていらっしゃいませぬかな？」

「派手な壊れ方だったらしいな」

とメティスは返した。王都のピュリス人の屋敷に到着した時、王都の事情は聞いている。

「そのことで陛下は傷を負っておいでalong してな。貴族会議が弾劾決議を突きつけたのです。ヴァンパイア族と辺境伯に処罰を科さぬ限り、戦時の課税に対して一切賛成せぬ、派兵も行わぬと」

とベルフェゴル侯爵は秘密の情報を披露してみせた。メティスは、ぎろりと目を剥いた。

「逆賊になるつもりか？」

そう挑発した途端、ベルフェゴル侯爵のオーラが、がらっと変わった。いきなり微風から強風に切り替わったように、威圧感とともに鋭い眼差しで睨みつけてきたのだ。

「平和は守らねばならぬのだ。過ちも正されねばならぬ。でなければ、ヒュブリデは滅びる。パラディウムの協定を覚えておいでであろう。今はあの協定で謳われた平和が破られるかどうかの瀬戸際なのだ。マギアとの賠償問題は片づいているというのが、マギアとレグルスとわたしの考えだ。だが、王は違う。片づいていないと考えて、賠償請求をしようとしている。それが四カ国の平和にどのような影響を与えるのか、説明するまでもあるまい。今ここでピュリスが静観すれば、ピュリスは平和の破壊に手を貸したことになる」

と語調を変えてベルフェゴル侯爵は踏み込んだ。さきほどとは迫力が違う。

（やはり化け物だな）

とメティスは感心した。だが、感服はしなかった。大物なのは間違いないが、勇将ガルデルの迫力で慣れている。

「売国奴になるつもりか？」

また軽く挑発すると、

「わたしはヒュブリデを波乱から救いたい。そのためには、賠償問題を問題にせぬようにせねばならぬ。貴国がマギアへの賠償問題は終わったと、もしマギアとレグルス相手に戦を行えば我が国も参戦するとレオニダス王に告げることが重要なのだ。すでにマギアとレグルスは賠償問題は解決済みだとレオニダス王に告げた。だが、王は間違った判断に囚われておる。ピュリスからも引導を渡されれば、レオニダス王は退かざるを得なくなる。もちろん、タダでお願いしようとは思ってはおらぬ」

とベルフェゴル侯爵は一旦言葉を切った。そして、顔を近づけて声を潜めた。

「ヴァンパイア族の空への侵入禁止を加えた新たな平和協定を締結することをお約束しよう」

メティスはすぐには答えなかった。じっと目の前の、ヒュブリデ王国の重鎮を凝視していた。

ヴァンパイア族の空への進入禁止は、ピュリスには願ってもないことだ。実現すれば、ヒュブリデはヴァンパイア族を利用して空からピュリスを偵察することができなくなる。

だが――。

「ヒロトは承知しているのか？」

「お察しいただきたい」

メティスは椅子の背もたれに体重を預けた。

伸るか反るか。流すか。

あるいは――。

5

ガセル国大使ドルゼルは、メティスを訪問したばかりのベルフェゴル侯爵の訪問を受けた。ドルゼルの認識では、ベルフェゴル侯爵はヒュブリデの重鎮である。パイプをつないでおくことは決して損ではない。

「時代は変わろうとしておる。我々は少し前は、アグニカとのつながりを強めるべきだという考えを持っていた。だが、これからはガセル国との関係を深めねばならぬと思っている」

とベルフェゴル侯爵は告げた。

「まだアグニカの方を尊重しようという方が多いのでは?」

とドルゼルは探ってみた。念頭にあるのは、ハイドラン公爵である。

「もちろん、ないとは言わぬ。公爵閣下は特に、亡き奥方がアグニカの御仁であった。リンドルス侯爵とも深いつながりを持っていらっしゃった。我が国がガセルと関係を深めるためには、公爵にもガセル重視の考えを持っていただく必要がある」

「侯爵閣下は、ハイドラン公爵の推薦人だったのでは？　ご説得は――」

「しておるが、なかなかこの老人にも限界がある」

とベルフェゴルは苦笑した。そして真面目な顔に戻った。

「我が国にマギアとの賠償問題が存在するのはご存じか？」

「あまり詳しくは知らぬが――」

とドルゼルは嘘をついた。本当はある程度知っている。

「五十年前に、我が国の大貴族がマギア人狩人に殺されるという事件があったのだ。我が国は賠償金を求めたが、マギアは拒絶。戦争状態に突入した。疫病の流行で戦争は中断となり、そのまま賠償問題は棚上げのまま今日まで来ておる。ただ、わしが前王の下で宰相を務めている時もそうだったが、実質、賠償問題は解決済みという認識だった。未解決であり最優先で解決せねばならんとは考えてはおらんかった。だが、レオニダス王と辺境伯は違う考えでな」

「辺境伯が？」

とドルゼルは聞き返した。

「さよう。ウルセウスは信用ならぬゆえ、今のうちに解決した方がよいと言うておるのだが、マギアもレグルスも、今日の外交使節が賠償問題は解決済みである、もし未解決だとして解決しようとするのなら軍事力行使も辞さぬと強硬に迫っておる。このままでは戦争も起きかねぬ」

それで一時期宮殿が慌ただしくなったのだ、とドルゼルは得心した。

「もちろん、公爵もそのことは懸念されている。公爵はそもそも、賠償問題は解決済みというお考えなのだ。もしガセルの方からも賠償問題は解決済みだというふうに了解していると発言していただければ、公爵にとってはよい追い風となろう。アグニカよりもガセルを遇しようというお考えも芽生えよう。色々とガセルに便宜を図られるのではないかと思うのだが」

ドルゼルは得心した。それでベルフェゴル侯爵は自分の許を訪れたのだ。

「だが、わたしがそのように申せば、王は反発されよう。かえってアグニカが遇されることになるのではないか？」

とドルゼルは返した。

「もちろん、あからさまに言えばそうなろう。マギアとの戦争について我が国は深く懸念している、という程度でよいとわたしは思っておる。王の機嫌を損ねるべきではないが、かといって戦争の危険を放置するわけにはいかぬ。もし我が国がマギアとレグルスを相手に戦争を始めれば、ガセルのことは放置されることになろう。そうなれば、アグニカがまた踏み込んできた時、ヒュブリデは恐らく動かぬ。それは貴国にとってはあまりうれしくないことではないのか？」

6

同じ頃、アグニカ宰相ロクロイは、宿泊先の屋敷でヒュブリデの財務長官フィナスから説明を受けたところだった。

「詳しくお話をされたところを見ると、もしかしてわたしに賠償問題は片づいたと言わせたいのかな？」

とロクロイが尋ねると、

「まさか、そのような。下手におっしゃれば、我が王は激怒いたしましょう。それがいかほどに貴国にとって不利益となるかは――」

とフィナスが後を濁す。ロクロイはうなずいた。自分はヒュブリデと喧嘩をしに来たのではないのだ。

「ただ――」

とフィナスは言葉を継いだ。

「公爵閣下は、賠償問題は解決済みであるというお考えです。いろんな考えがあるのはよいことですが、自分と違う考えの方を公爵がご支援なさることはありますまい」

と暗にフィナスは圧力を掛けた。

（つまり、同じ考えを示せということか）

フィナス財務長官は、アグニカ側が賠償問題は解決済みだと意思表示すれば、ハイドラン公爵の支援が得られるだろうと言っているのだ。だが、解決済みだと宣言すれば、レオニダス王の怒りを買うことになる。

「同じ考えを持つのは、利害が一致するから、そこに利があるからでは？」

とロクロイは衝いた。意味するところは、自分が公爵に同意した場合、どういう利益を得られるのかということである。

「軍事協定を強化するように、きっと公爵閣下は働きかけることでしょう。賠償問題が頓挫すれば、自ずと王も貴国との関係を深めようとお考えになるのでは？」

7

レグルス共和国大使オルディカスは、宮殿近くの、レグルス人エルフが所有する屋敷に戻ったところだった。

ヒュブリデ人エルフの屋敷には泊まらない？

同じ同朋のエルフではあるが、国同士の問題がある。廊下での会話を聞かれて、母国レグルスに不利な状況をつくりたくない。

レオニダス王は想像以上に激怒していた。そっちがその気ならこちらから攻めてやるとは、事実上の宣戦布告である。すかさず辺境伯が言葉の攻撃という意味ですと補っていたが――。

さしもの辺境伯も動転していたと見える。賠償請求の準備をしていたと、うっかり洩らしてしまったのだ。明らかな――珍しい失言だった。パラディウム会談で四面楚歌に追い込まれながらも、辺境伯が失言したという話は聞いていない。虚を衝かれて、思わず失言してしまったのだろう。

だが、自分もまた失言してしまった。やはり……と口にしてしまったのだ。辺境伯には、自分たちがすでに何らかの情報をつかんでいたことは知られてしまっただろう。ただ、情報源については推測はできてもわかるまい。

　家臣がオルディカスに近づいてきた。耳打ちする。

「大長老が？」

　異例のことだった。謁見の後に大長老自らが来るなど、尋常ではない。間違いなく、賠償問題のことであろう。

「お通しせよ」

　入れよ、とはオルディカスは命じなかった。お通しせよであった。それだけ大長老に対して、レグルスのオルディカスも尊敬を覚えていたのであった。

　すぐに大長老ユニヴェステルが姿を見せた。かなりの高齢だが、足腰はしっかりしている。

「わざわざご足労いただいて申し訳ございません。おっしゃっていただければ、わたしの方から参りましたものを」

　とオルディカスは丁寧に頭を下げた。

「いったいどういうことなのだ？　賠償請求については、国王推薦会議は否定しておらぬ。つまり、エルフは反対しておらぬということだ。反対しておれば、そもそもレオニダスを王には推挙しておらぬ。何故、我が同朋でありながら反対するのか？」

といきなりユニヴェステルは不快感の表明から入ってきた。

「実は、我々レグルスがマギアに対するヒュブリデの賠償請求について肯定したことは、一度もないのです。我々は戦争を懸念しております。賠償請求が行われれば、必ずマギアとの間に問題が生じます。それがどのような問題を引き起こすか、閣下にご説明するまでもないと存じますが」

　とオルディカスは返した。もちろん、退くユニヴェステルではない。

「ヒロトの説明は聞かなかったのか？　レオニダスの演説は確かめたのか？」

「概要は――」

「概要ではならん。レオニダスは、マギアとの賠償問題についてどう処すかと聞かれて、『今のうちに賠償問題を片づけるべきだ。賠償問題は片づいてはいない』と答えたのだ。マギアとの間に問題が生じるのではと聞かれて、レオニダスはこう答えておる。『今なあなあにする方が問題が起きる。おれはレグルスで、ウルセウスと五年間ほどいっしょだった。ウルセウスの性格はよくわかっている。ウルセウスは巨漢だが、臆病なのだ。あいつはしょっちゅう臆病風と友達になる。ウルセウスは、もしこうなったら……と色々と気に病む男なのだ。その悪い側面が出たのが、空の力への警戒感だった。ウルセウスは自分の臆病さから血迷い、レグルスを巻き込んで我が国に喧嘩を売ってきた。今はラゴスが宰相に復帰してウルセウスの臆病に手綱を掛けているが、ラゴスも歳だ。十年以内には死ぬ。五年以内に死ぬ可能性が高いとおれは見ている。死んだら、手綱が外れる。ヒュブリデは賠償問題を言い出してくるのではないかとまたウルセウスは臆病風に吹かれて、またろくでもないことを仕掛けてくる。そうなる前に、ラゴスが元気で宰相を務めている間に、マギアとの賠償問題は正式に片をつけておくべきだ』」

ユニヴェステルは一旦言葉を切った。高齢になってもなお、驚くべき記憶力である。エルフのエルフたる所以である。

ユニヴェステルは言葉をつづけた。

「ウルセウスは臆病な男だ。今、賠償問題を解決しなければ、後に危険な不安材料となる。それこそ、マギアとヒュブリデの間に大きな問題が生じ、四カ国の平和が揺らぐぞ」

「かといってウルセウスに妥協せよ、我慢せよということになれば、それもまた大きな遺恨となり、将来に禍根を残すことになります。それこそ、マギアとヒュブリデの間に大きな問題を生じさせ、四カ国の平和が揺らぐことになりましょう」

とオルディカスは反論した。

「これは我が国の問題だ。そして我々エルフは賠償請求について問題にしておらん」

とユニヴェステルが反論する。

「しかし、マギアは強く反発いたします。必ずや大きな問題となり、未来に禍根を残すことになりましょう」

オルディカスが丁寧に言い返すと、

「レオニダスも、このたびのことで強く反発し、恨み（うら）を持つことになるぞ。それが未来に禍根を残すとは思わんのか？」

とユニヴェステルもすぐに返した。

「かといってウルセウス王に賠償請求を呑（の）ませれば、ウルセウス王も恨みを持つことになります。それは確実に未来に禍根を残すことになりましょう」

オルディカスの反論に、ユニヴェステルはすぐには答えなかった。何十年も生きてきた目で、オルディカスを射貫く様に凝視していた。

「つまり、ヒュブリデの味方はせぬ、マギアの味方をするということか。同朋のおらぬマギアの味方をな」

皮肉めいた口調だった。マギア王国にエルフはいない。つまり、同朋はいない。しかし、ヒュブリデにはエルフという同朋が数多く生きている。同朋のいる国に反対して同朋のいない国を支援するのか、と非難しているのだ。

オルディカスは反論はしなかった。逆に質問を向けてみた。

「なぜレオニダスを選ばれたのでしょう？　レグルスは大いに驚いています。なぜ我が同朋は最も危険な男を選んだのかと？」

「ハイドランこそが最も危険な男だからレオニダスを選んだのだ。我々はヒロトとヴァンパイア族とともに生きる未来を選んだのだ」

とユニヴェステルが答える。もちろん、オルディカスは納得しなかった。

「レオニダスは危険な男です。あの男は争乱しか生みません。レグルスにいた時のレオニダスが、どれだけ自堕落な生活を送っていたか。そのような者が、どのような未来を近隣諸国にもたらすか」

「ハイドランの方が危険だと我々は考えたのだ。あの男には決断力がない。おまけにマギア一辺倒になる」

「決断力があっても粗暴では、国は誤った方へ向かいます。あの男がどれだけ二人の女と遊び呆けていたか。どれだけ痴戯に耽っていたか」

「なぜ、我々がレオニダスを選んだことを尊重できぬのか？　我々が間違った判断を下したと裁きたいのか？」

ユニヴェステルが眉間に皺を寄せた。ストレスが、大長老の眉間で爆発しそうになっていた。

相互理解は不可能であった。次期国王に関して、レグルスとヒュブリデは意見が隔たりすぎていた。両者を埋めるものはなかった。ともに違う相手が危険だと信じていたのだ。

「議会には諮ったのか？」

とユニヴェステルが話題を転じてきた。

「コグニタス殿のご判断です」

「では、議会で覆されることになろう。ヒロトは決して黙ってはおらぬぞ」

「前に出ることだけが方策ではございません。ヒロト殿は賢明な御方。押すも引くも心得ている方。ご理解が得られること、同朋同士合意に達することを期待しております」

そうオルディカスは告げたが、ユニヴェステルは答えずに部屋を出ていった。

（決裂か）

大長老はオルディカスの真意を確かめ、なおかつ説得しようというつもりだったようだが、物別れに終わってしまった。

8

大長老が大いに失望を味わった頃、フェルキナはアグニカ宰相ロクロイの部屋を訪れていた。ヒロトの依頼で、アグニカの使節に会いに来たのだ。目的は牽制である。

「伯爵のご訪問をいただけるとは光栄でございますな。もっとも、他の方々は陛下に謁見を許されたようで、わたしだけお目通りいただけなかったのは、いささか残念でございますな」

とちくりと刺す。マギア、レグルスと二国つづいて賠償請求に反対したため、急遽、アグニカ使節への接見は中止になったのだ。

「明日にはきっとお会いになれましょう。陛下も残念がっていらっしゃいました」

とフェルキナは答えた。残念がっているというのは嘘である。レオニダス王はアグニカとの関係を重視していない。

「ところで、こちらにベルフェゴル侯爵は？」

「見えておりませんが。顕職の方でいらっしゃったのは、フェルキナ伯爵が初めてですな。寂しい限りです」

とロクロイが言う。もちろん、嘘である。フィナスが先に訪問している。

「我々はアグニカとも変わらぬ関係を築いてまいりたいと思っております。くれぐれも、陛下と違う考えを持つ者の言葉にはあまり耳をお貸しにならぬように」

「マギアへの賠償問題のことですな」

とロクロイはずばりと切り込んできた。フェルキナは驚嘆を隠してロクロイを見た。

どこでいったい情報を得たのだろう？

もう噂が回っている？

それとも――

（先客があった）

その先客がばらしたのかもしれない。

（ベルフェゴルでなければ、公爵閣下か、フィナス……）

「それで、賠償は未解決だと申し上げれば、どのような利が我が国にあるので？」

とロクロイは笑顔で尋ねてきた。意味するところは、どんな便宜を図ってくれるのか、である。

ヒロトは餌を出せとは言っていない。アグニカにとっての餌とは、ガセルよりもアグニカを優先すること、アグニカとの間に強固な軍事協定を結ぶことだろう。それはヒロトが蹴り飛ばしたものだ。

「解決済みだとおっしゃれば、間違いなく我が王はアグニカとの関係にさらに距離を置かれることになりましょう」

「未解決だと申し上げても距離が縮まらぬのであれば、我が国は口をつぐんでいた方がよいのですかな」

フェルキナは答えなかった。ロクロイは、是とも非とも答えず、餌を待っている。餌を提示させて、選ぼうとしている。

「辺境伯にはお話を申し上げましょう」

とフェルキナはその場では提示せずに棚上げにした。

「では、未解決だとは申し上げられませんな。申し上げるには、それなりのものがなければ」

とロクロイは畳みかけた。餌を寄越せ、でなければ我が国からは得られぬ。ギブ・アンド・テイクの考え方ではなく、テイクしてからギブしようという考え方だった。自分がテイクする――利益を取る――のが最優先で、相手に提供するのはあとまわし、もらったものを見てから判断する。そういう態度だった。人間関係の構築では嫌われるやり方である。

(だから、我が王もヒロトも、アグニカと距離を置こうとするのね)

とフェルキナは得心した。

(リンドルス侯爵なら、ヒロトとの関係がある。未解決だとはっきり言ってもらえたのに……)

9

ラケルはガセル国大使ドルゼル伯爵の部屋を訪れたところだった。

「マギアの賠償問題のことでございますな」

最初に言い当てられて、ラケルは目を大きく見開いた。最初の一撃で、相手にペースを持っていかれてしまったのだ。

「基本的にマギアと貴国との関係のこと。解決済みだと宣言することも、未解決だと宣言することも、我が国にとってはためらわれます。よく考えてみねば」

と最初に釘を刺された。未解決だと宣言することはしないよ、と牽制されてしまったのだ――ラケルの方が牽制しに来たのに。

ラケルも修羅場をくぐり抜けている。肝っ玉はある。だが、外交の経験はドルゼル伯爵の方が豊富で、上手だった。

「ヒロト殿には是非よろしくお伝えいただきたい。そして是非早期に、我が国をご訪問していただきたい」

10

ヒロトが派遣したラケル姫とフェルキナ伯爵が苦戦する中、ヒロトはピュリス人の屋敷でメティスと抱擁を交わしたところだった。

久しぶり？

久しぶりというわけではない。ついさきほど、会ったのだ。だが、かつてのように近距離で、二人で会うのは久しぶりだった。

「あいにくここに舟はない。あれば、また連覇してやったのだがな」

とメティスが笑う。ヒロトは少し安堵を覚えた。二人の距離——信頼関係は変わってはいない。

「陛下が美人だなって驚いてたよ」

「あまりうれしくはないな」

「剣士として最強なんだって言ったら、ますます、いい女だなって。メティスのことを気に入ってたよ」

フンとメティスが鼻で笑った。

「おまえが来た目的はわかっておるぞ。マギアへの賠償問題について、マギアの味方をするな、であろう？」

ヒロトは苦笑した。

鋭い。もう情報をつかんでいる。あるいは——誰かに情報を提供された？

「なんでバレバレなの？」

とヒロトは笑いながら尋ねた。

「おまえの顔に書いてある」

「やっぱり？」

とヒロトは笑った。メティスも笑う。

「まさか、マギアに味方するつもり？」

とヒロトは笑顔の中から踏み込んだ。

「我が国は我が国の利益を第一に考える。貴国に味方することが我が国の利ならば、貴国に味方する。そうでないならば——」

と後半を省略する。いくら人間関係を深めたからといって、然う然う味方してくれるわけではない。互いに国家を背負っているのだ。それは、トルカ紛争——アグニカとガセルの紛争の際に痛感している。どんなに友人であっても、その友人の間には国家という障壁が横たわっているのだ。

「イーシュ王は我が国に味方することを望まれているのでは？」

軽く牽制してみると、

「言ったはずだ。我が国は我が国の利益を第一に考える」

とメティスがつっぱねる。味方するという言質は与えないという態度である。それが示唆するのは、ヒロトとは反対の陣営――恐らくベルフェゴル侯爵とハイドラン公爵の陣営からすでにアプローチがあったということだ。

（もう接触してたのか……）

ベルフェゴル侯爵たちに先を越されたことになる。メティスが口を開いた。

「我が国に賠償問題は未解決だと宣言させようとしても無駄だぞ。レグルスは言うであろうな。それこそ、四カ国の平和を乱す行為だ、と。我が国は両国の問題には関わらぬ。両国が両国で解決すればよい」

事実上の線引き、結審だった。どれだけアプローチしても、言質は与えぬぞ――そうメティスは明言したのだ。

ある意味、ヒロトの敗北だった。だが、別の意味では勝利――それも小さな小さな勝利だった。ヒュブリデに賛同するという答えは得られなかったが、不干渉の言質は取れたのだ。ベストは得られなかったが、ベターは得られた。

（この程度でも満足するしかないか……）

11

その足で、ヒロトはオルディカスの許を訪れた。

「実はさきほど大長老がいらっしゃったのです」

とオルディカスは笑顔で答えた。その瞬間、ヒロトはいやな感じを覚えた。大長老が危機を覚えて、説得を試みに来てくれたのだろうが、なんとなく結果が予想できる。

「お考えは変わらないのですね」

とヒロトは確かめた。

「変わりません。すでに解決しているというのが、我々の考えです。もうスープ皿にお湯は入っているのです。それをひっくり返せば？」

とオルディカスが尋ねる。

――お湯がこぼれる。それが、今、レオニダス王が賠償請求でやろうとしていることだ、と言いたいらしい。

「それも、入っているのは煮えたぎったお湯です。抵抗と怒りの入ったお湯です。それをひっくり返せば――」

とオルディカスは後半を省略した。ウルセウス王は激怒し、マギアとの関係が悪化する。そうオルディカスは主張したいようだ。

「今貴国とマギアが、解決済みだと宣言されていざ我が王が退いたとしましょう。それで、果たしてウルセウス王とレオニダス王の関係はこの先ずっとよいままで保たれるでしょうか？」

とヒロトは踏み込んだ。

「賠償請求すれば、永遠に悪化しますぞ」

とオルディカスが答える。

「自分が言おうとしているのは違うことです。仮にレオニダス王が仕方がないとあきらめて退いたとしても、果たしてウルセウス王は疑心暗鬼から逃れられるだろうか、ということです。きっとレオニダス王は恨みに思っている、いつかヴァンパイア族を使って反撃に出る——そう疑心暗鬼に囚われて、結局、ラゴス亡き後に我が国に戦争をしかけるのではないか」

オルディカスは苦笑を見せた。

「ずいぶんとウルセウス王を警戒されていらっしゃいますね。ウルセウス王は臆病だとヒロト殿はおっしゃったが、臆病なのはむしろヒュブリデのように思えます。その臆病が、戦を呼ぶ魔物だとしたら？」

　ヒロトは答えなかった。

　もし、レオニダス王が意を貫いたら――。もし、ウルセウス王がレオニダス王の意を挫いたら――。

　二人とも、「もし――」の話ばかりをしている。「もし――」の理屈のやり合いでは、互いの議論は相対化されて決着がつかない。そして、ヒュブリデが抱いている危機意識は、レグルスには共有されえない。レグルスには、ウルセウス王に対する不安や危機意識がないのだ。

「ウルセウス王とレオニダス王、双方が納得する形で賠償問題を片づけない限り、必ず戦が起きます。貴国とマギアが行おうとされているのは、ウルセウス王だけが納得する形で、レオニダス王は我慢する形です」

「たとえ即位祝い金と名前を変えて賠償金が支払われようと、自分たちが一方的に金を払わされたという事実は、必ずマギアに残ります。それは、結果的にウルセウス王が我慢する形になります。そしてそれこそ、ヒロト殿がおっしゃるように、戦争の元になる」

　ヒロトはもう反論しなかった。

（即位祝い金……）

そうか……とヒロトは納得した。リズヴォーン姫の即位祝い金の出所はここだったのか。

リズヴォーン姫が、自分が即位祝い金と名前を変えても同じだと言ったことを、オルディカスに教えた？

その可能性はある。

だが、レオニダス王は、リズヴォーン姫のことを筋肉女と表現していた。筋肉女と評される姫君が、即位祝い金という名称変更を言い当てるだろうか？　ラド港からエンペリアまで、リズヴォーン姫とオルディカスは馬車でいっしょになっている。そのことを考えても、目の前の利発そうなエルフが即位祝い金への名称変更を見抜いてリズヴォーン姫に教えたと考える方が自然だ。

謎は解けたが、ちっぽけな収穫だった。オルディカスの説得はほぼ不可能だった。オルディカスは、ウルセウス王とレオニダス王双方が納得する形の合意は無理だと考えているのだ。ウルセウス王に対する評価、レオニダス王に対する評価が、ヒュブリデとレグルスではあまりにも違いすぎるのである。そしてその違いを埋めるもの、レグルスのレオニダス王に対するものの見方を一変させるものを、ヒロトは持っていない。

オルディカスはだめ押しの一撃を最後に放った。

「ヒロト殿。合意の魔術は存在しえない。それは恐らく、夢の世界にしかないのです」

12

ヒロトが失望を味わっている頃、マギア国国王の妹リズヴォーンは、痛快な気分を味わっていた。言いたい放題言って、言うべきことを言ってやったのだ。

兄貴を倒したという辺境伯の、呆然とした表情が、実に愉快だった。リズヴォーンに対して満足に言い返すこともできなかったのだ。

（あんなやつに兄貴は負けたのかよ。馬鹿なやつ）

と心の中で愚弄するほどの余裕であった。部屋を出てからネストリアはリズヴォーンの口調に対して注文をつけてきたが、リズヴォーンがでかい声で怒鳴り返すと沈黙した。

（フン。兄貴と寝てるだけの女め）

宮殿の広い廊下を歩く。これから宮殿を出て、マギア人の大商人の宿に戻ることになる。

（少し休んだら、レグルスの大使のところに行かなきゃな。お互いどういうやりとりがあったのか確かめて、それからこれからのことを詰めなきゃな。初手で勝利しても、次で覆されるってこともあるからな。油断は禁物だ）

角を曲がろうとしたところで、ふいに黒い影が目線の高いところから現れ出た。リズヴォーンは抜群の反射神経で立ち止まった。黒い影もすぐに反応した。水平に飛ぶ状態からくるっと身体を上方向へ前転させ、同時に右横に九十度旋回して急激にリズヴォーンから離れ、二メートル横を抜けて後方三メートルで廊下に降り立ったのだ。

一瞬だった。あまりにも俊敏な、鮮やかすぎる身のこなしだった。もしリズヴォーンが剣を抜いていても、剣先は届かなかっただろう。まるでリズヴォーンの仮想の剣先を見透かしたような躱し方だった。

着地したのは垂れ目の、ちっこい吸血鬼だった。まだ子供である。ちゃんばらごっこでもしていたのか、片手に棒切れを持っている。フリルのついたピンク色のドレスを着ていて、垂れ目をぱちぱちさせている。

(子供……!?)

相手が子供であることにリズヴォーンは驚いた。それであの身のこなし？　あの反射神経？

「キュレレお嬢様、待ってくだ――」

同じように黒い翼を広げた二人の男が滑空してきて、慌てて羽ばたいて急停止した。その距離、三メートル――。

ヴァンパイア族だった。リズヴォーンにとっては、これだけ間近で見るのは初めてである。

凄い腹筋だった。人間とは胴体まわりが違う。身体もしっかりして、体幹が強そうだ。

着地する時、身体がまったくブレていなかった。

（こいつらがヴァンパイア族か……）

願ってもない対面に、リズヴォーンの血が騒いだ。無性に勝負したくなる。

（どうやって――）

　思案しているところで、黒くて平べったいやつがこそこそと出てくるのが目に入った。

妙に平べったい野郎だった。手のひらで叩いても、手のひらと地面の隙間でサバイバルするほどの薄っぺらい野郎だった。そいつは触手をひくひくさせながら近づいてきたのだ。

　リズヴォーンの全身の体毛が逆立った。リズヴォーンが世界で一番嫌いな黒い戦士、ゴキブリだったのだ。

「ひぃ〜〜〜っ！」

　思わずリズヴォーンはひきつった声を上げてしまった。運動神経抜群のリズヴォーンであったが、ゴキブリはダントツに苦手だったのだ。世界で最も遭遇したくないやつ、それがゴキブリだった。

　ネストリアがすぐに気づいた。ネストリアは、リズヴォーンのゴキブリ嫌いを知っている。

「姫様を守れ！　近づけるな！」

美女部隊が一斉に剣を抜いた。

「なんだ、てめえ、やる気か⁉」

ヴァンパイア族の男が勘違いする。

「せやっ！」

美女部隊が剣の切っ先を廊下を走るゴキブリに突き刺した。ゴキブリは右に行くとフェイクを見せて、さっと左へ逃れた。

「な、何っ……⁉　ゴキブリ……⁉」

ヴァンパイア族の男性の目が点になる。

「おのれ！　逃げるとはこしゃくな！」

と美女部隊が騒ぐ。

「決して姫様に近づけるな！」

ネストリアが叫ぶ。ゴキブリはくるりと振り返り、嘲笑うように美女部隊の足許を駆け抜けた。リズヴォーンに向かって走る。

「くそっ！　突破された！」

美女部隊が叫ぶ。リズヴォーンは、自分でも顔がひきつるのがわかった。ゴキブリが来る。世界で一番苦手なやつが、向かってくる……！

ゴキブリにも、彼女が苦手ということはわかったのだろうか。次の瞬間、ゴキブリは最大のいやがらせ攻撃を開始した。リズヴォーンに向かって飛び上がったのである。

「いやああああああああああっ！」

リズヴォーンは少女のように甲高い声で絶叫した。持ち前の反射神経がなければ、顔面に飛びつかれていたかもしれない。身体を反らして躱したリズヴォーンの身体すれすれを飛んで、ゴキブリはさらに後ろのちび吸血鬼へ向かった。目指すはこれまたちび吸血鬼の顔面――。だが、ちび吸血鬼は無表情である。

（当たる……！）

その瞬間、ちび吸血鬼は顔面へ直進するゴキブリに向かって軽く棒を振った。べしっと鈍い音が走り、ゴキブリは落ちた。だが、やつはしぶとかった。棒の一撃を食らっても、まだピンピンしていた。着地と同時に、左に動き出すぞとフェイクの動きを見せて右へ動いたのだ。リズヴォーン隊の女戦士に見せたのとは逆の動きだった。

無情に一本の棒が、上空から平べったい身体を突き刺した。

一撃必殺であった。リズヴォーン隊の女戦士を出し抜いた身のこなしは、吸血鬼には通じなかった。黒い戦士は昇天した。

「さすがキュレレお嬢様」

と男性のヴァンパイア族二人がこぞって拍手した。ちび吸血鬼がVサインをしてみせる。それから棒切れを放り出して、背を向けて歩きはじめた。男性ヴァンパイア族たちが慌てて後を追った。

「絶倫絶倫、ソ〜イチロ〜♪」

上機嫌に妙な歌を歌いながら、ちび吸血鬼は遠ざかっていく。

（あのちび……）

リズヴォーンはヴァンパイア族の後ろ姿を追いかけた。

（たった一撃で倒しやがった……ゴキブリの動きに全然惑わされていなかった……）

並の動きではなかった。正直、運動能力だけで言えば、部下よりも遥かに上である。

「お怪我は？」

ネストリアが声を掛けた。

「お、驚いただけだ。ふ、不意を衝かれた」

とリズヴォーンは嘘をついた。

「あの娘は、一万のピュリスを殲滅させた張本人ではないかと噂されている者でございま

す」

（あいつがか……⁉）

リズヴォーンはもう見えなくなった廊下の先を見た。

（あのちびが、ピュリス兵を……⁉　我らが三千のマギア兵を粉砕したのも、あのちびか……！）

嘘とは思えなかった。身体こそちびで垂れ目だったが、あの動きは——。

ネストリアがつづけた。

「ヴァンパイア族にはご注意を。決して腕試しをしようなどとなさらぬように。連中は子供のことを覚えております。姫様が何かをなされば、陛下が命を狙われます」

「そ、その割にはおまえたち、剣を抜いていたな」

「し、失礼を……姫様を守らねばと……」

とネストリアが赤面する。だが、赤面するのはむしろ、リズヴォーンの方だった。ゴキブリに対して少女のように叫ぶところを見られてしまった。

「よい」

そう言うと、歩きだした。脳裏には、ちび吸血鬼の鮮やかな身のこなしとゴキブリへの攻撃が残っていた。

（あのちび……ゴキブリに臆してなかった……どんなふうに飛びかかられても棒切れ一本で倒せるとわかってたんだ）

そうリズヴォーンは思った。だから、あのちびは落ち着いていたのだ。美女部隊が騙されたフェイクの動きにも惑わされなかった。フェイクを見せたにもかかわらず、ゴキブリは一撃で倒されてしまったのだ。

（あんなのが千人も来たのか……）

想像するだけで恐ろしい世界である。そしてそのヴァンパイア族を味方につけているのが、辺境伯ヒロトなのだ。

（身を引き締めね～とな……今日は間抜けヅラをしていたが、明日もそうとは限らん。否、もう今日挽回に来るかもしれんな……）

説得に来る？

恐らく。

リズヴォーンはネストリアと屋敷に戻った。マギア人の商人が持っている屋敷である。全員マギア人なので、情報が洩れる心配がない。蜂蜜酒を飲んだところで、ネストリアがやってきた。

「辺境伯が謁見を求めていますが」

思ったよりも早かった。きっと自分を説得に来たのだ。

受けて立つ？

いや。

兄貴はそれをやって失敗した。説得されない極意は、そもそも話をしないことだ。

「辺境伯に勝つには、そもそも辺境伯に会わね～ことだ。会って話をすればやつの術中に嵌まる。疲れて眠ったってことにしとけ。マギアの姫君に会うのは難しいのだ」

13

ヒロトは報せを聞いて脱力した。リズヴォーン姫はもうお休みになったという。レオニダス王に言いたい放題を言って啖呵を切ったあの女が？　疲れて眠った？

あまりにもわかりやすい嘘だった。リズヴォーン姫はヒロトに会うのを拒絶している。おまえには会いたくないと言っているのだ。

（嫌われたのか……）

それとも――とヒロトは考え直した。

（会えば説得されるかもと考えて、会うのを拒絶している？）

両方の可能性があった。ともあれ、今日説得するのは不可能だ。

（今日はだめだ。全部先手を取られて、全部やられてる）

ヒロトは空っぽの果実を手に自分の部屋に戻った。部屋にはすでにフェルキナとラケル姫も戻っていた。相一郎とキュレレもいる。

「キュレレがリズヴォーン姫に会ったたって言ってるぞ」

と相一郎が面白い話を切り出してきた。

「ほんと？」

「ゴキブリ」

とキュレレが変なことを言う。

「ゴキブリ？」

ヒロトは聞き返した。キュレレの話は、ヒロトにはわかりづらい。

（リズヴォーン姫がゴキブリ並みの女だってことか……？　なんてダークな形容を……）

「廊下ですれ違ったたって。その時にゴキブリが出たらしいんだ。リズヴォーン姫、叫んでたらしいぞ。いやぁぁぁあって、絶叫してたって。ゴキブリが苦手みたいだな」

「びびり。いひひ」

とキュレレが笑う。ゴキブリとはそういうことだったのだ。ダークだったのはヒロトの精神の方だったらしい。

「それで？」

「飛んできたのを、キュレレが棒切れで倒した。地面に落ちたところを、ぐさっ」

「宮殿にもゴキブリがいたのか……」

とその方にヒロトは驚いた。

「そりゃいるだろ。あいつら、寒いところじゃない限り、どこでもいるからな」

と相一郎が答える。キュレレはにこにこしている。とても褒めてほしそうな雰囲気である。

「一撃で倒したのか？」

とヒロトはキュレレに尋ねてみた。

「一撃～♪」

とキュレレが自慢する。

「キュレレ、絶倫～♪」

「絶倫キュレレ～♪」

とキュレレが喜ぶ。キュレレの中で、絶倫は「凄い」という意味である。何も得るもののない一日の中で、ヒロトは少しだけ、癒しと安らぎを覚えた。キュレレが笑うと、少しほっとする。

「ヒロト、顔疲れてるぞ」

とすぐにヴァルキュリアがやってきた。ミミアがゴブレットに蜂蜜酒を注いでくれる。

「ありがとう」

ヒロトは喉(のど)に流し込んだ。

美味(うま)い。

美味いが、まるで充実感(じゅうじつかん)がない。徒労しかない。ヒロトはソファに座(すわ)り込んだ。どっこらしょと声が出そうになって、やべっと声を洩らしそうになる。

（おれ、ジジイじゃん）

そのうち、白髪(しらが)も生えてくるかもしれない。

「ヒロトの方はどうだったの？」

エクセリスに聞かれて、ヒロトは苦笑した。エクセリスも苦笑する。ヒロトは一部始終を話してみせた。エクセリスはため息をついた。

「今日はみんなだめね」

「みんなって、フェルキナもラケル姫も？」

フェルキナとラケル姫がうなずいた。二人が早速(さっそく)やりとりを話す。

（渋い……）

ヒロトは唸った。ガセル国大使ドルゼル伯爵にはトルカ紛争の件で好感を懐いていたのだが、決して好意的ではなかった。アグニカ王国宰相ロクロイもそうだった。ピュリス将軍メティスも、皆、賠償請求のことを知っていた。事前にばらした者がいるのだ。

「ベルフェゴル侯爵とフィナスが先に行ってたみたいよ」

とエクセリスが教えてくれた。

「誰に聞いたの？」

「少し銀貨を握らせれば、門衛はすぐにしゃべってくれます」

とフェルキナがさらっと答える。さすが大貴族である。

「ピュリスとガセルにはベルフェゴル侯爵が、アグニカはフィナス殿が行かれたようです。わたしたちが来る少し前だったそうです」

とラケル姫が教えてくれる。

（少し前……）

少し前と言うと、レオニダス王の愚痴を聞いていた間？

（あの間に……）

三十分が痛かったのだ。愚痴を聞かずにすぐ行動に出ていれば、ベルフェゴル侯爵の機

先を制することができていた。だが、わずかの差で後塵を拝してしまった。

（だめだ、後手後手に回ってる……マギアにやられてからずっとそうだ……）

メティスとドルゼル伯爵まではよかったのだが、リズヴォーン姫で狂った。さらにオルディカスでも狂った。ベルフェゴルの戦術を読んで、ラケル姫とフェルキナに頼んでピュリス、ガセル、アグニカを牽制しようとしたが、充分な牽制はできなかった。そればかりか、レグルスとは到底埋められそうにない溝を確認しただけだった。そしてリズヴォーン姫には会えなかった。

一度後手に回ると、取り返すのは難しい。ずっと後手を取らされつづけてしまう。それでも、先手を取らなければ勝利はない。

（いや。先手は関係ない。とにかくリズヴォーン姫を翻意させられれば終わるんだ）

だが、どうやって？

手はない。

（オルディカスを説得できれば、リズヴォーン姫は翻意する？）

可能性はある。だが、どうやって説得を？

「オルディカスの説得を考えているのなら、無理よ。オルディカスは最高執政官コグニタスに忠実な部下なの。しかも、切れ者よ。コグニタスは、前からレオニダス王に対しては低評価で、ウルセウス王を買っている。オルディカスも同じ考えだわ。あなたの話を聞く限り、ウルセウス王とレオニダス王に対する評価が違いすぎる。オルディカスは、ウルセウス王は信頼できる人物で、レオニダス王は絶対に信頼できない人物だって思い込んでる。覆（くつがえ）すのはほぼ無理よ」

とエクセリスがヒロトの考えを先読みして言う。

（王の人間的部分を説く？）

一瞬、ヒロトは考えた。

（少しは変わるかもしれないが、ウルセウス王の危（あや）うさは、理解してもらえない。エクセリスの言う通り、オルディカスを説得するのは難しい）

それは、ヒロト自身がオルディカスに会って感じたことでもある。仮にオルディカスの考えを改めさせたとしても、オルディカスの上にはコグニタスがいる。コグニタスが翻意しない限り、オルディカスは賠償（ばいしょう）問題への考え方を変えないだろう。オルディカスはオルディカス個人としてではなく、最高執政官コグニタスの代理として、レグルス共和国の代表として来ているのだ。

（なら、リズヴォーン姫は？）

ヒロトがリズヴォーン姫のことを考えているのだと察して、フェルキナが説明する。

「リズヴォーン姫は、ずっと会わないつもりでしょう。ヒロト殿の雄弁を封じ込める唯一の方法は、そもそも話をしないことです。そのためには会わないのが一番です。もちろん、陛下のご命令で呼びつけることはできますが、仮に陛下が接見されたとしても、今日と同じことを繰り返すだけでしょう。即位祝い金にせよ賠償金にせよ、一切の支払いは行わない。きっとそうオルディカスに入れ知恵されているはずです」

ヒロトは唸った。

（リズヴォーン姫を説得するのも厳しい。なら、ガセルとピュリスとアグニカを味方につけて、マギアとレグルスを包囲する？）

ヒロトは考えてみた。だが、すぐに難題にぶつかった。

（味方につけるためには、ガセルとピュリスとアグニカを三者とも靡かせる餌が必要だ。三カ国とも、その餌を待っている。ガセルが欲しい餌は、恐らくアグニカとの軍事協定の解除。レオニダス王はアグニカとの関係に対して積極的ではないが、軍事協定を外せば、ガセルは安心してアグニカに攻め込む可能性がある。でも、その餌をガセルに食らいつかせれば、アグニカは確実に包囲網に加わらない）

ヒロトはピュリスについても考えを進めた。

（ピュリスが待っている餌は、恐らく平和協定の譲歩だ。すでにパラディウム会談では、ヴァンパイア族の移動を制限することは不可能だと結論が出ているが、マギアに対して提示する秘密協定のピュリスバージョンをピュリスに提示すれば、恐らく乗ってくる）

　さらにマギアについても考える。

（マギアとの賠償問題は解決すべきだと宣言してくれる可能性が高い。だが、その代償が大きすぎる。ピュリスとの間に秘密協定を結べば、レグルスともマギアとも結ばざるを得なくなるだろう。アグニカが食らいつく餌は軍事協定を強化することだけど、それこそ自分がずっと防いできたものだ。そもそも、そんな餌ではガセルとピュリスが包囲網に加わらない）

　ヒロトは唸った。

（三カ国を味方につけられるような餌は、存在しない。がんばっても二カ国。そして二カ国を味方につけても、大いにヒュブリデの国益を損ずることになる。賠償問題において、三カ国と取引を行って味方につけ、マギアとレグルスを包囲するという作戦は、廃棄するしかない）

　そもそも、これは包囲戦で戦うべき戦いではないのだ。マギアを説得できれば、すべて終わるのである。だが、肝心のマギア王の妹リズヴォーン姫は、ヒロトに会うことを拒絶している。

（陛下に呼び出してもらう？　それでも結果は同じだ。賠償問題は解決済みだと宣言すること以外、平和と友好の道はないと繰り返されるだけだ）

ヒロトはため息をついた。

（今おれが持っている駒は、賠償金ではなく即位祝い金として支払わせること。ヴァンパイア族に対してマギア侵略を命令しないという秘密協定を提示することだけだ）

思い切って、秘密協定を提案してみる？

ヒロトは考えてみた。

（いや、リズヴォーン姫にこう返されたらおしまいだ。ヴァンパイア族にマギア侵略を命じないだけでなく、マギア兵への一切の攻撃を命令しないことを約束せよ）

そう切り返されれば、暗礁に乗り上げてしまう。力関係が互角ならば秘密協定の提案は成功するだろうが、今はヒロトたちヒュブリデが後手後手に回っている、つまり、不利な状況、劣位な状況にあるのだ。不利な状況で秘密協定を提案しても、逆につけ込まれてマギアにとって有利な条件を突きつけられるだけだ。その先には、ヒュブリデの国益の損失しかない。

（だめだ、手がない）

もっと考えれば手が出てくる？　妙案が生まれる？

ヒロトは考えてみた。

出てきたのは虚しい再確認――つまり、手がないということだった。ヒロトは焦燥を覚えた。

（やばい。あと一週間しかないんだ。それまでにリズヴォーン姫を翻意させる策を――賠償に同意させる案を――捻り出さなきゃいけない）

思い切って、無茶苦茶な案を出してみるか？　ヒロトはトライしてみた。

（いっそのこと、リズヴォーン姫に求婚してみるか？　って無理だろ。愛している！　結婚しよう！　って叫んだって、盛大に空振りするだけだ。第一に、ヴァルキュリアに半殺しにされる）

第一案は見事な空振りだった。

（レオニダス王との結婚を提案してみる？　いや、待て。結婚したら、ますます無理だろ。嫁の国から賠償金は取れなくなるだろ！　だめだ！）

第二案も即廃棄だった。

（なら、力勝負だ！　ヴァンパイア族にマギア王国首都バフラムとレグルス共和国首都パラティウムを襲撃させる！　って、それ、戦争になるから！　っていうか、せっかく「ヴァンパイア族は駆逐すべき脅威である」っていうヴァンパイア族脅威論をこの一年間で葬り去ったのに、脅威論を復活させちまうだろ！　自分で墓穴を掘ってどうする！）

第三案も即廃棄だった。

（ならば、ここは王同士が舟相撲で決着を……って、それ、レオニダス王が瞬殺されるだろ！　ウルセウス王の圧勝だろ！）

第四案は最も速かった。文字通り瞬殺であった。

（ここは奥義！　ザ・何もしない！　老子の無為自然！　って、無為自然って何も引かない、何も足さない、まったく何もしないってことじゃないから！　ことさらに知や欲を働かさず余計な作為は行わず、道に従うことだから！　っていうか、放置プレイでは何も解決しないから！）

第五案も秒殺であった。

（では、まさかの「賠償請求しませ～ん！　あきらめま～す！」宣言！　って、その瞬間に終わりじゃないか！　即、永遠にジ・エンド！）

ヒロトは天を仰いだ。

（ダメだ。本当に手がない。一週間の猶予を……って言った馬鹿はどこのどいつだ！　連れてこい！）

自分であった。自分こと、清川ヒロトであった。二カ月前の国王推薦会議の時も、正直

勝つための策が見つからなくて途方に暮れたが、それ以上だった。しかも、一週間後には
ヒロトは辞任することになっているのだ。

（やばい。やばいぞ。こういう時、親父はどうしてたっけ？）

ヒロトは父親のことを思い出してみた。

（そういえば、詰まった時は温泉だって言ってたな）

サラブリア州の州長官選挙の前に、みんなで温泉に行ったことが思い出される。

今から行く？

（いや、でも、夜だし、行くなら明日だ。他になんか……）

ヒロトは、父親がさっさと寝ていたことを思い出した。父親の台詞が蘇る。

《真剣に考えて詰まったら寝る！　寝ればすべては解決する！　すべてを捨てて、ベッドへ飛び込め！》

飛び込む？

今？

あと六日しかないのに？

（それで明日、思いつかなかったらどうする？　貴重な今という時間を失うことになるぞ。粘って考えた方がいいんじゃないのか？）

そう不安になった途端、

(でも、答え、出てないじゃん)

自分の脳味噌に、自分で突っ込みが入った。

そうなのだ。

名案は出ていないのだ。思い切って無茶苦茶な案も検証してみたが、すべて玉砕だった。

打つ手なしである。

(でも、みんなが集まってくれてるのに寝るって——)

では、起きていれば妙案が浮かぶのだろうか?

(浮かばないな……)

ヒロトは苦笑した。

かといって、寝れば答えが浮かぶ保証はない。起きていても浮かぶ保証もない。というより、たぶん浮かばない。いや、絶対浮かばない。そしてはっきりしているのは、これ以上考えても徒労に終わって疲れるだけということだ。

(もうあと一週間……)

そう考えそうになって、

(いや! まだまだ一週間だ! 時間ぐらい捨ててしまえ! 今日という一日はもう捨て

てしまえ！　せこい真似をするな！）

と頭の中が叫んだ。

従え、と直感が叫んだ。理性でこね回すな。理屈で邪魔するな。

（そうだ、理屈でこね回すな！）

ヒロトは自分に向かって叫び、

「おれ、寝る！」

いきなり宣言した。

「え⁉」

とエクセリスが慌てる。

「もう考えても出ない！　今日はだめ！　敗北の日！　何をやっても無理！　負けるだけ！　寝る！」

「おまえ――」

相一郎が口を開く。

「寝るのか？　わたしもいっしょに寝てやろうか？」

とヴァルキュリアが乗る。

「み、みんなが――」

来ているのに、と言おうとしたエクセリスを遮って、

「もう寝る！　速攻で寝る！　秒速で寝る！」

言うが早いか、ヒロトはベッドに飛び込んだ。

「ヒロト……！」

「おやすみぃ」

ラケル姫もフェルキナも、唖然として口を開いた。皆、そろいもそろって阿呆な顔をしている。美人とは思えぬほど、阿呆な顔をしている。

「わたしも寝るぞ～♪」

とヴァルキュリアもベッドに潜り込んできた。ロケットオッパイを押しつける。

(寝ようとしても眠れない？　眠れなかったらどうする？)

不安がよぎったが、ヒロトは無理矢理目を閉じた。

(眠れなかったら、その時はまた起きればいい！　ごめんね、眠れませんでした。てへぺろってすりゃいい！　格好悪いけど、かまうもんか！)

薄赤い瞼の裏側を闇が覆う。

眠れる？

眠れない？

（羊を数えなきゃ……）

ふいに意識が消えた。

「ヒロト?」

エクセリスが呼びかける。反応はない。

「やっぱり寝たか」

と相一郎がため息をついた。

「あ、あの……」

とラケル姫が狼狽（ろうばい）する。フェルキナもすぐそばで呆然としている。相一郎は、唖然とする女たちに告げた。

「もう起きないですよ。こいつ、どこでもいつでもすぐ寝るから。みなさん、帰った方がいいです」

第十八章　呼ばれぬ客

1

遠く離れたマギア王国のバフラム宮殿で、身長一九〇センチの筋骨隆々の巨漢はベッドの中で悪夢から目を覚ました。少し憔悴した、少しひきつった表情で天井を見る。マギア国王ウルセウス一世であった。汗は掻いていなかったが、首元にいやな感覚が残っていた。

ヒュブリデがヴァンパイア族とともに攻めてくる夢を見てしまったのだ。夢の中で、レオニダスは叫んでいた。

《賠償金を分捕ってやる。ついでにおまえから王冠も奪ってやる。これからはおれがマギアの王だ》

最悪の夢だった。

レオニダスがマギアの王？

最も叶ってほしくないことである。あのような馬鹿に我が国を奪われてなるものか、と思う。

「ラゴス様がお見えです」

と侍女が入ってきた。

「あとにせい」

「何か悪い夢でもご覧になりましたか？」

ラゴスの声が聞こえた。マギア王国宰相が、寝室に姿を見せていた。

「今起きたばかりだぞ」

「今日はいつもよりご起床が遅うございましたので、心配して参ったのでございます。何かお体でも？」

「問題はない」

とウルセウスは答えた。あまり夢の話はしたくない。

「リズヴォーンはうまくやっていると思うか？」

「恐らく」

とラゴスが答える。別の侍女が入ってきて、スープを運んできた。自ら毒味してみせる。

問題ないのを見て、ウルセウスはスープを啜った。

　夢の中のレオニダスが、ふっと脳裏をかすめる。

（リズヴォーンに宣告されて、レオニダスのやつ、どう返答しただろう？　おれに宣戦布告したか？　だが、レグルスもいっしょだ。軍事力の行使も辞さぬと手紙にも書いてくれていた。それでも——）

「レオニダスは、我が国とレグルスに対して戦争をするつもりではあるまいな？」

　とウルセウスは確かめた。

「辺境伯がいらっしゃるのなら、戦はなさらぬでしょう」

「しかし、万が一がある」

「ご心配ゆえ、少しはお支払いをした方がよかったのではと？」

「ならぬ！　そのようなこと、断じてならぬ！」

　とウルセウスは否定した。

「わたくしも同じ考えでございます。賠償金を支払うつもりはございません。その旨は、きっぱりとお伝えするべきです。レオニダス王に希望を持たせるべきではございませぬ」

　とラゴスが答える。ウルセウスは再度不安をぶつけた。

「レオニダスは恨みを懐いて、我が国を攻めるのではないか？　あの男にはヴァンパイア族がついているのだ。後々に攻められるのならば、今のうちに——」

「攻めれば負けますぞ」

とラゴスが怖（こわ）い目で睨（にら）んでいた。

「臆病風（おくびょうかぜ）はお捨てなさいませ。辺境伯はいまだ侵略戦争をしたことはございません」

「だが、今まではそうであっても、これからもそうだとは言えぬ。辺境伯は、レオニダスが我が国へ賠償請求することを知っていて王に推挙したのだ。そして、エルフも――」

「疑心暗鬼（ぎしんあんき）で判断するのはおやめなさいませ。リズヴォーン姫を遣（つか）わせたのは、レオニダス王と辺境伯の真意を探（さぐ）るためでもございます。きっと姫ならうまくこなされましょう」

「だが、辺境伯は篭絡（ろうらく）の達人だぞ？　口を利（き）けば、リズヴォーン姫も――」

まだ不安を言うウルセウスに、ラゴスはぴしゃりと言いやった。

「王は臆病風と友達になるものではございませぬぞ。ご立派なお体と同じように、堂々とされていればよろしいのです」

2

ピュリス将軍メティスは、朝からガセル大使ドルゼル伯爵（はくしゃく）と顔を突（つ）き合わせて朝食を摂（と）っていた。ガセル名物大唐辛子（おおとうがらし）のスープを口に運ぶ。

「辛っ」

　思わず口にした。

「お口に合いませんでしたか」

「いや。おまえが普段食べるのを食べたいと言ったのはこのわたしだ。味はいいのだ」

　とメティスはスープをまた口に運んだ。美味いが、辛い。

　二人は情報交換を済ませたところだった。ベルフェゴル侯爵は、メティスを訪問した後、ガセルにも立ち寄ったという。お返しに、メティスは侯爵に持ちかけられた秘密協定の内容を教えたところだった。

「それで、どうなさるおつもりです？　侯爵の取引に応じるおつもりで？」

「おまえの想像通りだ」

　とメティスは笑って答えた。その一言に、安心したようにドルゼル伯爵が笑う。

「メティス将軍。その秘密協定のお話、わたくしに譲っていただけませぬか？」

「譲る？」

　とメティスは聞き返した。

「きっとイスミル妃殿下もご興味を示されると思いまして」

「イスミル様がか」

とメティスは笑みを浮かべた。ガセル王国王妃イスミルは、ピュリス国イーシュ王の実妹である。そして、何よりも女のメティスを将軍に引き上げてくれた恩人だ。非常に優秀な騎士だったメティスを将軍に抜擢したのは、当時まだ結婚前でピュリス国にいたイスミル王妃である。

「かまわぬ」

メティスの返事に、ドルゼル伯爵は頭を下げた。

3

リズヴォーンは、朝食をレグルス共和国大使オルディカスとともに摂った。昨日の相互報告も含めてである。

「わかってきたのは、大長老と辺境伯は、レオニダス王を高く買っているようだということです。逆にウルセウス王に低評価を下している。ウルセウス王は臆病ゆえに必ず賠償問題でヒュブリデに侵攻すると頑なに信じているようなのです」

とオルディカスが説明する。

「ふざけやがって。兄貴は馬鹿じゃね～ぞ」

とリズヴォーンは言い捨てた。

「おっしゃる通りです。いきなり攻め込もうにも、ヒュブリデにヴァンパイア族がいることと、ヴァンパイア族の反撃を喰らうことくらい、賢明なウルセウス王ならすぐおわかりになります。ルシニアの件のように兵を急派するということはないでしょう。臆病なのはヒュブリデの方なのです」

とオルディカスが言い切る。

「その通りだ。びびりのレオニダスめ」

とリズヴォーンもうなずく。

「恐らく、今日もヒロト殿はリズヴォーン姫を訪問されるでしょう。お会いにならないように。雄弁を封じ込める最善の手は――」

「会わね～こと、だろ？」

リズヴォーンの答えに、オルディカスはうなずいた。

「何でも、この一週間に賠償問題を解決できぬならば、辺境伯は辞任すると言い切ったとか」

「一週間で解決できると思ったのか？　見くびりやがって」

憤るリズヴォーンに、

「見くびったわけではないでしょう。そうでも言わなければ、収拾がつかなかったのでしょう。その潔さに対しては尊敬しますが、賠償問題の解決に乗り出したのはまずかった。力を過信しましたかな」

　とオルディカスが静かに答える。

　すげえなあとリズヴォーンは思った。自分と違って、エルフはあまり激昂しない。自分はすぐに熱するタイプだが、オルディカスはそうではない。コグニタスもそうだ。

　オルディカスが口を開いた。

「辺境伯は王を通して謁見に来るように申しつけるでしょうが、そこでも一点突破で。賠償問題は解決済みだと認めること、その一点で押すことです」

4

　朝の目覚めは、ハイドランにとってよいものだった。ベルフェゴル侯爵から吉報を聞かされたのだ。侯爵たちが訪問した後にヒロトたちがピュリス、ガセル、アグニカを訪問したのだという。

　さすが侯爵であった。ヒロトが牽制に来ることを読んで、ヒロトの機先を制したのだ。

過去において、ヒロトを最も追い詰めたのはベルフェゴル侯爵である。ブルゴール伯爵の息子の件で、侯爵はヒロトに辞任しか選択肢がない状況まで追いやったのだ。ヒロトは辞任を選んだ。だが、ヒロトはそこでとんでもない裏技を返してきた。ベルフェゴル侯爵とラスムス伯爵、ルメール伯爵、フィナス財務長官の四人の承認がない限り、自分は辺境伯には戻らないと宣言したのである——それも王の前で。王はヒロトを再任、四人に承認するように求めた。四人は拒絶できず、ヒロトの政治的生命はぎりぎりつながったのだった。

大長老ユニヴェステルはオルディカスを訪問したが、決裂して戻ったようだ。それはそうであろう。そもそもマギアに賠償請求すること自体が間違っているのだ。間違ったことをしようとしているのに、説得できるわけがないのである。

密偵の話では、ヒロトは昨夜、万策尽きてさっさと眠ったということだった。

「寝るとはまるで子供だな。もう方法がなくて子供に返ったか？」

とハイドランは笑った。

「ただ、わたしはまだ油断しておりませんぞ。あの男は最後の最後にやらかしますからな」

とベルフェゴル侯爵が微笑みを浮かべながら答える。

「次の手を打つのか？」

「次の手は小さな手です。オルディカス殿に、リズヴォーン姫に忠告するようにお願い申し上げることです。決して辺境伯に会わぬように、リズヴォーン姫に徹底させていただきたいと」

とベルフェゴル侯爵が答える。

「それだけか？」

「オルディカスの言葉通りです。会わねば辺境伯も説得できぬ。それを徹底していただくだけです」

「リズヴォーン姫に直接言った方がいいのではないのか？」

「あまりしつこく言いますと、逆に反発しますので」

ベルフェゴル侯爵の答えにハイドランはうなずいた。

「だが、それでもヒロトは何か動くのではないのか？　もし、ヴァンパイア族をマギアとレグルスの首都に送って力で脅すと言えば――」

ハイドランが不安をぶつけると、

「それこそ、ピュリスからも言われるでしょうな。ヴァンパイア族の飛行制限を行わねばならぬと。もし非難しなければ、ピュリス自体がヴァンパイア族に首都を襲撃されても文句を言えなくなりますからな」

「しかし、ヒロトは何か思いつくのではないか？」

「そう思って動けば余計なことをしでかします。それこそ、やつに掴まえる尻尾を与えることになる。今は尻尾を出さないことです。ですから、閣下もリズヴォーン姫やオルディカスにお会いになって、賠償請求を挫いてくれとおっしゃらぬように」

「よかろう」

とハイドランはうなずいた。

「レオニダスはヒロトを解任すると思うか？」

「しないでしょう。ただ、約束の一週間が来て辞任するだけです」

とベルフェゴル侯爵が答える。

「問題は、その時にまた変な策を弄して枢密院に戻さぬかということだ。奇策が残っているのではないか？」

ハイドランの質問にベルフェゴル侯爵は首を横に振った。

「奇策はございません。一度解任すれば、もはや辺境伯は枢密院に戻れませぬ。枢密院に戻るためには枢密院の三分の二以上の賛同が必要ですが、今得られますかな？」

ハイドランは黙った。確かにその通りである。

ベルフェゴル侯爵がつづけた。

「わたしの予想では、ヒロトはまたリズヴォーン姫のところに参ります。そして会えずに終わる。これがあと六日つづけば、さすがのレオニダスも妥協せざるを得なくなるでしょう。ユニヴェステルも、恐らく助言するはずです。賠償請求についてはあきらめるようにと」

5

起床した大長老ユニヴェステルは、温かいお湯を飲んだところだった。朝はいつもお湯から始まる。

（レグルスは説得できぬか……）

昨夜を思い出して、ユニヴェステルはため息をついた。レグルスはハイドランを選ぶべきであって、レオニダスは最悪の選択肢だったと考えている。逆に我がヒュブリデは、レオニダスを選ぶべきであって、ハイドランはだめな選択肢だったと考えている。

説明すれば、レグルスの同意を得られる？

無理だろう。コグニタスは、留学時代のウルセウス王とレオニダス王を知っている。知った上で、レオニダスは危険だと断じているのだ。

自分もほんの少し前まではその考えだった。レオニダスを王に選ぶなど、絶対にありえないと思っていた。選ぶつもりなど、まったくなかったのだ。

だが、国王推薦会議でのレオニダスの堂々とした態度、堂々としながら率直に自分を語る態度、そしてヒロトの弁論を聞いて考えを改めたのだ。外すべきはレオニダスではない、ハイドランだと——。

自分でも一カ月ほど前に考えを改めたばかりなのだ。レグルスがついてこられなくても仕方はない。だが、だからといってヒュブリデの邪魔をしてよいということにはならない。

ウルセウス王に対して自分たちヒュブリデの方が臆病になっている？

そうオルディカスは指摘したが、重要なことを忘れている。ウルセウスは前科一犯だということだ。ヒュブリデの空の力を恐れるあまり、三千の兵をルシニア州へ向けて派遣している。ヴァンパイア族のおかげで撃退できたが、それがなければどうなっていたか。ウルセウス王は間違いなく臆病な男なのだ。だが、その肝心なことをレグルスは認識できていない。

このままつっぱねて賠償請求を行うのか。マギアは強硬に反発している。レグルスも反発している。その中で、果たして賠償問題を解決できるのか。ヒロトは一週間の猶予を与えてくれと訴えたが、恐らく何もできないだろう。ヒロトは敢えて身を引くためにあのようなことを言ったのかもしれない。

（今週のうちに、レオニダスにあきらめるように言わねばならぬかもしれん……その上で、ヒロトが辞任せずともよい道を模索する以外……）

6

同じことをパノプティコスも考えていた。

（どう撤退するのか、撤退戦を考えねばならぬ。ヒロトは恐らく、何も思いつけまい。ずっとヒロトの神通力に頼ってきたが、連勝はいつか止まるものだ）

少し寂しい気持ちになる。

（ヒロトはぎりぎりまで粘るつもりでいるのかもしれぬが、ユニヴェステル殿と撤退戦についてて詰めるしかあるまい）

7

目が覚めてもレオニダスは不機嫌であった。

「くそ。マギアのくそめ。レグルスのくそめ。どいつもこいつもくそばかりめ」

と目が覚めるなり、くそを連発した。

「ヒロトはまだ思いつかんのか？」

と早くも侍女を急かす。

「昨夜は早くお休みになったそうで」

「何っ⁉」

素っ頓狂な声を上げた。

「ヒロトのやつめ、何を考えている！　もう六日しかないのだぞ⁉　それまでに策を思いつかねば、おれはやつを失うのだ！　やつがいなくなれば、この国はおしまいだぞ！　くそ！　ヒロトめ、阿呆なことを言い出しおって！　死刑だ！」

8

肝心のヒロトはたっぷり眠って目を覚ましたところだった。目覚めは悪くはない。ヴァルキュリアは隣で熟睡している。

（これで妙案ばっちり⁉）

ヒロトは策を考えてみた。

（来る？　来る来る？）

――来なかった。

（親父の嘘つき〜〜〜〜っ!!）

全力で天空に向かって叫びたいところだった。

（くそ。いっそのことリズヴォーン姫に対して、賠償請求に応じないとゴキブリを放り込むぞって脅してやるか？）

いや。

さすがにそれは、人として大問題であった。ヒロトも、本気でやるつもりはなかった。もし本当にゴキブリを放り込んだら、それこそ戦争一直線である。

《よくも我が妹を侮辱しおったな！　許せん！》

とウルセウス王がマギア兵一万を送り込みかねない。そしてその全責任及び全原因は、ヒロトにあるのだ。

（トライあるのみか。リズヴォーン姫がおれを避けているのならば、もしかすると会えれば道が開けるかもしれない）

善は急げ。ヒロトはすぐに衛兵を呼んで、リズヴォーン姫に伝言を頼んだ。いっしょに朝食でもいかがか。

うまくいく？

いかないかもしれない。それでも、アプローチするしかない。

ミミアがもう着替えていて、温めた蜂蜜酒をヒロトに持ってきてくれた。

「ありがとう。昨日はみんな呆れてた？」

ミミアが笑いながら首を横に振る。

（きっと呆れてたんだろうなあ……ラケル姫も絶望したかも）

でも、いいやと思う。あれ以上起きていても仕方がなかったのだ。

——寝たからといって、まったく妙案は浮かんでいないが。

エクセリスとソルシエールが起きてきた。

「ずいぶん寝たのね」

とエクセリスが皮肉交じりに言う。

「夢の中で解決できないかと思ったけど、何も見なかったよ」

「即位祝い金を先に言われちゃったのが痛いのよ」

とエクセリスが指摘する。その通りである。あの瞬間、ヒロトの計画が狂ってしまったのだ。

（別の作戦を立て直さなきゃいけない）

でも、どんな作戦を？

どんな形にせよ、マギアだけが支払うというものは難しいだろう。

（双方が払うものならばいける？）

可能性はある。だが、レオニダス王が反対するだろう。

（前にソルムでやったみたいに、基金みたいな感じにできればいいのかな。ヒュブリデが千ヴィント出資して、マギアが二千ヴィント出資する……いや、それはだめか。不公平だってつっぱねられるな。じゃあ、ヒュブリデもマギアも同じ千ヴィント……それだと陛下がいやがるか。全然賠償金になってないって絶対蹴っ飛ばされる）

相一郎が爆発した頭で部屋に入ってきた。まるでアニメの化学実験に失敗したような頭髪である。キュレレもいっしょである。キュレレの方はきれいな髪の毛だ。キラキラした、さらさらの髪の毛である。

「ゴキブリ」

キュレレは、きれいな髪の毛でまた昨日と同じことを口にした。

「出たのか？」

「お話でな」

とヒロトの質問に相一郎が答える。朝読んだ物語に、ゴキブリが出たらしい。きっと面白(しろ)い話だったのだろう。

「妙案(みょうあん)は浮かんだか?」

といきなりヴァルキュリアがヒロトの背中に抱(だ)きついてきた。生乳がむっちりと背中に密着してひしゃげる。やっと起きたらしい。

「全然」

「だめじゃん」

「だめなんだよ」

とヒロトは笑った。ヴァルキュリアがくすっと笑う。

「何?」

「昨日は気難しい声に気難しい顔をしてたぞ。今日の方がいい」

ヒロトは苦笑(くしょう)した。眠った甲斐(かい)はあったと言うべきなのか。眠った効果はそこしかないと言うべきなのか。

衛兵が帰って来た。

「どう?」

「お出かけでした。ご面会にお越(こ)しいただいても、お会いになることはできませんと言われてしまいました」

ヒロトの苦笑が固まった。

（完全に拒絶されてる）

「おまえ、嫌われてんのか？」

と相一郎に言われる。

「たぶん」

「シルフェリスの時みたいに、胸見たんじゃないのか？」

「おっきかったけど、あんまり見なかったぞ」

「見てるじゃないか」

と相一郎が突っ込む。

また衛兵が部屋に入ってきた。

「ヴァンパイア族の方がお越しですが」

ああ、ヴァルキュリアの仲間ね……と思いかけて、待てよとヒロトは思った。ヴァンパイア族の方とは、何か妙な言い方だった。ヴァルキュリアの仲間ならば、お越しですがなんか言わない。ゼルディス氏族の者が新たに到着したのだろうか？

「ゼルディス氏族？　サラブリア連合？」

ヒロトが聞き返すと、衛兵の後ろで扉が開いた。

「ほう、ここか」

と言ったのは、赤いチューブトップのビキニに爆乳を包み込んだ、赤いショートヘアの美女だった。赤いショートパンツを穿いている。背中の赤い翼は折り畳まれていた。ゲゼルキア連合代表のヴァンパイア族、ゲゼルキアだった。

（なっ！　なんでゲゼルキアが！）

心臓が妙な音を立てた直後、

「どんな部屋だ？」

と後ろから黒い腰布を巻いた長身の女が切れ長の目を覗かせた。女海賊のような強面の美人である。背中の青い翼は折り畳まれていて、長い金髪が肩から前にたれていた。一〇〇センチ以上はありそうな爆乳は、黒い布からはちきれそうになっている。

北方連合代表のヴァンパイア族、デスギルドだった。

（ぐげっ！　なんで二人が――！）

ヒロトは固まりかけた。ヒロトにとって、今は緊急時である。あと六日以内に解決策を見いださねば、ヒロトは宮廷から立ち去らねばならないのだ。なのに、なぜ？

いやな予感がした。

ベルメドの森で二人に真珠のネックレスを贈った時、二人に王都へ遊びに来てくれと誘

わなかったか？

（まさか――）

「遊びに来たぞ」

とゲゼルキアが告げた。

（ぐえ～っ！　やっぱり～～っ！）

ヒロトはひっくりかえりそうになった。

（確かに遊びに来てって言ったけど、よりによってこの最悪のタイミングで――）

断る？

いや。断れない。二人はわざわざ来てくれたのだ。しかし――。

「温泉というのはどこにあるのだ？　一っ飛びで行けるところか？」

デスギルドに聞かれて、ヒロトは心の中で凍結した。

（な～～～～っ！　よりによってこんな時に～～っ！）

まったく空気を読まないヴァンパイア族だった。ヒロトは絶叫した。

（親父の嘘つき～～～っ！　早く寝たら、艱難辛苦が来たぞ！　バカヤロ～～～～～～っ！）

もちろん、頭の中でだった。口に出して言えるわけがない。ベルメドの森で、白い石灰岩の温泉の話をしておいでよと話をしたのは、ヒロトなのである。

（理由を説明して帰ってもらう？）

そんなことができるわけがなかった。二人はヒロトが話した白い温泉に興味を示して、遠いところから来てくれたのだ。考えうる限り最悪のタイミングだが、受けるしかない。

だが――。

（いや、やっぱりさすがに今回は国事――）

断ろうと思った瞬間、頭の中で変な声が聞こえた。

《逆だ！　温泉に行ってしまえ！》

（え？　まじ？）

頭の中が謀叛でも企んでいるのか。ヒロトをさらに陥れようとしているのか。軽い小悪魔に乗っ取られようとしているのか。

（でも、親父は行き詰まったら温泉に行くって言ってたな）

温泉に行っても何も思いつかない？

たぶん。

それじゃあ、宮殿にいた方が――。

考えが保守的に向かいだした途端、

（ええい、もう知るか！　アイデアを思いつかなくたっていい！　今断れば、ヴァンパイア族との関係は冷える！　少なくとも進展しない！　でも、今受ければ、ゲゼルキアとデスギルドとの関係は絶対良好になる！）

ヒロトは思い切り開き直った。

「悪いな、ゲゼルキア。今取り込み――」

ヴァルキュリアが断ろうとする。それをヒロトは遮った。

「今すぐ行こう！　陛下も連れて！」

9

真珠のネックレスを着けた二人の女ヴァンパイア族に、レオニダスは唖然としていた。ぽかんと口を開いたまま、呆然としている。

「どうだ？　どっちが美人だ？」

とゲゼルキアが問いかけた。赤いビキニに包まれた胸を突き出してみせる。

「わたしと言わねば殺すぞ」

とデスギルドが黒いチューブトップの胸を突き出して笑う。レオニダス王は固まっている。二人は甲高い笑い声を上げた。

凍りついたまま、レオニダス王はぎこちない手つきでヒロトを手招きした。

「おい。どういうことだ？」

とひそひそ声で聞く。顔が凍りついている。

「遊びに来てくれと頼んだのです。で、今、遊びに来たと」

「そういうことではない！　おれも温泉に来いとはどういうことだ！　というか、おまえ、マギアの問題は片づいたのか⁉」

ヒロトは満面の笑みを浮かべた。

「皆目」

「それを先に片づけろ！」

とレオニダス王がひそひそ声で叫ぶ。

「おれが温泉に同行しないわけにはいきません。ゲゼルキアとデスギルドは絶対残念に思います。でも、おれがいっしょに行けば、二人との関係はめっちゃ良好になります。というわけで陛下もごいっしょに」

「なぜおれもごいっしょなのだ？」

「退屈してらっしゃったでしょう」

「いつの話だ！　おれは退屈しておらん！　今猛烈に大変なのだ！」

「陛下も温泉にごいっしょされれば、ヴァンパイア族の二つの連合との関係がぐっと深まります。あの王は温泉に付き合ってくれた。我らは王といっしょに温泉に入ったぞ。そういうことになって、陛下とヴァンパイア族との関係もめちゃめちゃよくなります。この好機を陛下が逃してはなりません」

とヒロトは力説した。

「しかし、こんな時だぞ⁉」

「こんな時だからです！　陛下、いっしょに温泉に行きましょう！」

「おまえは馬鹿か！」

小声でレオニダス王が叫ぶ。ヒロトも小声で叫び返した。

「その通りです‼」

レオニダス王はひっくりかえった。

第十九章　温泉

1

急報に最も驚愕したのは、枢密院顧問官たちだった。突然、国王レオニダスとヒロトがゲゼルキアとデスギルド、そしてヴァルキュリアとともに王都を旅立ってしまったのだ。事後報告で知らされた家臣は、慌てた。

「陛下はいったい何を考えていらっしゃるのです！　外国の使節が訪れている最中、放り出して温泉など、それでも王ですか！」

と叫んだのはフィナスである。

言葉を失ったのは、ハイドランだった。

（いったい何を考えている……？　温泉？　なぜ今温泉に行く必要がある……⁉）

正直、混乱していた。予想外の行動である。子供の頃からレオニダスはわがままで傍若無人だと思ってきたが、そういうレベルではなかった。外交の使節が来ている中、五人で温泉など、国務放棄をするつもりなのか。何を考えているのかさっぱりわからない。慌ててベルフェゴル侯爵の許を訪れたが、ベルフェゴル侯爵も首をひねった。

「女遊びの病がまた出てきたのか……」

「しかし、吸血鬼の女だぞ？」

とハイドランは言い返した。

「まさか、吸血鬼の女と……？　いや、それはない……」

とベルフェゴル侯爵も混乱している。うんうん唸る二人に、ラスムス伯爵はぼそりとつぶやいた。

「逃げるなら今だぞ」

2

大長老ユニヴェステルも唖然としていた。宰相パノプティコスから、陛下は温泉へお出かけになりましたと聞かされたのだ。

「なぜ止めなかった!?」

「わたくしにも相談がございませんでしたので……。先に例の籠に乗って飛んでいったそうです」

「籠!?　ヴァンパイア族の籠か!?　陛下が乗って大丈夫なのか！」

エルフにしては珍しく、思わずユニヴェステルは大声を上げた。

「その方が早く着くとかで……。近衛兵が馬で追いかけております」

とパノプティコスが静かな口調で答える。

「呼び戻せ！　この緊急時に温泉など、常軌を逸しておる！　ヒロトはどうした!?」

「それが、ヒロトが誘ったようです」

「何ぃっ!?」

ユニヴェステルは思い切り甲高い声を張り上げた。

3

一人だけぼけた発言をかましたのは、シルフェリス副大司教だった。

「その温泉は、よい温泉なのですか？」

それが質問だった。

「よいものでありますが」

と書記が答えると、

「では、よいのではありませぬか？」

「しかし、女のヴァンパイア族といっしょです」

その瞬間、シルフェリスは顔色を変えた。

「なりませぬ！　男女が裸同士で同じお湯に浸かるなど破廉恥です！」

4

その報せが来る前、メティスは頭の中で、ベルフェゴル侯爵とヒロトとを天秤に掛けていた。侯爵の提案は魅力的だが、確実性に欠ける。

（ヒロトが好きにさせるわけがない）

ところが、ヒロトが賠償問題を解決できないのならば辞任するという報せを、部下が持ってきたのである。

本当に辞任？

ヒロトに確かめるべきではないのか？

そこへ、レオニダス王とヒロトがヴァンパイア族の連合代表とともに温泉に出掛けたという急報が飛び込んできた。

「温泉というと、温泉か？」

とメティスは真面目な顔で尋ねた。

「温泉だと思います」

と部下が真面目な顔で答える。まるで禅問答である。

「何かの隠語ではないのだな？」

「温泉のようです。枢密院も大騒ぎだとか」

メティスは思わず腕組みをした。ヒロトとは何度も会って、何度も話をしている。面白いやつだと思ったことも多々あるが――。

（わからぬ。なぜ温泉なのか、さっぱりわからぬ。気でも触れたか？）

5

ガセル国大使ドルゼルも同じであった。

「なぜ温泉なのだ？」

家臣に尋ねたが、

「わかりません。とにかく温泉に出掛けたと。だから、今日の接見はないと。謁見を申し込まれても、今日は無理だと」

ドルゼルは唸った。

「なぜヒロト殿もご同行されたのだ？　行きたいと言い出したのはレオニダス王か？」

「わかりません。ですが、ヒロト殿が提案したという噂が――」

「へ⁉」

ドルゼルは思わず素っ頓狂な声を上げた。

6

驚いたのはリズヴォーンも同じだった。オルディカスと打ち合わせをして帰ってきて、ヒロトの使者に門前払いを喰らわせたと聞いてざまあみろと快哉を叫んでいたら、ヒロトが温泉に出掛けたという噂が飛び込んできたのである。しかも、ヴァンパイア族といっしょに――。

「そのヴァンパイア族とやらが、どうやらゲゼルキアとデスギルドらしいのです」

親衛隊隊長ネストリアの説明に、リズヴォーンの表情が一瞬固まった。

デスギルド――その名前を忘れるはずがなかった。かつてマギアと同盟を結んでいた北方連合の代表。ルルクというヴァンパイア族の子供がマギア兵に半殺しにされた時、兄ウルセウスに斬りかかってきた女だ。ゲゼルキアもその時にいっしょに来た代表ではなかったか。

「温泉に行くほど仲がよかったのか？」

とリズヴォーンは尋ねた。

「わかりません。でも、そうかもしれません。疎遠な者が王といっしょに温泉に行くとは……」

リズヴォーンは黙った。

（まさか、ヒュブリデは北方連合と同盟関係を結んだのか？　北方連合までも味方につけたのか……!?）

7

落ち着いていたのはレグルス共和国大使オルディカスだけだった。

「敗北は避けられぬと知って、せめて関係だけは強化しようと考えて温泉に出掛けたのだろう」

とオルディカスは分析してみせた。

「しかし、来たのは女のヴァンパイア族です。それが王といっしょにとは……」

「女なのか？」

オルディカスは初めて驚いた。

「二人とも女です。まさか、肉体関係が……」

「馬鹿な。ありえん。もし肉体関係があれば、ヒュブリデの大貴族が騒いでいる。きっとただ遊びに来ただけだ」

8

アグニカ宰相ロクロイは、話を聞いて、やはり王は我らアグニカよりも吸血鬼の方が大事なのだと感じていた。隣国よりもまずは吸血鬼ということなのだろう。

9

（ヒュブリデにはあまり肩入れしても仕方がないのかもしれぬな）

白い石灰岩のテーブルが、何段も階段状に連なっている。一面白の石灰岩の御殿である。そしてその石灰岩のテーブルから、湯気が上がっていた。石灰岩を温泉が満たして、ゆっくりとテーブルから小さな滝となって流れ落ちていたのだ。

テーブルは非常に広かった。一つのテーブルで数メートルの奥行きがある。湯の滝は次のテーブルに落ち、また数メートル流れてからまた次のテーブルに落ちる。

ヒュブリデ王族御用達の秘湯であった。王族しか入れない温泉である。そしてその一つのテーブルの中で、五人が扇形に並んでお湯に浸かっていた。

皆の中心的存在なのに、なぜかレオニダスは右端にいた。半裸に紫色の短パンを穿いてわびしい限りである。レオニダスの左隣が、黒い短パンを穿いたヒロト。その隣が、白いチューブトップビキニでロケットオッパイを隠したヴァルキュリア。さらにその左隣に黒い三角ビキニを着けたゲゼルキアがいる。乳房が大きすぎて、ビキニは乳輪しか覆っていない。さらにその隣に、赤い眼帯ビキニを着けたデスギルドがいた。これまた胸がでかすぎて、ビキニは乳輪が隠れる程度の大きさしかない。三人とも揃いもそろって、はちきれそうなボリュームのバストである。

「絶景だな」

とつぶやいたのはゲゼルキアだった。

「確かに来いと言うだけのことはある。王よ、礼を言うぞ」

デスギルドに感謝の言葉を口にされて、

「お、おう」

とレオニダスは目を白黒させた。ヴァンパイア族といっしょに同じお湯に浸かるのは、人生で初めてである。自分なりに傍若無人を貫いてきたレオニダスだったが、さすがにヴァンパイア族との初体験は、強烈であった。

（こいつら、なんちゅういい身体をしてるんだ……）

レオニダスはヒロトの彼女ヴァルキュリアを、つづいてゲゼルキアを、そしてデスギルドを見た。皆、背中の翼を畳んでいるが、ウエストは細く引き締まり、豊満なバストが高く突き出している。特にウエストは鍛えている女のように筋肉で締まっていた。人間ならばそれで爆乳ということはないのだが、三人のヴァンパイア族たちは、ウエストに筋肉があるにもかかわらず胸はわがままなくらい豊満なのである。しかも、ビキニを突き破りそうなほどピチピチに張りつめている。きっとビキニを取っても、乳房はぶざまに垂れてはいないのだろう。

レグルス留学時代、ナイスバディの美女二人を抱きまくったレオニダスだったが、二人と比べても、ヴァンパイア族の女のスタイルは飛び抜けていた。

(ヒロトのやつめ、こんないい女と付き合っていたのか……)

いまさらながら驚かされると同時に羨ましくなる。そしてヒロトは——目の玉が完全に見えないほど目を細めて、ほけ〜っとした溶けそうな表情を見せていた。完全に温泉でリラックスしている。

(阿呆！　仕事のことを考えぬか……！)

軽く頭を叩いてやろうとすると、デスギルドが折り畳んでいた翼を伸ばした。ゲゼルキアもお湯の中を前に進み、いきなりざばっと翼を広げた。二人とも、翼をばさばさと動かしてみせる。

(な、何だ⁉)

ヴァンパイア族のことをよく知らないレオニダスは度肝を抜かれた。

威嚇？

何か怒っているのか？

おれは殺されるのか⁉

「おい」

とレオニダスはヒロトに小声で話しかけた。

「あれは何をしとるのだ⁉」

「翼を動かしてるのは、洗ってるんです。虫がついたり寄生虫がついたりするのをいやがるんで、温泉で洗ってるんですよ。寛いでくれてる証拠です」

とヒロトが答えた。阿呆な顔をしていても、ヒロトはヒロトである。しっかり観察している。

「翼を伸ばせば寛いでいるのか？」

「温泉とか水浴びしてる時なら。そうじゃない時は威嚇です」

とヒロトが答える。

（なんだ、そうだったのか……）

少し落ち着いたが、肝心なことを聞いていなかったことをレオニダスは思い出した。

「ところで、妙案は浮かんだのか？」

ヒロトは満面の笑みを浮かべた。笑顔に中身がない。頭の芯まで空っぽの笑顔である。

（あ……！　こいつ……!!）

ヒロトはとびきりの笑顔をレオニダス王に向けた。答えはもちろんノーだった。温泉に浸かったからといって答えが出るわけがない。

「もちろん、ありま――」

そう言おうとした時に、ふいにデスギルドの翼が目に飛び込んできた。

（デスギルドといっしょに温泉に入ったって、リズヴォーン姫、聞いたらびびるんじゃないか？）

デスギルドは北方連合の代表だ。かつてはマギアと組んでいたが、今は決裂して同盟を解消している。そのデスギルドが、マギア王宮を襲撃したゲゼルキアといっしょにレオニダス王と温泉……⁉

（これ、びびる）

ヒロトは確信した。マギアは間違いなくびびる。

（脅す？）

まさか。

（びびれば、状況が変わる。マギア有利が崩れる）

有利が崩れれば、今まで使えなかった戦術も使えるようになる。

即位祝い金で押し切る？

（いや、それは無理だ。払わせようとした途端に、リズヴォーン姫は拒絶する。自分たちだけが支払うのがとにかくいやなんだ）

ヒロトたちが推し進めようとしている案は、マギア側だけが支払う片務である。片務とは片方だけが債務を負担することである。

ならば、双務――双方が債務を負担すればよい？

ヒロトは心の中で首を横に振った。

マギアとヒュブリデの双方が支払うことになれば、レオニダス王は首を縦に振るまい。以前、両方が歩み寄って基金を設置すれば……ということを考えた時にも、同じ理由で見送っている。

マギアは片務を拒絶する。しかし、レオニダス王は双務を拒絶する。このギャップは埋まらない。埋まらないギャップを埋めるための奇策が、即位祝い金であり、ヴァンパイア族にマギア攻撃を命じないという秘密協定だったのだが、ともに使えない方策になってしまった。

（だめだ。いくら考えても振り出しに戻る）

ヒロトは宙を仰いだ。ヒロトの苦悶など素知らぬ様子で、空は青々と晴れている。

（基金でも設置して双方が歩み寄るのが一番なんだけど、レオニダス王は――）

思ったところで、何かが頭の中で動いた。

(——双方が?)

何かが引っ掛かっている。でも、何が引っ掛かっているのかがわからない。

(何が引っ掛かってるんだ? おれ、何を思いつこうとしてる?)

ヒロトはもう一度考えを反芻した。

(マギアは片務をいやがっている。でも、レオニダス王は双務をいやがっている。マギアに賠償させようとすると——)

いきなり閃いた。

(相手を交渉のテーブルに着かせるには、相手のベースでやるしかない! 陛下には片務を捨ててもらうしかない! 片務じゃだめだ! 双務ベースで話をつけるしかない! 互いに等分に負担する形じゃないと、この問題は解決しない! 片務的な賠償請求は放棄するしか道はない!)

だとするなら——。

ヒロトはさらにアイデアを発展させた。片務ではなく双務なら、互いのアプローチも片務的ではなく双務的、単方向的ではなく双方向的。つまり、お互いが歩み寄る。

(互いに弔問し合った方がいい)

それならばいける？

債務を扱うのではなく、再び事故が起きた時のためのものにすればいいのだ。

思わず笑みが走った。

いける。

これならいける。

（でも、全然取り分がないな。陛下は絶対反対するぞ）

妙案と思った案は頓挫してしまった。頭の中の光が、消えて行く線香花火のように下火になっていく。

（もう一度考え直し――）

（待てよ）

ヒロトは何か、変な感じがした。考え直す必要はないのではないか。ただ何かが足りないだけではないのか。

（取り分……。いや、でも、金を考えるとだめだ。絶対マギアは応じない）

そう思った途端、頭の中で声がした。

（金じゃなきゃいいのか……？）

あ、と声が洩れそうになった。

また、頭の中が閃いていた。

そうだったのだ。金だ。金から離れなかったからだめなのだ。賠償金を金で考えていたからだめだったのだ。金ではないものにすればいいのだ。

今のレオニダス王が一番欲しいもの。ヒロトとレオニダス王にとって欲しいもの――。

（いける。いけるぞ）

ヒロトは思い切り笑みをこぼした。

やばい。

笑いが込み上げてきて抑えられない。

（いける。その代わり、リズヴォーン姫には吐いてもらうぞ）

「何をにやにやしている？」

レオニダス王が三白眼で睨んでいた。

「陛下、お金、対等で出しません？」

とヒロトは提案した。

「何だと？　おれは賠償金を取ると言ったのだぞ」

「同じです」

「同じではないだろ」

ヒロトはレオニダス王の耳に顔を近づけた。思いついた案を説明する。

「片務ではだめです。双務にするんです」

「しかし、それでは賠償に――」

「なります。基金から拠出（きょしゅつ）すれば、リンペルド伯爵（はくしゃく）には賠償金になります」

「だが、おれが得をせんではないか。賠償金にならん」

「なります。それを餌（えさ）にして賠償金をもらうんです」

とヒロトは言い切った。

「だから、賠償金は――」

「賠償金を餌にして、リズヴォーン姫には一人葬（ほうむ）っていただくのです。もしかすると、二人かもしれません」

「葬る？」

ヒロトは再び耳打ちした。

「何⁉　言うと思っているのか⁉」

「それが賠償金代わりです。それくらいのことはしていただきます」

「おまえ――」

ヒロトは思い切り、にっと笑ってみせた。

「陛下。マギアは温泉で折れます。戻ったら酒を飲みましょう」

第二十章　マギアの扉

1

レオニダス王、ヒロトとともに宮殿に戻る――。

その報せに、フィナスはハイドラン公爵とともに王の寝室に押しかけた。この非常識な行為に対して一言、申し上げねばならぬ――。

そう思って寝室に入ったのだが、そこでフィナスは固まった。レオニダス王は飲んでいたのだ――ヴァンパイア族の連合の代表、ゲゼルキアとデスギルドとともに。ヒロトもいっしょだが、目の前には連合の代表たち――。国防を語る上で、とても大切なお客様たち――。

「何か用か？」

レオニダス王に聞かれて、

「あ、いいえ、その、お帰りになったとお聞きしましたので――」

「飲んでいくか？」

「いえ、わたくしは仕事がございますので……」

とフィナスは尻すぼみになって早々と退散した。

2

ハイドランも、目の前の光景に絶句していた。見るからに迫力のある女たち二人が、ヒロトとレオニダスと酒盛りをしていたのだ。ハイドランはむっとした。

（一大事の時に――）

「辺境伯よ、今は酒盛りをしている時ではないと思うが。国務卿としてやるべきことがあるのではないのか？」

そうヒロトを非難すると、

「気持ちよく飲んでるのに邪魔しようってのかい？」

とデスギルドがすごんだ。美人だが、凄味のある睨みだった。ヴァンパイア族は顔だちは美人だが、目つきが厳しすぎる。ハイドランの好みではない。

「誰だい、こいつ？」

とゲゼルキアが尋ねた。

「おれの叔父だ」

「キュレレに屋敷を壊された男か」

とゲゼルキアが納得する。むっとしたが、抗議できるわけがない。相手は国防を語る上で大切なお客様なのだ。

「で、叔父上は何の用事だ？」

「今は宮殿を抜ける時ではないと思うが」

「二人の美女が温泉に行きたいと来たのだ。案内するのは王の仕事だ」

とレオニダスがうそぶく。

「また行きたいものだ」

ゲゼルキアの言葉に、

「是非来るがよい。いつでも案内してやるぞ」

とレオニダスは上機嫌で答えた。

「そんなことを言うと、また明日と言うぞ」

とゲゼルキアが茶目っ気のある瞳を向ける。

「かまわんぞ」

「なら、明日だ」

とゲゼルキアが笑う。

「明日だ」

とデスギルドも乗る。二人のヴァンパイア族は、すっかりレオニダス王と打ち解けていた。ハイドランはヴァンパイア族が好きではない。自分の屋敷を半壊させたのは、あの吸血鬼どもなのだ。居心地の悪さと気分の悪さを覚えて、ハイドランは寝室を出た。

「おれも少し出掛けてきます」

とヒロトが立ち上がった。ハイドランは待たずに執務室に出た。さらに廊下に出る。ヒロトもついてきた。

「どこへ行くつもりだ?」

ハイドランが尋ねると、

「マギア王国姫君リズヴォーンのところへ」

とヒロトは答えた。

(また説得に行くつもりか?)

阻止する?

ベルフェゴル侯爵は、この男を会わせぬようにすることが重要だと話していた。

「門前払いだぞ」

とハイドランは冷たく告げた。

「閣下もごいっしょなら、お会いできたりして」

「わたしはおまえの扈従ではない。今おまえが姫君を訪問するのは迷惑だ」

とハイドランは牽制した。

「では、嫌われてまいります」

とヒロトはすたすたと歩いていく。

「これ以上我が国に迷惑を掛けるつもりか！　自重したらどうだ！」

とハイドランは声を上げた。

「ご心配なく」

とヒロトはさらにすたすたと歩いていく。

「尾行せよ」

ハイドラン公爵の騎士はうなずいて、ヒロトを追いはじめた。ヒロトはすたすたと宮殿の廊下を歩いて、エルフ兵が詰める扉へ向かった。エルフに告げると、すぐにヒロトは中に入っていった。副大司教シルフェリスのところに寄ったらしい。

（なるほど。自分では入れてもらえぬから、副大司教の力を借りようということか。虎の

威を借る狐か)

　そう思っていると、ヒロトは単独で出てきた。シルフェリスの姿はない。

(シルフェリスはどうした？　いっしょに行くのではないのか？)

　ヒロトはまたすたすたと歩きだした。ハイドランの騎士は後を追った。ヒロトはあっという間に宮殿を出て、門をくぐった。ヒロト専属の衛兵が護衛につく。周囲にも上空にも、ヴァンパイア族の姿はない。空は紫色が迫って、夕暮れが夕闇に変わろうとしている。

　宣言通り、ヒロトはリズヴォーンが泊まるマギア人商人の屋敷に着いた。リズヴォーン姫が逗留している館である。騎士は嘲笑を浴びせた。

(門前払いだな)

3

　ヒロトが面会を求めている——。

　自ら率いる美女部隊の女騎士の言葉に、

「会わね～って言ってやれ」

　とリズヴォーンは答えた。恥を掻かせてやる好機だ。

「それが、賠償請求は今後一切申し上げぬという話をじに来たと申しておりまして……」

「請求はしねえ⁉」

思わずリズヴォーンは聞き返した。同じ部屋にいた親衛隊隊長ネストリアも顔を向ける。

「はい、もういたさぬと。それゆえ、ご説明に参ったと」

「明日にしろ、王のいる前で話をしろって答えろ」

とリズヴォーンは返した。返したが、正直、動転していた。完璧に予想外の展開である。

(なんでいきなり折れてきたんだ⁉　こんな展開、予想してね〜ぞ……！)

女騎士は少し困った表情を浮かべた。

「それが、今お会いしていただけるのならば、賠償請求はせぬと。しかし、明日ならば——

——」

「しねえってのか⁉」

「罠です！　姫君、罠です！」

とネストリアが叫んだ。

「そんな揺さぶりは通用しねえって答えてやれ」

とリズヴォーンは命じた。

(読めたぞ。賠償請求はしねえと嘘をこいてわたしに面会して、それでわたしを説得しよ

うってんだな。そんな汚ねえ手に引っ掛かるか）

「それが揺さぶりではないと。本当に賠償請求はしないのだと」

と女騎士が答える。

「しねえのなら、なぜ今日限定にする!?」

「陛下のお気が変わるゆえ、明日になれば反故(ほご)にされているやもしれぬと。それゆえ、今日にお願いしたいと。是非、協定を締結(ていけつ)したいと」

「そのような不確かな申し出、受けられね～って答えろ」

女騎士は一礼して下がった。

ほっとした。

思い切り動揺(どうよう)してしまったが、何とか撥(は)ね返すことができた。だが、撥ね返してから、よかったのか？　と不安になる。

（連中、デスギルドに会ってたからな。じゃあ、デスギルドと同盟を結んだとか言われたらどうしよう……って、考えるな！　余計なことを考えるな！　とにかく、あいつには会わねえんだ！）

己(おのれ)を叱(しか)りつける。

「姫様(ひめさま)、よくぞつっぱねなさいました。あれが辺境伯の罠でございます」

とネストリアが褒(ほ)める。リズヴォーンは微笑(ほほえ)んだが、まだ動揺していた。

(もし辺境伯が嘘をついてなかったらどうしよう……!? めっちゃいい好機を潰(つぶ)したことになるのか……!?)

わからない。

だが、もし本当だとしたら——。

(わたしが潰したことになる……!? それでデスギルドと同盟を結ばれたら……)

「だ～～～っ!」

リズヴォーンは思わず叫んだ。

(心がぁ～っ! 動揺する～～っ! 掻き乱される～～っ!)

「姫様、揺さぶられてはなりません。罠です。姫様に会って説得するための罠です。姫様が出て行けば、覆(くつがえ)されます」

ネストリアが叫ぶ。

「わかってる!」

そう言い返したものの、

(自分が潰したら……もしデスギルドと……)

その気持ちに胸を責められる。

（デスギルドといっしょに温泉に行ったってことは、絶対……）

そこで閃いた。

（そうだ……！　オルディカスに相談だ……！）

「オルディカスのところに行ってくる」

リズヴォーンは部下を連れて、部屋を出た。これですべて解決するはずだとリズヴォーンは思った。オルディカスはきっと知恵を授けてくれるだろう。

部下とともに屋敷を出た瞬間、暗闇の中からぬうっと青年が現れた。

「やっと出てきた」

と楽しそうに青年はつぶやいた。非常にからっとした、爽やかな笑みだった。リズヴォーンはぎょっとして相手を見た。

絶対自分が謁見の間以外では会わないと誓った相手、国務卿兼辺境伯ヒロトだった。

4

（こいつ……待ち伏せなんかしてやがったのか……！）

リズヴォーンはヒロトを睨みつけた。きっとそうに違いない。自分が迷ってオルディカスに会いに行くのを、ヒロトは読んでいたのだ。

「戻るぞ」

屋敷に引っ込もうとすると、

「協定の内容は一度しか言わないぞ！　一！　五十年前のリンペルド伯爵殺害事件について、ヒュブリデは賠償請求を永遠に放棄する！　二！　マギアとヒュブリデ双方が千ヴィントを出し合い、基金を立ち上げる！　伯爵のような事件がマギア及びヒュブリデで発生した場合、基金から賠償金を支払うものとする！　三！　ファルバイ伯爵に対してシルフェリス副大司教が弔問する！　マギア側も大司教または副大司教がリンペルド伯爵に対して弔問する！」

いきなりの大声に、リズヴォーンは慌てた。いくら人通りが少なくなったとはいえ、外である。

「馬鹿、こんなところで言うやつがあるか！」

「部屋に入れないんだから仕方ないだろ！」

とヒロトが叫び返す。

（くそ……！　こいつ……！）

リズヴォーンはヒロトを睨んだ。ヒロトは暗がりの中で羊皮紙を開いた。

「すでに条文はここに記してある。あとは陛下と姫君が署名するだけだ」

ヒロトの説明にリズヴォーンは答えなかった。

これは罠だ。

そういう声がする。ヒュブリデが折れるはずがないのだ。こんあに早く賠償請求を放棄するはずがない。だが、否定の声と同時に、こんな好機はないぞ、という声もする。兄王は賠償請求に釘を刺してこいと言った。今協定を結んでしまえば、賠償請求は永遠に棄却されるのだ。マギアが欲しかったものが手に入る。

だが——裏があるのではないのか？　いざヒロトを部屋に入れたら、とんでもないことを言い出されるのではないのか？　きっとそうだ。

不安が襲う。

「ウルセウス王はもっと即断即決できる方だったぞ。マギア王の王族はこんなものか」

ヒロトの発言に、思わずむかっとした。

「うるせ〜っ！　今考えてんだろうが〜！」

「遅いっつってんだよ！」

と、驚いたことにヒロトは砕けた口調で突っ込んできた。

「罠かもしれないからためらってんだろ〜が〜！」

「なら、文書を見てみろ！」

ヒロトは目の前に羊皮紙を突き出した。絶対剣など扱えない身体つきだが、ものを言うと迫力があった。並の人間ではない。リズヴォーンは思わず威圧された。

「ほら、見ろ！　罠が書いてあるか！　おれが言ったのと違うことが書いてあるか！　読んでみろ！」

ヒロトがさらに畳みかける。

（こ、こいつ……）

リズヴォーンはヒロトを睨んだ。ヒロトも睨んでいる。

（やっぱりこいつ、普通のやつじゃない）

リズヴォーンは心の中で唸った。

どうする？

無視する？

だが――。

（見るだけなら……術中にははまらないよな？）

リズヴォーンは部下の女に命じた。女がヒロトから羊皮紙を受け取る。文書を読むには、もう夕闇が迫っていた。部下が灯を近づけ、リズヴォーンは文書を読んだ。

《マギア王国とヒュブリデ王国は、国境付近での悲しい事件の犠牲者を追悼し、不幸にも同じ悲劇が起きた時に備え、その悲劇でも両国の絆が揺るがないようにするため、以下のように取り決めを結ぶものとする。

一．五十年前のリンペルド伯爵殺害事件について、ヒュブリデは賠償請求を永遠に放棄する。

二．マギアとヒュブリデ双方が千ヴィントを出し合い、平和基金を立ち上げる。マギアの貴族以上の顕職がヒュブリデ人に、あるいはヒュブリデの貴族以上の顕職がマギア人に殺された場合、その平和基金から賠償金を支払うものとする。

三．ファルバイ伯爵に対してシルフェリス副大司教が弔問する。マギア側も大司教または副大司教がリンペルド伯爵に対して弔問する》

リズヴォーンは愕然とした。罠はどこにもなかった。ヒロトの言った通りであった。リズヴォーンはもう一度条文を読み直した。賠償請求は第一条で放棄されている。

（嘘！　本当に言った通りのことが書いてある！　罠じゃない！）

リズヴォーンは驚愕した。

ありえない。

なぜだ？

なぜヒュブリデは心変わりしたのだ？　絶対賠償金を請求するつもりではなかったのか？　棄却したら、負けになってしまうではないか！

「なぜ宗旨替(しゅうしが)えした？」

リズヴォーンは質(ただ)した。

「ここで話していいのか？　人が通るぞ」

とヒロトが牽制する。

無視する？

聞かずに戻る？

初志貫徹(しょしかんてつ)でオルディカスのところに行く？

（そうはいくか！）

リズヴォーンは命じた。

「オルディカスのところに来い」

「姫君のくせに他の国の大使といっしょに話をすんのかよ！」

とヒロトが怒った。

「うるせ～っ！」

「おれはあんたと話をしてんだ！　あんたもおれと話をしろ！　マギア国の姫君だろ！」

「うるせ～っ！」

リズヴォーンはかっとなって叫んだ。

（わたしは弱虫じゃねえぞ！）

「入れ！」

リズヴォーンは身を翻した。ずっと拒んできた扉を、ついにヒロトに対して開いたのだ。

「よろしいのですか？」

部下が早速顔を近づける。

「ここで議論するわけにはいかね～だろ～」

そう言いながら、やっちまった？　と自問した。オルディカスには入れるなと厳命されていたのに、ついに入れると言ってしまったのだ。

前言撤回する？

（け、けど、無視するには美味しすぎる……あんな条件、絶対無視できない……！）

ともかく、部屋に戻ればネストリアもいる。それに、こんな外で国事の話なんかできるわけがない。

「馬鹿なことを言い出しやがったら、すぐ放り出すからな」

「今放り出してもいいぞ」

　とヒロトは減らず口を叩いた。

「変なことを言うつもりかよ」

「変なことを言うって宣言するやつは言わないんだよ。言わないとか善人ぶるやつが一番罠を掛けるんだよ」

　とヒロトが返す。

（やっぱり前言撤回？）

　思った途端、

「前言撤回するつもりかよ。姫のくせに優柔不断だな」

　ヒロトが挑発した。

　カチンと来た。

「うるせ～っ！　誰がするかっ！」

　思わず全否定してしまった。これでもう前言撤回できなくなってしまった。

（くそぅ……！）

　リズヴォーンは屋敷に入った。

いいのか？

また声がした。

今からでも追い出す？

だが、前言撤回しないと言ってしまったのだ。

前言撤回しない宣言を前言撤回する？

（で、でも、協定が……）

追い出すのはもったいない。せっかくいい協定を結べそうなのだ。実物を見てしまったら、もったいなさすぎて潰したくない。自分も、兄王も、宰相ラゴスも望んでいた、賠償請求の破棄――。それが明記された協定を自分の手で葬り去るなんて、できない……。それに、宗旨替えした理由も気になる……！

5

部屋で待っていたネストリアは、呼ばれぬ客の姿に思わず声を上げた。

「姫様……！　なぜその男を――！」

ありえないことが起きてしまった。あれだけオルディカスに入れるなと言われていた相手を、リズヴォーン姫があっさり入れてしまったのだ。

（なぜ⁉　昨夕も今朝も撥ね返したのに……！）

「読め！」

とリズヴォーン姫が羊皮紙を突きつけた。

（え⁉　何⁉）

「協定だ」

とリズヴォーン姫が言う。

（協定？）

慌てて羊皮紙を見る。

読んで凍りついた。ありえないことが記されていた。リズヴォーン姫同様、ネストリアは思い切り動転した。心の底が揺さぶられた。

（罠だ！）

そうネストリアは思った。

「姫様、これは罠でございます！　きっとこれからよろしくない追加条項を付け足すに決まっております！」

「追加条項は当たっているけど、よろしくないは当たっていない」

とヒロトは答えた。

「騙したのか！」

声を荒らげるリズヴォーンに、

「誰が騙すか！　おれが付け足したいのは三つだけだ！　リンペルド伯爵を射た元狩人ロザンがリンペルド伯爵の孫に詫びる機会を設けること！　協定締結後、マギア王とヒュブリデ王が会談する機会を速やかに設けること！　そして両国の関係を悪化させようとしてマギア及びレグルスに密書を送った者の名前を明らかにすることだ！」

ヒロトの叫び声に、ネストリアはぎょっとした。背中から弓矢を射たれたような衝撃を覚えた。

（両国の関係を悪化させようとしてマギア及びレグルスに密書を送った者……）

バレてる？

ヒロトは見抜いている？

もし、謁見の間でレオニダス王と面している時にヒロトに同じことを指摘されたとしても、ネストリアは顔色を変えなかったかもしれない。謁見の時は心を武装している。固く武装している時には、動揺はしまい込める。しかし、思わぬ提案を受けて、心に隙間が生じていた。その隙間が、ネストリアをはっきりと目に見えるほど動揺させたのだ。それはリズヴォーン姫も同じだった。ネストリアもリズヴォーン姫も、思わず動転してしまったのである。そして、それをヒロトに見られてしまった。

（バレた……！　もしかすると、誰かもわかっているのかもしれない……！）

きっと自分たちは守勢に立たされる。だからヒロトを入れてはいけなかったのだ、とネストリアは思った。だから会わずに拒みつづけなければならなかったのだ。なのに、姫様は――。

ヒロトがつづける。

「密書を送った者が今後存在しつづける限り、マギアと我が国との関係はずっと大きく揺さぶられつづける！　それが今後、どれだけマギアと我が国の関係を危うくするか、わかってんのか！」

心の底から絞り出したような声で叫ぶ。

以前会った時とずいぶん違う印象だった。あの時、ヒロトはサラブリアにいて、ずいぶんと落ち着いた返答の仕方をしていたのだ。叫ぶなんてことはなかった。なのに、今日は熱く叫びまくっている。自分たちが賠償請求に強く反対したから怒っているのか？　それにしても、怒りすぎだ。

（ともかく、白を切らねば……）

「我らはそのような人物は知りません。我々は我々独自の力で知ったのです」

とネストリアは白ばっくれた。

「嘘をつくな！　マギアへの賠償問題が枢密院で話題になったのは、一カ月前、ハイドラン公爵によってだ！　マギアの大使をお迎えに行く時、賠償問題を聞かれたらどう返答すればよいのか聞かれて、おれはこう答えてる！　賠償請求できるのかどうか、根本から調べ直しているところだ！　独自の力で知ったのなら、なぜそのことが追加されていない⁉」

「そ、それは引き上げたから——」

誤魔化そうとするネストリアに、

「相手の動向が気になって仕方がないのに、引き上げる馬鹿がいるか！」

とヒロトは怒鳴った。ネストリアは沈黙した。かつて自分を撃破した男は、やはり強かった。姫様の代わりにと反論したのが、なまじよくなかった。一瞬で論破されてしまった。

辺境伯との会見を拒絶しつづけてきたのは正しかったのだ。だが、姫様がヒロトを部屋に入れてしまった！

「それ以上余計なことを言うなら、追い出すぞ！」

リズヴォーン姫が威圧に出た。だが、それで怯むヒロトではない。

「馬鹿言ってんじゃねえ！　両国の間から追放すべき者を追放せずに、おれを追放するのか！　それがマギア王族か！　あの賢明なウルセウス王の妹か！」

　とヒロトが声を荒らげる。

「わたしを侮辱するのか！」

　ヒロトの挑発にリズヴォーン姫が反応する。

「あんたとあんたの兄貴を侮辱しているのは、秘密を洩らしたやつだろうが！　秘密を洩らせば自分の思うように動いてくれる、駒のように動いてくれるってあんたたち兄妹を見くびってんじゃないか！　なんでそのことに気づかないんだ！」

　とヒロトがまた全力で叫ぶ。

「うるせ〜っ！　わかってて利用したんだろ〜が〜っ！」

　とリズヴォーン姫も叫び返す。

　その時、初めてネストリアは気づいた。リズヴォーン姫がヒロトと同じリズムでヒロトに言い返していることに――。姫はヒロトのリズムに引っ張られている。姫は自分の間合いで言い返しているように思っているのかもしれないが、ヒロトの言葉の間合いに引き寄せられている……。

（そうか……！　いつもの冷静な口調ではリズヴォーン姫に煙たがられるって思ったんだ

わ！　それでわざとリズヴォーン姫と同じように叫んで、リズヴォーン姫を自分の方に引きずり込んでいるのね……！）

　ネストリアは慌ててリズヴォーン姫に耳打ちした。

「もう口を利いてはなりません。辺境伯の調子に引きずり込まれています。このままでは説得されます。屋敷から追い出しましょう」

　忠告は遅かった。

「やかましい～っ！　まだこいつに話があるんだよ！」

　そう叫ぶと、ヒロトに顔を向けた。

「いいか！　これだけははっきりさせておくからな！　絶対、賠償請求には応じない！　密告者の名前だって明かすもんか！　明かしてほしきゃ、実力で倒せ！」

　リズヴォーン姫の怒号に、ヒロトも怒号で返す。

「実力で倒すべきは、密告者だろう！　密告者を取り除かない限り、あんたの国とおれたちの国は何度もその男に揺さぶられるんだぞ！　たとえ協定を結んでも、その者がまた密書を寄越して、我が王が協定の破棄を進めていると虚偽の密告をしたらどうするつもりだ！　一度目は真実を告げた密告者が次に嘘をついてきた時、その嘘を見破れるのか！」

「我が国を見くびるな！」

「その台詞は密告者に言え！　見くびっているのは、密書を持ってきた男だろう！　見くびってるから密書を送って意のままに動かそうとするんだろ！　駒扱いされてんのに、なんで怒らないんだ！　それでもマギア王族か！」

「やかましい！　いいから黙れ！　黙れ黙れ黙れ！」

リズヴォーン姫の叫びに、ヒロトは口をつぐんだ。部屋が静まり返る。

威圧された？

そうではなかった。ただ、リズヴォーン姫に譲っただけだった。目はじっと静かにリズヴォーン姫を見ている。

（あの目が危ない……）

ネストリアは危機を覚えた。

ヒロトは肉体的にはどうという相手ではない。取っ組み合いをすれば、ヒロトはリズヴォーン姫に一秒でやられる。自分だって秒殺できる。にもかかわらず、ヒロトには抗しがたい威圧感があるのだ。背中に負っているものの大きさを、覚悟を、感じるのである。きっとこの男は国家を――ヒュブリデを本気で背負っているのだ。

リズヴォーン姫は椅子に座った。ヒロトは立ったままである。

「姫様。もう話し合いはおしまいにしなければなりません。何のために面会せずに遠ざけてきたか、いま一度お考えを」

とネストリアはもう一度説得に出た。ヒロトと話すことは無駄だ。話せば話すほど、術中にはまる。

「理由を聞いてからだ」

とリズヴォーン姫が答える。

「聞いてはなりません。それこそ、相手の術中にはまります」

「うるせ～っ！」

怒鳴り散らすと、リズヴォーン姫はヒロトに顔を向けた。

「まだ聞いてね～ぞ！　なぜ宗旨替えした！」

6

リズヴォーンは目の前の男をずっと見つめていた。

絶対会わないと決めていた男。兄貴を何度もぶち破った男。ネストリアが雪辱を頼んだ男――。

身体は細い。身長だって、凄く高いわけではない。だが、この男には芯がある。迫力がある。

ヒロトの気がふっと和らいだ。怒りのオーラが消えた。

（雰囲気が変わった……!?）ヒロトは静かにリズヴォーンに対して語りはじめた。明らかに声のトーンを落として、今までとは違う調子で――。

「今回のことで色々と調べてみたんだ。ヒュブリデが悪い、マギアが悪いってことに囚われずに」

とヒロトは始めた。

「リンペルド伯爵の事件はヒュブリデ領内で起きている。だから法的にはヒュブリデは賠償請求ができる。ただし、マギアとヒュブリデの間に、賠償請求についての取り決めがない。ない以上、請求はできても、支払いを強制はできない。支払うかどうかはマギアとの交渉でしか決まらない。そのことは陛下にも説明した。亡くなったリンペルド伯爵の孫は、今もルシニアで州長官をしている。陛下は孫の伯爵に対して、何かしてやりたいと思っていた。少額でもいいから賠償金を得て、与えてやりたいと考えていた。そこで考えていたのが、賠償金の名前を変更することと、秘密協定だった」

リズヴォーンは、オルディカスの慧眼に舌を巻いた。賠償金の名称変更は、オルディカスが読んだ通りだったのだ。

だが――。

「秘密協定？」

　リズヴォーンは尋ねた。

「当初、我々は平和協定の締結という形で話を進めようと考えていた。即位祝い金はその一環としてお願いする形だった。ただ、それだけではウルセウス王が平和協定の締結に乗り出してこないことはわかっていた。ウルセウス王はずっと空の力を恐れている。ならば、マギア侵略をヴァンパイア族に対して命じないという秘密協定を提示しようと考えていた。陛下にも了承を得ていた。でも、国王推薦会議で陛下が言ったことを洩らしたやつがいたせいで、最初の案は廃棄せざるを得なくなった」

　リズヴォーンは黙っていた。むしろ、目の前に突き出された真実に圧倒されかけていた。

（頓挫していなかったら、秘密協定を手に入れられたのか……？）

　もし事実なら、少し惜しい気分だった。ヒュブリデに対して先制攻撃を掛けたのは成功だったのか、あるいは失敗だったのか。ハイドラン公爵の手紙に、うっかり兄貴は乗せられてしまったのか。

（でも、レグルスも怒ってたからな。レグルスも乗せられるはずがない。ヒロトだって嘘をついているかもしれ……）

　そんな感じはなかった。あまりにも具体的すぎるし、あまりにも細かすぎる。それに、論調も不偏不党だった。

《法的にはヒュブリデは賠償請求ができる。ただし、マギアとヒュブリデの間に、賠償請求についての取り決めがない。ない以上、請求はできても、支払いを強制はできない。支払うかどうかはマギアとの交渉でしか決まらない》

　ヒュブリデには賠償請求権があるからマギアは払うべきだという一方的な主張を、ヒロトはしていない。非常に中立的なスタンスだった。一方的にヒュブリデを正義と決めてマギアを断罪する態度はない。協定に書かれている内容と同じだ。

（ネストリアのやつ、悪魔とか言ってたけど、そんなに悪いやつなのか？）

　疑問が湧いた。ヒロトは、リズヴォーンが見る限り誠実に話している。そしてまだ話は終わっていない。宗旨替えの理由の説明は、まだ途中である。

　ヒロトがつづける。

「今回のことで、当時の事件を知るヒュブリデの生き証人に会った。マギア側から正式なお詫びや弔問がなかったことをずっと恨みに思っていた」

「それは我が国の――」

　ネストリアが反論しようとする。

「まだ話は終わっちゃいない！」

ヒロトは声を荒らげた。ネストリアが黙る。リズヴォーンもネストリアには黙っていてほしかった。ヒロトの話を——先を聞きたい。宗旨替えの理由を知りたい。

ヒロトがつづける。

「マギアの生き証人にも会った。不幸にもリンペルド伯爵を射殺した人間だ」

「生きていたのか？」

リズヴォーンの問いにヒロトはうなずいた。

「ロザンっていう名前だ」

（ロザン……？）

聞き覚えのある名前だった。

（あ！　追加条件で言った名前だ！）

ヒロトの長口上が始まった。

「ヒュブリデの報告では、伯爵は遺体を引きずられたことになっていた。当時のヒュブリデ王は、『マギア領内に伯爵が踏み込んでいたから矢で射たれても仕方がない』とマギアが自国を正当化するためについた嘘だと指摘した。だが、事実は違っていた。亡くなった伯爵は高潔な人だった。死の間際でも、ロザンを許していた。伯爵はロザンに看取られて死んだ。ロザンは尊敬と思いやりから、伯爵を土の上に寝かせるのが申し訳なくて、近くの岩場に寝かせようとした。ただ、伯爵は大柄だったので、引きずっていくしかなかった。岩場に運んで、せめて水を……と取りに行っている間に、伯爵の家臣たちが亡骸を見つけた。それでロザンは出ていけなくなった。以来、ずっとロザンは悔いていた。伯爵の家族にもお詫びできなかったことをずっと悔やんでいた。ロザンは今でも、自宅に祠をつくって、伯爵に飲ませることができなかった水を供えつづけている。ロザンは過去の罪で決して裁かれるべきではない。むしろ許されるべきだ。だから、追加条件でロザンが直接リンペルド伯爵の孫にお詫びできる機会をつくってやりたいと思った。ロザンが詫びてリンペルド伯爵の孫が受け入れれば、両国が賠償問題を解決したという象徴になる。リンペルド伯爵の元家臣も言っていた。詫びの言葉をマギアから取ってきてくれと――」

ヒロトの語りは中立的なままだった。一方的にマギアを責め立てるものではなかった。しかも、ヒュブリデの人間なのに、ロザンを肯定し、ロザンに同情していた。リズヴォーンは、知らぬうちにヒロトの話に吸い込まれていた。

(こいつはネストリアが言うような悪人じゃねえ。まともなやつだ)

そうリズヴォーンは思った。なのに、なぜレオニダスについたのだろう？

「姫様、お聞きになったでしょう？　元々、レオニダス王は我が国に支払いをさせるつもりだったのです。耳を貸す必要はございません。お話はもう終わりにいたしましょう。これ以上聞けば、罠に嵌められます」

ネストリアが囁いた途端、

「罠などない！」

とヒロトが怒りの叫び声を上げた。

「国王推薦会議でも、陛下は賠償問題を解決するんだと言っていたんだ！　賠償金を分捕るんだとは言っていない！　賠償問題を両国で片づけること、それによって両国の未来に禍根を残さないことが陛下の狙いなんだ！　最初のアプローチは間違っていたかもしれない！　おれたちは片務的な解決を企図していた！　だが、双務的な解決に切り換えた！　もし両国の間のしこりを取ることが一番の目的ではなく、賠償金を分捕ることが一番の目的ならば、ずっと片務を貫いてる！　双務に切り換えたりしない！　両国の間のしこりを取ることが一番の目的だから、双務に切り換えたんだ！」

ヒロトの言葉が、リズヴォーンの胸を打った。

（最初のアプローチは間違っていたかもしれない……）

自分の非を認める言葉に、不誠実さはなかった。ヒロトが本気で両国の問題を解決しようとしていたのは、たぶん間違いない。

（やっぱりこいつ、悪いやつじゃねえ……）

ヒロトがつづける。

「だが、国王推薦会議で陛下が言ったことを悪用して陛下を揺さぶろうとした者が、マギアとレグルスに手紙を送って、賠償問題の解決を邪魔しようとした！　実際に解決は頓挫して両国の関係は悪化した！　密告した者を放置すれば、また同じことが起きるぞ！　それでも、密告した者をかばうのか！　かばうのは、両国の関係が悪化してもいいってことだぞ！　これ以上掻き乱させていいのか！　手のひらで踊らされていいのか!?　駒にされていいのか!?」

ヒロトの怒りの叫びに、反論は起きなかった。むしろ、心の血が湧いた。ドク、ドク、ドクと心の鼓動が高まる。王女としての血が——国政を担う者の血が——湧いたのだ。

《これ以上掻き乱させていいのか！》

胸が疼く。

《手のひらで踊らされていいのか!?》

さらに胸が疼く。マギア王国の姫君としてのプライドが疼く。

《駒にされていいのか!?》

——否！

（わたしは駒じゃねえぞ！）

「姫様、耳を貸してはなりません！　ヒュブリデはデスギルドを呼んでおります！　きっと連合と同盟を結んで我が国を威圧するためです！」

とネストリアが叫んだ。途端にヒロトが叫んだ。

「勝手に妄想してんじゃねえ！　ゲゼルキアもデスギルドもおれの友達だ！　二人が王族限定の温泉に行きたいって言ったから、五人で行っただけだろうが！　第一、あんたたちの国との関係に懲りてるのに、なんでデスギルドがヒュブリデと同盟を結ぶんだよ！　おれが今までヴァンパイア族と同盟を結んだことがあるか！」

「そのようなこと、信じ――」

「なら、デスギルドに聞いてみろよ！　あんたがちゃんと口を利ける関係ならな！」

とヒロトが叫び返す。ネストリアは黙った。軍配はヒロトだった。

ヒロトがリズヴォーンに顔を戻した。

「あんたたちに手紙を送ったやつは、あんたもあんたの兄貴も尊敬しちゃいない！　自分の敵を揺さぶれるから、あんたたちを利用しただけだ！　それであんたの国が長い間おれたちの国と関係が悪化して損害を受けようが、自分たちが政権の中枢に戻れるんなら知ったこっちゃないんだ！　そんな自分勝手なやつに、あんたは利用されていいのか⁉　あんたの国が利用されていいのか⁉　あんたの兄貴が利用されていいのか⁉　あんたは立派な、マギア国王の妹なんだぞ！　なぜ王の妹が駒にされて黙ってるんだ！」

ヒロトの言葉に、心が奮い立った。

（その通りだ‼）

自分の全身から声がした。それは王女の声——王女の血の声だった。

（誰が利用されてたまるか！　わたしの国が利用されてたまるか！）

リズヴォーンはついに椅子から立ち上がった。

「姫様！　なりません！　耳を貸してはなりません！　決していっしょに行ってはなりません！　マギアをお守りくださいませ！　陛下の言葉をお守りくださいませ！」

ネストリアが悲痛な声を上げて嘆願する。

「うるせ～っ！　わたしはマギアを守るんだ！　これ以上、コケにされてたまるか！」

「姫様っ‼」

「行くぞ！」

ネストリアの嘆願を振り切って、リズヴォーンは扉へ向かって歩きだした。

7

ハイドラン公爵に仕える騎士は、ずっと様子を探りつづけていた。ヒロトがリズヴォーン姫の宿泊する屋敷(やしき)に通されてずいぶんと時間が経(た)つ。

完全に予想外だった。ヒロトがしぶとく屋敷の前で暗闇に身を潜(ひそ)めている時も、無駄なことを……と騎士は嘲笑(ちょうしょう)を浮かべていたのだ。だが、ヒロトはリズヴォーン姫の待ち伏せに成功し、しばらく怒鳴った後、屋敷に吸い込まれていった。

ヒロトは協定の条件を叫んでいた。驚くべき内容だった。

主君にお伝えする？

いや。もう少し状況が動いてからだ。ヒロトがどんなふうに屋敷を出てくるのか、見定めねばなるまい。

ふいに背中を叩かれて、騎士は振り返った。

ぎょっとした。

いつからいたのか、後ろにはヴァンパイア族の男が二人、立っていたのだ。

「おまえ、何してる？」

騎士は答えずにその場を離れて歩きだした。

「待て！」

ヴァンパイア族の男が叫ぶ。咄嗟に騎士は剣を抜こうとしたが、抜く前に二人のヴァンパイア族が飛びかかっていた。

「ヒロト殿に悪さをするつもりだったな！　二度と悪さできねえように、ボコボコにしてやる」

「誤解だ！　わたしはただ――」

言い訳は最後まで言えなかった。二人の拳が騎士に襲いかかった。

8

レオニダスは王の執務室でリズヴォーン姫と対面したところだった。寝室でゲゼルキアとデスギルドたちと飲んでいたら、ヒロトが戻ってきたのだ。いっしょに来たのが、マギア王の妹だった。

まさか、本当に戻ってくるとは思ってもみなかった。温泉でヒロトから説明を聞いていたが、一撃でリズヴォーン姫がやってくるとは思わなかった。

執務室には大長老ユニヴェステルも同席していた。リズヴォーンの証言の証人となるためである。

「賠償請求を放棄するってのは、本当なのか？」

とリズヴォーンが確かめる。

「マギアとレグルスに賠償請求のことを洩らした不届き者がいる。そいつの名前を明かすことが条件だ」

とレオニダスは答えた。

（言うか？）

リズヴォーンの顔を注視する。おおよその犯人はわかっている。だが、証拠がない。リズヴォーン姫の証言があれば、捕らえることができる。

「署名したら、教えてやる」

とリズヴォーンは主張した。

（何だと!?）

ヒロトがウインクしてみせる。

署名しろ。

そういう合図である。

（くそ。それで、「でも、教えな～い」とか抜かしやがったらどうするつもりだ!?）

そう思うのだが、ヒロトはけろっとしている。まるで心配していない様子である。こういう時のヒロトは、正直馬鹿かと思えるほど肝っ玉がでかい。

（これで名前が明かされなかったらどうなるか、覚えておれよ、ヒロトめ）

レオニダスは自分の名前を記した。リズヴォーンも、自分の名前を記す。意外に美しい字である。がさつな物言いからはまったく想像できない。

四通に署名すると、自国に持って帰る二通を見て、リズヴォーンは子供みたいに目を輝かせた。外交文書に署名するのはレオニダスも初めてだが、リズヴォーンも初めてなのだろう。

リズヴォーンは羊皮紙を携えて、にやっと悪戯っぽい笑みを見せた。

「じゃあな。あばよ～」

「何っ！」

甲高い声を響かせたレオニダスに、

「手紙を送ったのはハイドラン公爵だ。公爵の印璽も押してあった。迎えの馬車の中でも言ってたぞ。自分は王族としての良心から、ウルセウス王とコグニタス殿に密使を派遣したんだってな。愚かな王と愚かな助言者のために国が乱され、諸国の平和が損なわれることを黙って見ているわけにはいかねえって」

とリズヴォーンが告げた。

（誰が愚かな王と愚かな助言者だ……！）

怒りと興奮とが込み上げた。助言者とは、間違いなくヒロトのことである。愚かな王とは自分のことである。

「ユニヴェステル！　聞いたか！」

大長老がうなずく。

「くそ……叔父め！　許さん！　死刑だ！」

得意の死刑をレオニダスは口にした。思っていた通り、叔父が絡んでいたのだ。黒幕は叔父だったのだ。

（ってことはベルフェゴルもか……！）

「ベルフェゴルは⁉」

レオニダスはリズヴォーンに尋ねた。

「そんな名前はなかったぞ。兄貴からも聞いてね～し。とにかくハイドランの密使がやってきて、レオニダス王は賠償金を請求するつもりだ、賠償請求は阻止されねばならないって言って帰ったみたいだぞ。わたしは手紙を見ただけだ。あと、馬車の中で話を聞いただけ」

（裏切り者め～～っ！）

叔父に対して憎悪が込み上げる。今すぐにつるし上げて鞭打ちにしたい気分である。

(絶対許さん。死刑だ)

「じゃ、わたしは帰るぞ」

そう宣言すると、リズヴォーンはくるっと背を向けて、

「たりらったら～～っ♪」

とスキップを踏みながら、両手で羊皮紙を持ち上げて飛び出していった。まるで子供である。

入れ代わりに近衛兵が部屋に入ってきた。

「ガセル大使がどうしてもお話をしたいことがあるゆえ、お通ししていただきたいと申しておりますが」

「断れ！　そんな時ではない！」

とレオニダスは断った。今は一刻も早く叔父を捕らえねばならないのだ。外国の大使と会っている場合ではない。

近衛兵が回れ右をする。

「いや、通して」

とヒロトが訂正した。

「ヒロト！　命令するのはおれだぞ！」

「あ、今の陛下の腹話術」

「誰が腹話術だ！」

叫んだ途端、ヒロトが真面目な顔で迫っていた。若干、鬼気が入っている。

「この時間に会いに来るのは変です。どうしてもお話ししたいことがあるという言い方も普通ではありません。自分が知っている伯爵は礼儀を弁えぬ者ではありません。お会いになるべきです」

「しかし――」

「お会いになるべきです」

とヒロトはもう一度くり返した。ヒロトにしては珍しくしぶとかった。迫力に気圧されて、

「好きにしろ」

とレオニダスは答えた。すぐにヒロトが通して！　と叫び、近衛兵が引っ込んだ。ユニヴェステルは部屋に留まっている。やがて、ドルゼル伯爵が姿を見せた。

「このように急なお願いにもかかわらず快く聞き届けていただけたこと、感謝申し上げます」

とドルゼル伯爵が頭を下げる。

「いいから用件を言え。おれは忙しいのだ」

とレオニダスは急かした。頭の中は叔父のことでいっぱいである。

「陛下はこの御仁をご存じですかな？　賠償問題は解決済みだと陛下に申し上げれば、公爵から色々と便宜を図ってくださるであろうと熱心にわたくしに説かれた方がいらっしゃいましてな。イスミル王妃から必ずヒュブリデとの関係を深めてまいれときつく命じられておりましたゆえ、お断り申し上げるつもりなのでございますが、陛下はご存じないかと思いましてな」

回りくどい言い方だったが、誰のことを言っているのかははっきりわかった。ドルゼル伯爵は、自分に秘密外交を持ちかけた男を告発しようとしているのだ。王の命令なく、勝手に外交を行うのは王の権威への挑戦になる。

（おれに裏切り者を告発しようとしている……）

レオニダスは俄然、興味を覚えた。

「陛下、ご注意あそばせ。国という木は根元から腐るものでございます。根元にはいろんな虫が湧いて出ますからな」

「その虫は他に何をした？」

とレオニダス王は問うた。

「メティス将軍にも話を持ちかけたようでございます。ヴァンパイア族と辺境伯に処罰を科さぬ限り、戦時の課税に対して一切賛成せぬ、派兵も行わぬと貴族会議が弾劾決議を突きつけたと。賠償問題は解決済みである、マギアとレグルスに対して戦争を仕掛ければ我が国も参戦すると宣言すれば、ヴァンパイア族の空への侵入禁止を加えた新たな平和協定を締結することを約束しようと申されたとか」

自然とレオニダスはドルゼル伯爵を睨んだ。伯爵が憎らしくて睨んだわけではない。当該人物に対する怒りから、自然に睨む目になったのだ。

「虫の名は？」

問いただすと、ドルゼル伯爵は微笑んで答えた。

「ベルフェゴル侯爵」

思った通りだった。レオニダスは殺意のこもった笑みを浮かべた。

「聞いたか、ヒロト、ユニヴェステル」

「すぐにエルフ評議会を招集いたします。陛下はすぐに信頼できる兵を」

とユニヴェステルが答える。ユニヴェステルは部屋にいたエルフの騎士に告げ、エルフの騎士はすぐに出掛けていった。レオニダスはドルゼル伯爵に顔を向けた。

「そちのこのたびのこと、このレオニダス、決して忘れはせぬぞ」

「我が国は辺境伯のご訪問をお待ちしております」

とドルゼル伯爵は微笑んだ。意味ありげな、たっぷりの微笑みだった。

「事が済み次第(しだい)、すぐにもヒロトを遣(つか)わせる」

そう言明すると、レオニダスは近衛兵に向かって叫んだ。

「すぐ叔父とベルフェゴルを捕らえよ！　絶対逃(のが)すな！　引っ捕らえて連れてこい！」

第二十一章　刑

1

夜にもかかわらず、大理石でできたエルフ会館の会議室に数人のエルフが集まっていた。大長老ユニヴェステル、副大司教シルフェリス、最高法院のエルフの裁判官四人――。首都エンペリア在住の、エルフの顕職の者たちである。エルフ評議会の全メンバーだった。

「緊急時ゆえ、今夜のうちに評決を下さねばならぬ」

と大長老ユニヴェステルが口を開いた。

「評決を下す対象は二名。ハイドラン公爵とベルフェゴル侯爵――」

2

宰相パノプティコスは大急ぎで執務室に辿り着いたところだった。すでに部屋には、シルフェリス副大司教もいる。そしてレオニダス王の両隣には、ヒロトとユニヴェステルー—。

「事情は聞いたか？」

とレオニダス王は尋ねた。

「すぐに二人の処分を決める。皆、意見を申せ」

3

宮殿から馬車で一時間ほどのところに、ベルフェゴル侯爵の別邸がある。そこに、ハイドランはラスムス伯爵とベルフェゴル侯爵とともに滞在していた。自分の別邸が破壊されてしまったので、やむを得ぬ措置である。少々不便だが、それでも一時間で確実に宮殿に到着できるので難儀はしていない。

「いっしょに飲んでいたということは、ただ親睦を深めに行っただけなのかもしれませんな。父親に似て、吸血鬼と仲良くなるのは得意だと見える。だが、賠償請求を引っ込める以外方策がなくなっておるのに温泉など、王のすることではない」

とベルフェゴル侯爵が軽く非難と皮肉を浴びせる。

「温泉に行ったことで、何か変わると思うか?」

とハイドランは尋ねてみた。

「デスギルドというのは北方連合の代表だったはず。北方連合と同盟を結んだと脅して賠償請求を押し通すつもりかもしれませんな。しかし、それこそ自殺行為というもの。辺境伯はヴァンパイア族は脅威ではないとくり返してきたはずでございます。しかし、マギアに賠償を強制するための矛として使えば、脅威だと示したことになる。それこそ、レグルスどころかピュリスにも総スカンを喰らうでしょう。パラディウム会談の合意を大いに乱すものだと指摘されて孤立するでしょうな。そうなれば、ピュリスもわからんですぞ。漁夫の利ありと見れば、マギアとレグルスに加わって、軍事行動をちらつかせるでしょうな。もし三カ国が一斉に我が国を攻撃するようなことがあれば、いくら辺境伯でもどうにもならんでしょう。吸血鬼の神通力もなんとやらだ」

とベルフェゴル侯爵が分析を披露してみせる。

「わたしは早くあと五日がすぎてほしい。期日が来て辺境伯が辞任すれば、わたしは落ち着ける」

とハイドランは答えた。

「やつは去らぬ」

とラスムス伯爵が割って入った。

「今まで必ず敗北の瀬戸際から盛り返してきたから、であろう？　だが、どうやって賠償金をふんだくる？　レグルスも反対しておるのだぞ？　わしの蒔いた種が上手く芽生えれば、ガセルもピュリスもアグニカも、反対に回ることになる」

得意気にベルフェゴル侯爵が突っ込むと、

「ピュリスにも秘密の話を持ちかけたのか⁉」

ラスムス伯爵がぎょっと目を剥いて聞き返した。

「なんという自殺行為を……！　メティスはヒロトに通じておるのだぞ⁉　陛下にばらされたら――」

「メティスは無粋な真似をする女ではない。告げ口など、女の腐った者のすることだ。まあ、見ているがよい。早ければ、明日にでもユニヴェステルがレオニダスに賠償請求を引っ込めるように勧告するであろう。あとはいつレオニダスが折れる――」

ノックなしに扉が開いた。

「無礼であ――」

無礼であるぞ、と言いかけたベルフェゴル侯爵の表情が凍った。顔を向けたハイドランも、固まった。ラスムス伯爵も止まった。

入ってきたのはエルフの騎士たちだったのだ。侯爵の騎士ではない。エルフの後ろには、王宮にいるはずの近衛兵たちがいる。闖入者のラインナップは、明らかにいつものものではなかった。

「勝手に入ってくるとは、どういう了見だ？　ここは我が屋敷だぞ」

ベルフェゴル侯爵が怒りを込めて言葉をぶつける。だが、先頭のエルフは威厳たっぷりに声高に宣言を放った。

「ハイドラン公爵、ベルフェゴル侯爵、お二人を陛下の命により逮捕いたします」

（逮捕⁉）

ハイドランの心に激震が走った。あまりに衝撃が強すぎて、言葉が頭の中を滑る。

「逮捕だと⁉　何を馬鹿なことを言っておる！　容疑を申してみよ！」

とベルフェゴル侯爵が一喝した。

「捕まえよ」

近衛兵がベルフェゴル侯爵とハイドランに突撃する。

（まさか……！　本気か！　本気でわたしを捕まえるのか！）

「ええい、触れるな！　このわしを誰だと思っておる！」

とベルフェゴル侯爵が腕をつかまれて振り払う。

「おまえたち、レオニダスの策謀にはまったのか⁉　王族を捕らえて後日無罪とわかれば、どうなるかわかっておるのか！」

　とハイドランは威嚇した。

「充分に承知しております。ハイドラン公爵閣下がマギアとレグルスに密使を送り、国王推薦会議の内容を洩らし、陛下が推し進めようとされた賠償問題の解決を頓挫させ、陛下に刃向かったことも、ベルフェゴル侯爵閣下がガセルとピュリスに秘密協定を持ちかけ、ピュリスに参戦の発言を促し、陛下の意に反したことを約束して陛下の威に逆らったことも、充分承知しております」

　とエルフの騎士は落ち着きはらった様子で答えた。

　ハイドランは言葉を失った。ベルフェゴル侯爵も言葉を失う。ラスムス伯爵もぽかんと口を開けたまま凍りついた。ハイドランの脳の時計が止まった。頭の中が真っ白になった。あるのは空白だけ――無だけだ。頭の中の電気信号がすべて止まって、脳味噌が瞬間的に無機質な灰白の塊に変質してしまったように無反応になる。

（レオニダスに嗅ぎつけられたのか……⁉）

　かろうじて、疑問だけが頭に起こった。だが、疑問の波紋は脳内に広がらない。頭の中は完全に止まっている。

「レオニダスは……本当にわたしを捕らえよと申したのか……？」

なんとか声を絞り出した。

「はい、閣下。陛下は何もかもご存じです」

とエルフの騎士が答える。

（ああ……）

頭の中で吐息が洩れた。覚悟を決めて一カ月――。危険を承知でマギアとレグルスに密使を送り、二国の協力を得た。二国の使節はレオニダスに対して賠償請求反対を表明し、軍事行動もちらつかせた。ヒロトとレオニダスは窮地に追い込まれた。そこまでは、ハイドランの思い通りの展開だった。だが――命運はそこまでだった。

（そうか……レオニダスが温泉に出掛けたのは、もうすべてを把握していたからだったのか……。前祝いにヴァンパイア族と飲んでいたのだ……）

両脇から近衛兵がハイドランの両腕をつかんだ。逃げぬように拘束する。

「逃亡はせぬ。わたしは狭小な人間ではない」

エルフの騎士が合図を送り、近衛兵が両腕を離した。

「こちらへ」

とエルフの騎士が誘導する。ハイドランは歩きはじめた。足の感覚がない。思い切り現実なのに、どこか現実離れしている。世界が非現実の膜に覆われているみたいだ。

「ラスムス伯爵にもお越しいただきますぞ」

と近衛兵が告げた。

「ラスムスは関わってはおらぬ！　貴族会議でも、ラスムスは決議に反対したのだ！」

とベルフェゴル侯爵が叫んだ。

「よい。わしも行こう」

とラスムス伯爵は立ち上がった。ハイドランはベルフェゴル侯爵とラスムス伯爵とともに屋敷の外へと向かった。

（すべては突然終わるものなのだな……）

とハイドランは非現実的な感覚の中で、乾いた感慨を味わった。心も口の中も、ひどく乾いていた。現実に身を置いているのに、現実から切り離されたような感覚だった。自分がいてベルフェゴル侯爵がいてラスムス伯爵がいて、杯を持ちながら談笑を楽しむ――少し前まではその日常を味わっていたのに、その日常が、突然終わろうとしている。

（なぜこうなったのだ……？　すべては思い通りに進んでいたのに、なぜ露見した……？）

ハイドランは自問した。問いがゆっくりと脳味噌に沁み込んでいく。思いつくのはヒロトしかいない。ヒロトが恐らく何かやったのだ。

だが、どうやって？

わからない。

頭がぼうっとしていて、まともに考えることができない。非現実的な現実にも追いつけていないのだ。

（わたしはどうなるのだろう……？）

ハイドランは己の運命を問うた。

（処刑？　レオニダスならやりかねん……。だが、それでもよい……。死ねば、テルミアに会える……。テルミアには叱られるだろうが、きっとまた慰めてくれるであろう……）

4

ベルフェゴルは、夜の謁見の間で跪いて主人の登場を待っていた。左隣には同じ姿勢でハイドラン公爵、そして右隣にはラスムス伯爵がいる。周りには近衛兵とエルフの騎士たち――。

少し前まで、今後の進展を予想して得意げに分析してみせたのが、夢のように思える。

もしかすると、この一カ月は夢だったのではないのかとすら思える。

――いや。巻き添えを食らって隣に座っている友人は、決して夢ではない。自分は捕らえられたのだ。それは紛れもない現実だ。

「巻き込む形になってしまったな」

ベルフェゴルがラスムス伯爵に詫びる気持ちで言うと、

「それが友ということよ」

とラスムス伯爵は軽口で答えた。どんな時でも、どこまでも、友は友だった。その友の心意気が、切ない。

ファンファーレが鳴り響き、エルフの騎士が現れ、レオニダス王とヒロト、そして大長老ユニヴェステルと宰相パノプティコス、副大司教シルフェリスが姿を見せた。今の、国の中心的人物たちである。

レオニダス王は不機嫌そうに玉座に腰掛け、右の斜め後ろにヒロトが、左の斜め後ろにユニヴェステルが陣取った。宰相パノプティコスと副大司教シルフェリスは少し離れて控えている。

「おい。なぜラスムスがいる？　おれはラスムスも捕らえよとは申しておらんぞ」

とレオニダス王が突っ込んだ。

「わたくしが自分で参りました。二人が進めていたことをわたくしは知りながら、陛下にはご報告しなかった。そのことは罪に該ります。どうぞご自由にお裁きを」

とラスムス伯爵が答える。レオニダス王はうなずいた。

「潔いぞ、ラスムス。それでこそ大貴族だ」

そう答えると、ハイドラン公爵に顔を向けた。

「無様だな、叔父上」

「レオニダスよ。過てる者は過てることを知らぬのだ。それを知っている者は正さねばならぬ」

と公爵が言い返す。

「過てることに気づかなかったのは叔父上の方だ！　この愚か者！　よくもおれの計画を台無しにしやがったな！　ヒロトがいなければどうなっていたと思うのだ！　この大馬鹿者め！」

とレオニダス王が罵倒をぶつける。

（やはりヒロトが何かしおったか）

何をしたのかはわからないが、ヒロトがマギアとの関係を修復したのだろう。そして自分たちを検挙したのも――。一度は辞任まで追い込み、今回もかなり追い詰めたように感じていたのだが、結局、自分はヒロトに敵わなかったということか。今回はどのようにしてというのは、きっと天国へのお土産としては聞かせてもらえないのだろう。

自分が向かうのは、地獄かもしれぬが――。

「わたしの志は純粋にして神聖だ」

公爵が静かに言い返した。

「邪悪そのものだ、愚か者」

とレオニダス王は悪罵で返す。

「公爵閣下よ、残念ながらこの場は申し開きの場所ではない。口を慎まれよ。いかなる理屈をこねようと、閣下の振る舞いは罰せられるべきもの以外の何物でもない。王族らしく沈黙を選ばれよ」

とユニヴェステルが釘を刺す。ハイドラン公爵は黙った。どんなに弁を揮おうとも、敗者は敗者なのだ。

レオニダス王がベルフェゴルに顔を向けた。

「おまえは悪党だな」

「心の中に悪党を飼っておらねば、政はできませぬのでな」

とベルフェゴルはしれっと答えた。ベルフェゴルなりの洒落っ気だった。だが、レオニダス王は答えず、ユニヴェステルに合図を送った。ユニヴェステルが、満を持してという感じで口を開いた。

「ハイドラン公爵とベルフェゴル侯爵両名に、二つの通告を申し上げる。まず、エルフ評議会の決議を伝える。ハイドラン公爵は王位継承者としての資格を剥奪。ベルフェゴル侯爵も爵位を剥奪とする」

「充分な証拠はもちろん、お持ちなのでしょうな」

とベルフェゴルは突っ込んだ。

「証言も証拠もなしにエルフが動くと思うたか？」

とユニヴェステルが睨む。

ベルフェゴルは答えなかった。愚問であった。ユニヴェステルは話すつもりはないのだろうが、きっとヒロトが証拠を掻き集めたのだろう。

（閣下とそろって、エルフ評議会から資格剥奪の宣告を受けるとはな……）

大貴族としては最悪の恥ではないか。

いったい、誰が公爵の密使の話をしたのか。誰が、ガセルとピュリスへの秘密交渉の話を洩らしたのか。メティス将軍なのか。それとも、まさかガセル大使なのか。

聞いても仕方あるまい。きっと次の通告は、最も望まぬ、最も避けられぬものになるはずだ。

ユニヴェステルが口を開いた。

「二つ目の通告を申し上げる。ハイドラン殿。貴殿は陛下が推し進める賠償問題の解決をあからさまに阻止し、陛下に逆らった。許しがたき大罪である。本来なら死刑とするところだが、王族ゆえ、侯爵に降格、枢密院より追放し、ハルムニアの屋敷に死ぬまで軟禁とする。屋敷を出ることは生涯許されぬ」

(ああ……)

とベルフェゴルは吐息を洩らしそうになった。

(公爵閣下はお命を奪われずに済んだ……よかった……)

少しだけ安堵する。だが、自分が残っている。きっと待っているのは悪しき運命、悲しき宿命であろう。

エルフの大長老が口を開いた。

「ベルフェゴル殿。貴殿はガセル及びピュリスに対して王の許可もなく王の意に反する秘密協定を持ちかけ、マギアへの賠償請求に反対するように策動した。ともに陛下に対する許しがたき大罪である。よって、死刑とする」

ベルフェゴルは沈黙していた。言葉は出なかった。驚きも、何の感情も現れなかった。

衝撃が強すぎると、人は感情を失うのである。ベルフェゴルの代わりに呻いたのは、ラスムス伯爵だった。

「陛下、どうかベルフェゴルのお命は――」

「ならん！　こやつは貴族会議も策動し、ヒロトを追放しようとしたのだ！　そんなやつを許してたまるか！　言っておくが、これはおれだけの結論ではないぞ！　枢密院の者たちにも諮った上で決めたことだ！　叔父上への処分もすべてそうだ！」

とレオニダス王は一喝した。ベルフェゴルは謁見の間の天井を見上げた。絵師たちが逆さ向きになりながら描いた天井画が広がっている。精霊の輝きが世界に満ちていく様を描いた力作だ。だが、自分にとっては死神の降臨だった。ヒロトを政界から退場させようとした自分が、逆に政界どころかこの世界から永遠に退場させられることになろうとは――。

（予想は当たるものだ。この予想を外すとすれば、よほどの馬鹿か気の狂った者以外おるまいが）

ため息は出なかった。ため息は、まだ未来がある時に出るものだ。完全に未来がなくなった時、未来が奪われた時、ため息は消えるのである。

「刑は即座に実行しろ」

とレオニダス王が命じて席を立った。

「まさか、もう処刑なさるのか⁉」

とラスムス伯爵が声をふるわせる。だが、レオニダス王は返事をしない。ヒロトが、ユニヴェステルが、レオニダス王につづく。パノプティコスとシルフェリスが残る。その去り方が、もはやどうにもならぬことを語っていた。すべてはもう決まってしまったのだ。誰も時の進みを止められぬように、死への歯車も止められない。

「ベルフェゴル……」

ラスムス伯爵の声がふるえていた。目が半分虚ろに、半分が絶望と悲しみに染まっている。涙はまだ出ていない。恐らく、自分が死んだ後で涙は流れるのだろう。

「友よ、別れの時が来たようだ」

とベルフェゴルは告げた。近衛兵が公爵とベルフェゴルの両脇をつかんだ。処刑されるのはベルフェゴルなのに、なぜかハイドラン公爵がよろめいた。

「しっかりなされよ。王族でいらっしゃるぞ」

とエルフの騎士が言う。

「足に蝶が舞ったのだ」

とハイドラン公爵――いや、ハイドラン侯爵は冗談で答えた。浮かべた笑みが乾いていた。ベルフェゴル侯爵の処刑に、明らかにハイドラン侯爵が動揺している。

「ベルフェゴル殿……」

とハイドラン侯爵が声を掛けた。声がふるえている。

「お別れでございます。末永くお元気で」

とベルフェゴルは告げた。ハイドラン侯爵が口を開いたが、乾いた唇から言葉は出てこなかった。

「ベルフェゴル殿。こちらへ」

近衛兵が促した。これからすぐに刑場に向かうのだな、とベルフェゴルは察した。レオニダス王は即座に実行しろと命じたのだ。

ベルフェゴルはラスムス伯爵に顔を向けた。

「友人の忠告を聞くべきであったな。だが、聞かぬのがわしという男よ。喜べ、これでもはや勝利も敗北もなくなったぞ」

ラスムス伯爵はつらそうに、悲しみがへばりついたような、固まった笑みで答えた。

「代わりに……永遠の別れはいらぬ……」

「長生きせよ」

「わしもすぐ行くであろう……」

それが最期に聞いた、友人ラスムス伯爵の言葉になった。

近衛兵が促し、ベルフェゴルは歩きだした。処刑場で見る光景はどんなものなのだろう、自分は最期に、何を見て何を思うのだろうと考えながら——。

第二十二章　失脚

1

翌日、ヒュブリデ王国首都エンペリアに激震が走った。ハイドラン公爵とベルフェゴル侯爵が逮捕され、ハイドラン公爵は王位継承権を剥奪されて侯爵に降格、軟禁。ベルフェゴル侯爵は爵位を剥奪されてその日のうちに処刑されたのである。レオニダス王は何度も死刑だを連発しては口先だけをくり返していたが、ついに初めてその言葉が現実になったのだ。

前日のうちにリズヴォーン姫から賠償問題が解決したことを聞かされていたとはいえ、レグルス共和国大使オルディカスは大きな衝撃を受けた。自分たちレグルスとマギアに密使を送ったハイドラン公爵が拘束されて、政界の表舞台から去ったのである。そしてベルフェゴル侯爵は、夜のうちに処刑された。ハイドラン公爵の告発を受けて動いていたレグルスにとっては、大打撃だった。

オルディカスがマギア側から聞いていたのは、賠償問題は無事解決に至った、明日詳しくお話を申し上げるという報告だけだった。オルディカスは慌ててリズヴォーン姫の屋敷を訪れた。それで全貌が知れた。引導を渡したのは、リズヴォーン姫だったのである。

「おかげでこんな協定を結べたぞ。兄貴も絶対喜ぶ」

とリズヴォーン姫は上機嫌だった。

確かに、協定の内容はマギアにとって完全に納得できるものだった。それだけに信じられなかった。なぜ、あれだけ賠償請求にこだわっていたレオニダス王が、あっさり請求を引き下げたのか。なぜ請求権を放棄すると第一条で謳ったのか。

そこまで考えて、オルディカスは気づいた。レオニダス王は賠償金を取り下げてはいない。ただ、賠償金が金ではなくなっただけだ。情報に取って代わっただけだ——マギアとレグルスに密使を送ってレオニダス王を不利な状況に放り込んだ張本人の情報に——。

間違いなく、主導したのはヒロトだとオルディカスは思った。ヒロトが賠償金の内容をお金ではなく、政敵を葬り去る情報に切り換え、見事にマギアに支払わせたのだ。そしてその支払いは、レオニダス王に最大限にプラスに働いた。ハイドラン公爵とベルフェゴル侯爵という邪魔者二人を、宮廷から消し去ることに成功したのだ。

リズヴォーン姫は上機嫌だった。マギアが望んでいたものを叶えたのだ。

「ヒロトってやつ、結構いいやつなんだよ。あいつ、リンペルド伯爵を殺しちまった狩人にも会っててさ。でも、全然悪く言わねえんだ。ヒュブリデには賠償請求権があるって抜かしてたけど、でも、賠償金を得られるかどうかは交渉次第だって言っててさ、あいつ、やっぱり頭いいな～」

と感心している。

（やはり、会えば終わりか……）

そうオルディカスは落胆したが、同時に前途多難を感じざるをえなかった。

賠償問題は解決した。

マギアは、ギブ・アンド・テイクをしたから問題はない。だが、マギアとともに賠償請求に反対していたレグルスは？

（王には会わねばならぬ）

そうオルディカスは思ったが、楽しい未来を想像することはできなかった。

2

ピュリス国将軍メティスは、ガセル国大使ドルゼル伯爵と朝食中に、ハイドラン公爵とベルフェゴル侯爵の顛末を聞いた。

「使ったな」

とメティスは軽く睨んだ。

「イスミル妃殿下のために」

とドルゼル伯爵が微笑む。

「まさか、ベルフェゴルめが死ぬとは思っていなかったがな。だが、ベルフェゴルめの誘いに乗っても無駄だと思っておった。ヒロトに勝てるはずがない。端から乗る気はなかったのだ。ただ、どうやって使ってやろうかと考えておった」

とメティスは言い放った。

「同感です。わたしもそう思っておりました。そもそも、我が王妃のご命令は、ヒュブリデとの関係を深めよでございます。ベルフェゴルの誘いに乗っては、それこそ妃殿下に顔向けできなくなります」

そうドルゼル伯爵は答えて、美味しそうに真っ赤な辛口のスープを口に含んだ。

3

アグニカ国宰相ロクロイは、ようやく謁見を許されたところだった。ロクロイの耳にも、ハイドラン公爵とベルフェゴル侯爵のことは伝わっていた。アグニカ王国が——アグニカの実力者リンドルス侯爵が——最も頼りにしていたハイドラン公爵が、失脚したのだ。頼みのパイプが実質的に失われたことになる。

レオニダス王は、若き国務卿とともに謁見の間に姿を見せた。

「許せ。色々と立て込んでおったのでな」

とレオニダス王が先に言う。

「ベルフェゴル侯爵がお亡くなりになったというのは——」

「やつに侯爵をつける必要はない。エルフ評議会が、死ぬ前に爵位を剥奪した。ただし、情けで斬首刑にした」

とレオニダス王は告げた。

処刑には、大まかに斬首刑と絞首刑がある。絞首刑はさらし者になってしまうので、貴族にとっては不名誉なのである。爵位は剥奪したが、名誉ある斬首刑で処刑したということだ。

「一つ尋ねるが、ベルフェゴルは貴殿のところに来てはいまいな?」

ロクロイは一瞬、ぎょっとした。

見抜かれている？

ベルフェゴル侯爵は来てはいない。しかし、フィナス財務長官は来ている。今後の交誼を考えて隠すか。あるいは――。

「ベルフェゴル殿はいらしておりません。されど、別の方が来られました」

とロクロイは答えた。

「誰だ？」

「フィナス財務長官です」

4

フィナスは唖然としていた。

そんなはずがない。侯爵閣下が亡くなるなど、そんなはずがない。家臣に告げられても俄に信じることができず、フィナスは朝からの枢密院会議に参加した。

ハイドラン公爵の姿はなかった。代わりにシルフェリス副大司教と宰相パノプティコスがいた。

フィナスに遅れて大法官と書記長官が入ってきた。パノプティコスの姿を認めて、二人がすぐに歩み寄る。

「本当なのか？　本当にベルフェゴル侯爵は――」

「処刑にはわたしとシルフェリス殿が立ち会った」

とパノプティコスが答える。

「では、ハイドラン公爵も――」

「お二人の名前は、陛下の前では口にせぬ方がよい。まだ陛下はお怒りだ」

大長老ユニヴェステルが、つづいてラケル姫とフェルキナ、そしてヒロトとレオニダス王が姿を現した。レオニダス王は不機嫌という感じではないが、上機嫌という感じでもなかった。

レオニダス王が着席すると、家臣たちが着座した。最初に口を開いたのは、宰相パノプティコスである。

「皆、耳にしていようが、ベルフェゴル殿は爵位を剥奪の上、昨夜、反逆の徒として斬首した。陛下の許可なく、陛下の意に反した協定をガセル国とピュリス国に持ちかけたのだ。改めて申すまでもないが、陛下の許可なく外交を行うことは許されない」

パノプティコスの説明に、フィナスはびくついた。自分も昨日、アグニカ国宰相ロクロイに会いに行っている。

パノプティコスがつづける。

「ラスムス伯爵によって提出された貴族会議の決議については、反逆の徒が主催した貴族会議でのものゆえ、受け付けぬ。そもそも、臣従礼は陛下に対して取引するためのものではない。貴族の無条件的義務である。よって、臣従礼を行わず貴族会議の決議に賛同した者たちすべてに対して五千ヴィントの罰金を科す」

「それはあんまりでは――」

と声を上げたフィナスに、

「おまえが言えた立場か！　おれが何も知らぬと思うな！　アグニカに秘密協定を持ちかけたのは、どこのどいつだ！」

とレオニダス王の怒りが炸裂した。

（バ、バレていた……！）

顔から血の気が引く。きっと他人から見ても、自分の顔は青ざめているだろう。それでも、フィナスは懸命に言い繕った。

「ち、違うのでございます、侯爵の命令で仕方なく――」

「おまえは今より枢密院追放だ！　今すぐ立ち去れ！　それから罰金一万ヴィントだ！　命があるだけでもありがたく思え！」

とレオニダス王が畳みかけた。フィナスは思わず下を向いた。頭の中が血でごうごう唸っている。ハイドラン公爵とベルフェゴル侯爵につづいて、自分も失脚が決まってしまったのだ。

「どうぞ」

と近衛兵が退室を促した。フィナスは無言で王の執務室を出た。扉が後ろで冷たい音を立てて閉まった。思わず廊下の天井を仰ぎ見たが、何も目には入らなかった。

終章　得た者と失った者

1

数日後、ヒュブリデ国王レオニダス一世の即位の儀が行われた。四頭の白い馬に引っ張られた、天井のない紅い金縁の豪華な馬車に乗ってレオニダス王が首都エンペリアの大通りをゆっくりと進んでいく。馬車のすぐ後ろで馬に跨がっているのは、青いマントを羽織った辺境伯ヒロトと大長老ユニヴェステルである。そしてその後ろが副大司教シルフェリス、宰相パノプティコス、そしてフェルキナ伯爵、ラケル姫とつづく。

沿道の者には否が応でも、誰がこの国の実力者なのか、誰が重要な存在なのか、わかったことだろう。序列がすべてである。王の後ろにつづく者、大長老ユニヴェステルと国務卿ヒロト――この二人が、王国の礎なのだと誰もが悟ったことだろう。

空はよく晴れて、雲一つなく彼方まで青々と澄み渡っていた。レオニダス王にとっては門出を祝す天気である。

パレードを終えて宮殿に戻ると、レオニダス王はすぐに枢密院会議を開いた。その場で、レオニダス王はフェルキナを枢密院顧問官に任じ、財務長官に任命すると宣言した。かつてフェルキナの枢密院入りに難色を示したユニヴェステルは難色を示さなかった。全会一致でフェルキナの枢密院顧問官叙任が決定した。フェルキナは、親子つづけて枢密院顧問官に任じられることになったのである。

2

ベルフェゴル侯爵の処刑とハイドラン公爵の王位継承権剥奪と軟禁に、大貴族たちは衝撃を受けた。貴族会議に参加した時には、まさかそのようなことになるとは思ってもみなかったのだ。

大貴族たちは一斉に気勢を削がれた。威勢よく叫んでいたオゼール州、エキュシア州、ルシャリア州の大貴族も、悲報に言葉を失った。ルメール伯爵の屋敷で自分たちをけしかけたベルフェゴル侯爵は、もういない……。

侯爵の敵討ちをする？

まさか。

エルフの評議会は、ハイドラン公爵とベルフェゴル侯爵に対して厳しい処分を科している。抗議すれば、それこそ逆賊扱いである。

それにラスムス伯爵の件もあった。ラスムス伯爵は一度逮捕されたが、すぐに釈放された。そして計画を知りながら王に知らせなかったことで自ら処罰されることを申し出たが、レオニダス王は一切の罰を科さなかったのである。

さらにマギアとの賠償問題もあった。五十年間解決されなかった賠償問題を、レオニダス王は解決してみせたのである。

宮廷の勢力図は一変した。ハイドラン公爵は去り、ベルフェゴル侯爵もあの世へ去ったのだ。今までさんざん渋っていたにもかかわらず、大貴族たちは王都に押しかけ、臣従礼を行った。王の斜め後ろにはヒロトがいたが、文句を言う者はいなかった。誰がマギアとの賠償問題を解決したのか、どの者も知っていたのである。

3

見渡す限りの晴天だった。空を遮るものは何一つない。雲一つない快晴である。屋敷の主、ハイドランにとっては皮肉な天気だった。夢破れ、広大な屋敷に閉じ込められた自分の上には雲一つない空――。

草の上に両手両脚を伸ばして寝転がっていると、自由を感じる。だが、自分は自由ではないのだ。自分は政治的な両手両脚をもがれてしまったのだ。

(思えば、あの眼鏡が我が運命の分水嶺であったか……)

屋敷を破壊されたことすら、幻のように思える。あれは夢の出来事ではなかったのか。

あるいは――。

白い蝶が一匹、ひらひらと舞ってきた。

(ああ。屋敷にいる時も――自分が命懸けの賭けに出た時も、白い蝶がいたな)

そう思った途端、

(ああ、そうか……)

ハイドランは得心した。夢の中で妻が囁いた台詞が蘇ってきた。

《かわいそうなあなた……》

ああ。

そうか。

蝶は妻だったのか。こうなることがわかっていて、わたしを心配して来てくれたのか。

かわいそうというのは、こうなることを暗示していたのだ。

（テルミアよ……）

天国の妻に向かってハイドランは話しかけた。

（そなたの願いを果たすことはできなくなった。わたしは、蝶と過ごす以外、道がない）

4

ハイドラン公爵とベルフェゴル侯爵が政界から去った後、国によって明暗は分かれた。

レグルス共和国大使オルディカスはレオニダス王に謁見を申し込んだが、帰国まで会うことは叶わなかった。「おまえは出入り禁止だ」という言葉は有効だったのである。オルディカスが王の代わりに会えたのは、大長老ユニヴェステルだった。

「コグニタスに伝えることだ。もし我らに直接使者を送りレオニダス王の一言一句を聞き、真意を確かめていれば、このようなことにはならなかった。王はもはや、レグルスを尊敬してはおらぬ。そうさせたのは誰なのか、言うまでもあるまい」

オルディカスは帰国して、最高執政官コグニタスにユニヴェステルの言葉を告げた。コグニタスはご苦労と言ったきり、ずっと黙ってテラスの景色を眺めていた。三日後、コグニタスはレグルス共和国元老院会議に呼び出され、外交の決断について約束をさせられることになる。

5

アグニカ国宰相ロクロイの報告に、アグニカ王国の女王と重臣リンドルス侯爵は言葉を失った。リンドルス侯爵の亡き姪は、ハイドラン公爵の亡き妻であった。アグニカ王国とヒュブリデ王国との関係は、リンドルス侯爵とハイドラン公爵の人のつながりによるところが大きかったのだ。

だが、それがほぼ切れた。ハイドラン公爵はまだ生きているが、屋敷を出ることは許されていない。屋敷は広大なので退屈はしないかもしれないが、事実上、糸は切れたことになる。政治力は急速に失われていくと見て間違いない。つまり、ヒュブリデ王国に働きかけようとハイドラン公爵に秋波を送っても、もはや何の意味もないということである。

唯一希望だったのは、フィナスの罪をロクロイがレオニダス王に暴いたことだった。だが、それもガセル大使の手柄に比べれば小さなものだった。アグニカ王国は重要なパイプを失うと同時に、ガセル王国の後塵を拝することになったのである。

6

一方、ピュリス王国では、イーシュ王がメティス将軍の報告を笑って聞いていた。ヒロトの話をすると、イーシュ王は上機嫌になる。メティスがベルフェゴル侯爵に唆された時のことを話すと、

「それでそちは断る気だったのであろう?」

とイーシュ王はにやけた。

「はい。あとでどう利用してやろうか考えていたのですが、ドルゼルにくれてやりました」

とメティスが答える。

「よい。イスミルへの土産だ」

さらにメティスがベルフェゴル侯爵が処刑されたこと、ハイドラン公爵が失脚したことを話すと、

「余の思った通りだ」

とイーシュ王はさらに笑った。そして不思議そうに語った。

「同じ国におりながら相手の力がわからぬとは、そのベルフェゴルとやら、よほどの愚か者だったと見える。余はヒロトに一度会うただけでわかったぞ。ヒロトとは戦わぬのが一

番よい。友でおるのがよいのだ」

7

ガセル王国では、国王パシャン二世が笑顔でドルゼル伯爵を労った。だが、一番喜んだのはイスミル王妃だった。玉座で聞くのがならわしなのに、玉座から下りてドルゼル伯爵の両手を両手で握り締めて感激を示したのである。

「王が辺境伯を寄越すと申したのなら、間違いありません。ドルゼルよ、よくやりました」

「メティス将軍からお話を譲っていただいたおかげです」

とドルゼル伯爵は感激しながら答えた。

「そちの手柄です。そちが機転を利かしてその話をレオニダス王にしたからです。そちは我が国の宝です」

最上級の称賛の言葉をもらって、ドルゼル伯爵は額を床にこすりつけて平伏した。

翌日、ドルゼル伯爵はガセル王国の顧問会議のメンバーとなった。ガセルの顧問会議は、ヒュブリデ王国の枢密院と同じである。ドルゼル伯爵は、国の主要メンバーとなったのだ。もちろん、推挙したのはイスミル王妃だった。

8

マギア王ウルセウスは、最初、妹の報告を否定した。レオニダスが賠償請求を放棄するわけがない。あの男は必ず吸血鬼を使って奪いに来るのだ。

だが、目の前でリズヴォーン姫に羊皮紙を突きつけられると、もはや否定できなくなった。

「よく見ろ、この糞兄貴！」

まさに糞兄貴であった。そして、ウルセウスは反論できなかった。ウルセウスが唯一できたのは、口の悪い妹に対してなぜと問うことくらいであった。リズヴォーン姫は、得意気に一部始終を話してみせた。

またしてもヒロトであった。二度ウルセウスの野望を挫いたヒロトが、今度はどういうわけか、自分の願いを叶えたのである。

リズヴォーン姫が去ってから、ウルセウスは宰相ラゴスに話した。

「今でも、余は夢のように感じる。レオニダスが、あの約束は嘘だと叫んで破り捨てるのではないかという気がしている」

宰相ラゴスは笑い飛ばした。

「ならば、是非、お会いになってお確かめになればよろしい」

9

晴れた日のことであった。ヒュブリデ王国シギル州の港ラドに、二つの国の王と重臣が集まっていた。港に停まった船から下船した一団がマギアである。対する北から陸路で駆けつけた側がヒュブリデである。

港には、マギアの騎士とヒュブリデの騎士が勢ぞろいしていた。皆、精鋭たちである。そして騎士たちが取り囲む大きな輪の中心に、二人の王がいた。ウルセウス王とレオニダス王である。かつて同じ時にレグルス共和国に留学していた者たちだ。

ウルセウス一世の後ろには宰相ラゴスとリズヴォーン姫が控えていた。相変わらずリズヴォーン姫は露出度の高い甲冑を着ている。

レオニダス王の後ろには、国務卿兼辺境伯ヒロトと、財務長官に就任したばかりのフェルキナが控えていた。

歩み寄ったのはレオニダス王の方からだった。ウルセウス王にいきなり顔を近づけると、

「なんだ、おまえの妹は⁉　あの口の悪さは何とかならんのか⁉」

とひそひそ声でケチをつけた。

「なんとかなるわけがなかろう！　わたしは苦労しているのだ！　妹の派遣については、わたしは反対したのだぞ！　ラゴスが推したのだ！」

とウルセウス一世もひそひそ声で返した。

「アホか！　拒め！」

「おまえの即位だから、貴顕の者を送ったのではないか！」

「何が貴顕だ！　あんな危険なやつを送るな！」

「誰がうまいことを――」

「わたしの悪口を言ってんのか⁉」

妹の突っ込みに、

「いや……」

とウルセウス一世は否定した。嘘である。本当のことを言わないのは、きっと怒らせると面倒くさいのだろう。

「フン。叔父に篭絡されおって、馬鹿者めが」

レオニダス王が軽く罵倒する。

「王に向かって馬鹿とは何か！」

「馬鹿ではないか！　あんなの、罠だろ！　すぐ罠と見抜け！　レグルスといっしょに駒にされおって！」

　とレオニダス王が感情をぶつける。ウルセウス王も負けてはいない。

「おまえがそもそも賠償金を払わせるなどと国王推薦会議で言うからではないか！」

「おれは賠償問題に片をつけると言ったのだ！　賠償金を払わせるとは一言も言っておらん！　このアホたれ！」

　とまた、レオニダス王が暴言を吐く。

「何がアホたれだ！　吸血鬼を使って賠償金を奪ってやろうかと抜かしたのは誰だ！　あの言葉を耳にして、誰がおまえを信用できるか！」

　とウルセウス一世も感情をぶつける。

「おまえがびびりすぎなんだよ！　王のくせに！」

「おまえは暴言が多すぎなのだ！　王のくせに！」

　と二人でやり合う。五年間レグルスでいっしょだっただけに、遠慮がない。他の王と王なら、とっくの昔に関係が破綻して喧嘩になっている。

「二人ともいい加減にしろ。馬鹿かよ」

とリズヴォーン姫が毒舌を吐く。

「兄に向かって馬鹿とは何か！」

「馬鹿だから馬鹿なんだろ！　家臣が見てるのに、ガキみたいに怒鳴り合う馬鹿がいるかよ！」

時として身内ほど最高にクリティカルヒットな批判を浴びせる者はいない。妹の一撃で、ようやくウルセウス一世は黙った。一斉に家臣たちが咳払いする。皆、思い切り呆れていたらしい。

「本当によいのか？」

威厳と落ち着きを取り戻すと、ウルセウス一世は確かめに出た。

「ゴミを排除できたからな」

「ゴミ？」

それでウルセウス一世もようやく理解したらしい。

「本当に放棄するのだな？」

「くどいぞ」

とレオニダス一世が言い返す。ウルセウス一世は息をついた。

「おまえが放棄するとは思わなかった」

「フン。おれを舐めるなよ。おれには最高のやつがついているからな」

とレオニダス一世が挑発する。最高のやつとは、ヒロトのことだった。レオニダス一世がつづける。

「言っておくが、ヒロトはやらんぞ。おれの一番大事な友だ。そしておれとおまえの一番の違いだ」

とレオニダス王が自慢げに言い張る。ウルセウス一世は軽く笑った。馬鹿にした笑いではなかった。

そうかもしれん。

そういう笑いだった。

「陛下、そろそろ――」

とラゴスがウルセウス一世に耳打ちした。マギア王がうなずく。ラゴスが後ろに向かって声を掛け、リズヴォーン姫が下がった。リズヴォーン姫が戻ってきた時には、老人を連れていた。

同時に、ヒロトも後ろに向かって声を掛けた。フェルキナが下がり、やがてリンペルド伯爵を伴って姿を見せた。

老人は、元狩人ロザンであった。ロザンは場違いな場所に出てしまった乞食みたいに両手を前にやってうつむき加減になっていたが、リンペルド伯爵を視線で捉えた途端、ぽかんと口を開けた。何か言おうとして唇がふるえる。目が潤み、

「お許しを～～っ！」

とリンペルド伯爵の足許に駆け寄った。ぺたんと膝をそろえて座る。

「一目でわかりました……！　お孫様でいらっしゃいますね……伯爵がもうすぐ生まれるとお話をされていた……。申し訳ございません……お祖父様を……」

「よいのだ、ロザン」

とリンペルド伯爵も目を潤ませながら自分もまた両膝を突いて座り、まったくロザンと同じ目線になった。

本来、身分で言えば伯爵の方が上である。膝を突いて同じ目線の高さになる必要はない。だが、リンペルド伯爵は同じ目線の高さに――対等に――なったのだ。

「ヒロト殿から話は聞いた。そなたが祖父をよいところで眠らせようとしてくれたこと、水を飲ませようとしてくれたこと、毎日水を供えてくれていること、すべて聞いている。祖父がそなたを許したこともだ」

「でも、わたしが――」

「よいのだ、祖父が許しているのだ」

ロザンはううっと口を歪ませ、まるで激流のような嗚咽を洩らした。五十年間ためてきた涙を、ずっとこらえてきた涙を、一気に吐き出そうとしているかのような泣き方だった。痩せた背中が小刻みにふるえる。

「よいのだ、もう己を責めることはない。わたしはそなたを許そう。祖父がそなたを許したように、わたしもそなたを許そう」

リンペルド伯爵の優しい言葉に、

「伯爵様ぁっ……!!」

とさらにロザンは号泣した。リンペルド伯爵は、身分違いの、五十年苦しんできた男の痩せた背中を撫でてやった。ロザンの号泣はしばらくつづいていた。

10

ヴァンパイア族サラブリア連合代表ゼルディスは、宮殿のヒロトの部屋でようやく愛娘キュレレと再会を果たしたところだった。キュレレはまるで満開に達した桜のように明るい喜びを満面から放射して父親を見上げていた。首には、お気に入りの金色の真珠のネックレスが掛かっている。

ゼルディスは身長二メートル近くの巨体（きょたい）を折り曲げて片膝（かたひざ）を突くと、

「おお、なんと麗（うるわ）しき姫（ひめ）よ～♪　わしの娘（むすめ）はこんなに美人だったのか、よく顔を見せておくれ」

と呼びかけた。キュレレが恥（は）ずかしそうに、でも、うれしそうに、くすくすと笑って身体をよじる。ゼルディスは両膝を突いて、娘に顔を近づけた。

「金（きん）」

とキュレレは言う。真珠が金色という意味である。

「わしは求婚（きゅうこん）せねばならぬな。キュレレよ、わしと結婚（けっこん）してくれるか？」

くすぐったそうにキュレレは笑うと、大好きなパパの額にちゅっと唇（くちびる）を押しつけた。

11

マギア王との再会から一週間後――。

王族御用達（ごようたし）の温泉に、再びヒロトは来ていた。マギアとの賠償問題を解決したことで、レオニダス王から「おまえはいつでもこの温泉に来てもよい、客人を連れてきてもよい」という許可をいただいたのだ。それで早速（さっそく）大事な仲間を連れてきたのである。

白い石灰岩のテーブルが無数に段々状に連なる様は、何度見ても美しかった。高台にあるので、見晴らしもいい。

キュレレと相一郎は、なぜか桶を持ってきていて、二人そろって桶をかぶっていた。

「見えない」

と相一郎がぼける。

「見えな〜い♪」

とキュレレが桶を外した。桶をかぶっていると前が見えないという意味である。それからキュレレは相一郎にお湯を掛けた。相一郎もお湯を掛け返す。相変わらず仲のいい二人である。

ヴァルキュリアは、少し離れたところで翼を広げてばしゃばしゃとやっていた。翼をきれいにするのはヴァンパイア族の日課である。温泉でばしゃばしゃやるのが気持ちいいらしい。

「素敵ね」

と青いクロスネックのハイレグ水着を着たエクセリスがヒロトの左隣にやってきた。胸元を覆う生地が狭く細いので、乳房の半分以上が見えている。オッパイもたっぷり、大人の魅力もたっぷりである。

「本当にいいお湯ね」

とソルシエールがヒロトの右隣に陣取った。まるで細い黄色のテープをそのまま水着にして肩から掛けて股間まで引っ張ったような、ハイレグ水着だった。ヒロトの世界ではスリングショットと言われているエロい水着である。これまた、ツンツンに尖ったバストのてっぺんだけを覆うくらいの生地しかない。あとはすべて肌と生乳である。両手を滑り込ませたら簡単にオッパイをつかめそうな感じだ。

「ヒロト様」

ミミアが黄色いバスタオルを豊満な身体に巻き付けて、トレイとともにやってきた。

「気をつけて、滑るところあるから」

ミミアが一瞬止まる。それから歩いてヒロトの許までやってきた。トレイにはりんごが切って並べてある。

「ありがとう」

ヒロトは早速手を伸ばしてりんごを齧った。実がしっかり固くて甘酸っぱい。すかすかの砂岩のような食感ではない。

「あ、美味しい」

とエクセリスもりんごを齧って感想を口にした。ソルシエールもりんごを頬張り、ミミまう。

のに、バスタオルに包まれていると、バスタオルから覗いている胸元が色っぽく見えてし

アに席を譲った。ミミアはヒロトの右隣に陣取った。ミミアの裸は何度も見ているはずな

「ラケル姫とフェルキナは？」

「もう準備して来るはずだけど――」

とソルシエールが答えたところで、

「ヒロト様」

とラケル姫の声が聞こえた。ヒロトの後ろ側から、ラケル姫とフェルキナが来るところだった。

ラケル姫は褐色の肌に白いチューブトップのビキニを着けていた。非常に帯が細いおかげで、乳輪しか隠れていない。

（エ……エロッ……！）

ヒロトは思わず興奮してしまった。ベルメドの森で泊まった時、思わず見てしまったラケル姫の生乳を思い出してしまう。

「気をつけて、滑るところがあるから――」

「平――」

きゃっと声を上げてラケル姫はつるっと足を滑らせた。白いチューブトップに包まれたオッパイがヒロトの目の前に迫る。

「わっ……！」

ヒロトは慌ててラケル姫を抱き留めた。ラケル姫は褐色の爆乳をヒロトに押しつける形になった。

ミミアやヴァルキュリアに匹敵するほどの、パツンパツンの瑞々しい弾力がヒロトの胸に弾けた。若々しい、若さあふれる気持ちのいい爆乳である。

「ご、ごめんなさい……」

と慌ててラケル姫が離れる。

「大丈夫？」

「は、はい」

ミミアがトレイを差し出した。ラケル姫が赤面したまま、りんごをつまむ。

「姫様、気をつけないと」

とフェルキナの声がした。白いバスタオルを、豊満な身体に巻きつけていた。服を着ている時からわかっていたが、非常にボリューム感のある肉感的な体つきだった。身体はラケル姫のように細身というわけではなくどっしりした感じだが、バストにもヒップにも豊満さが宿っている。迫力のあるヒップに迫力のあるバストである。白いバスタオルがまるで巨大な山かこぶのように存在感たっぷりに盛り上がっている。

「気をつけて。ほんといきなり滑るから」

「これでもわたしは剣――ふぁっ！」

フェルキナが一瞬滑って、後ろにこけそうになる。

「ほら」

「平気です。ここで倒れていては、枢密院顧問官は務められません」

とフェルキナは微笑んでヒロトに近づいた。

トラップはそこで待っていた。今度はヒロトに向かって滑ったのだ。体勢を立て直そうとした拍子に、はらりと白いバスタオルが解けた。バスタオルは上の方から解け、白い豊満な双つのふくらみが躍り出た。紡錘形をした、まるで瓜のようにふくらんだ重量感たっぷりの乳房だった。その豊乳が、ヒロトの顔面に向かってきたのだ。

フェルキナの身体をつかんで支えようとしたが、遅かった。フェルキナの生乳は見事にヒロトの顔面に押しつけられていた。

（んぐぅ！）

顔面が完全に谷間に包み込まれ、双つのふくらみがむっちりと豊潤な肌をヒロトの顔に

押しつける。ヒロトの鼻の穴は乳塊に塞がれた。

（んぐ〜っ！　んぐ〜っ！）

フェルキナはヒロトに乳房を押しつけたまま、ヒロトに抱きつく形になった。

（んぐぅうっ！）

初めて経験するフェルキナの爆乳は、でかかった。やわらかくて、しっとり肌で、気持ちよかった。女の色香と大人のやわらかさがたっぷりとあふれるバストだった。

「ご、ごめんなさい……」

フェルキナはヒロトから離れて胸元を覆った。顔が真っ赤になっている。こんなフェルキナを見るのは初めてである。彼女の意外性を見たのは、彼女の涙を見て以来だ。

ミミアがトレイをお湯に浮かべて、すっくと立ち上がった。

（どうしたんだろ？）

視線で追いかけていると、フェルキナが歩んだのと同じ方向を歩いてきた。つるっと滑りそうになる。

（まさか……！）

次の瞬間、ミミアの身体が前へ滑った。同時に黄色いバスタオルがはだけて生乳が露出した。ミミアは両手を伸ばして、ヒロトに抱きついた。若々しい、ムチムチの爆乳をヒロトに押しつける。ヒロトの顔面は、今度はミミアのバストに埋まった。

（んぐぅっ！　息ができない……！）

きっとフェルキナに嫉妬してミミアがわざと滑ってわざと抱きついてきたのだろう。

（んぎぎ、呼吸が……）

そう思ってるくせに、ヒロトはミミアの背中に腕を回して抱き締めた。ミミアはうれしそうにさらに胸を押しつけた。

（んぐぅぅ♥）

ヒロトはさらに窒息しそうになりながら久しぶりの休日を、快感とともに味わっていた。

あとがき

おれは、記憶を盗まれちまったからな……。

フィクションでよく聞くセリフです。一度は言ってみた……くもないか。

リアルでは記憶を盗まれる人ってのは身近にはいないわけですが、ぼくの場合、春を盗まれました（笑）。二月一日から二カ月間、ずっと『巨乳ファンタジー4』というノベルゲームの音声収録に立ち会っていたんです。午前十一時から午後九時頃まで、毎日十時間スタジオにこもりっぱ。収録が始まった時には寒くて毎日革ジャンが手放せなかったのに、いつの間にかコートもいらなくなって、いつの間にかジャケットなしでもスタジオに行けるようになって、いつの間にか桜が咲き、いつの間にか桜が散っていました。

おれの春を返せ〜〜っ！　桜を返せ〜〜っ！（笑）

いや、音声収録、楽しかったんだけどね。実力のある方って、こういう特徴を備えていらっしゃるんだなってことがわかったりして、凄く勉強にもなったんだけどね。

特徴を一言で言うのなら「身体性」ってことになるんですが、お芝居をする時に目をどっちに向けるのか。左なのか右なのか、上なのか、下なのか。目の向きが変わるだけでも、お芝居の迫真性が変わります。そして腕をどう動かすのか、どんなふうに手を握るのか、どんなふうに腕のポーズを取るのかでも、迫真性が変わります。実力のある方は、身体性のあるお芝居をされていますね。

それから、リアルシミュレーションもされる。こういう状況でこんなふうにされたら、たぶんこうなる……ってリアルを凄くイメージしてお芝居をされるので、これまた芝居の迫真性が上がる。

でも、役者さんだけでなく、書き手も同じなんですよね。書き手も目の向きとか首の向きとか姿勢とか身体の状況とか、身体性を把握していないと、いいお芝居が書けない。リアルシミュレーションをしないと、特に戦闘シーンなんかいいものに仕上げられない。

というわけで第十九巻です。第十八巻パート2です。元々第十八巻として出す予定だったのが、六百六十頁も書いてしまったので分冊になってしまったものです。

十八巻ではただ登場するだけだったマギア王国の王妹リズヴォーンが再び登場します。そしてハイドラン公爵とベルフェゴル侯爵もさらに大きく物語に関わってきます。どんなふうにかは、お楽しみに。

さて、恒例の名前の種明かしです。

リズヴォーンは、野蛮な汚い口調とのギャップで決めました。リズヴォーンって名前、女優っぽくて、あの汚い口調とギャップが出るなあって。

オルディカスは、オで始まる名前がなかったなあと。巻がつづくと、「この音、前に使ったよなあ」ってなって、選択肢が限られてきます（笑）。

ギュール伯爵は、当初オルギュールという名前だったんです。でも、オルディカスとかぶっちゃうので、ゲラの段階で修正。

イグニカスは、たぶん家臣っぽい感じとイグニッションキーから。

それでは謝辞を。ごばん先生、いつもステキなイラストをありがとうございます！　編集さん、今回もありがとうございました！　校閲者さんもありがとうございます！

では、最後にお決まりの文句を！

じ～～～～～～～～～～～～～～～～～く・ぼいん!!

鏡裕之
https://twitter.com/boin_master

HJ文庫 http://www.hobbyjapan.co.jp/hjbunko/
934

高１ですが異世界で城主はじめました19

2021年5月1日　初版発行

著者――鏡 裕之

発行者―松下大介
発行所―株式会社ホビージャパン
〒151-0053
東京都渋谷区代々木2-15-8
電話　03(5304)7604（編集）
　　　03(5304)9112（営業）

印刷所――大日本印刷株式会社

装丁――木村デザイン・ラボ／株式会社エストール

定価はカバーに明記してあります。

Printed in Japan

ISBN978-4-7986-2493-8　C0193

ファンレター、作品のご感想
お待ちしております

〒151－0053　東京都渋谷区代々木2－15－8
(株)ホビージャパン HJ文庫編集部 気付
鏡 裕之 先生／ごばん 先生

アンケートは
Web上にて
受け付けております

https://questant.jp/q/hjbunko

- 一部対応していない端末があります。
- サイトへのアクセスにかかる通信費はご負担ください。
- 中学生以下の方は、保護者の了承を得てからご回答ください。
- ご回答頂けた方の中から抽選で毎月10名様に、HJ文庫オリジナルグッズをお贈りいたします。